www.tredition.de

AF178921

Mörder mit Gewissen, wehrhafte Opfer und mysteriöse Todesfälle

Ein Flusspferd wird zur Waffe. Ein Therapieversuch endet im Desaster. Ein Buch entscheidet über Leben und Tod. Einem Grabräuber werden seine Taten zum Verhängnis.

Bianca Heidelberg und Björn Sünder präsentieren in dieser Anthologie 25 Kurzkrimis, mal böse, mal skurril, hier und da gewürzt mit fantastischen Elementen. Darunter »Brücke in die Freiheit« (2. Preis beim Mannheimer Literaturpreis 2015) sowie die verlängerte Fassung von »Gefährlicher Mutterinstinkt« (nominiert für den Agatha-Christie-Krimipreis 2014).

Bianca Heidelberg
& Björn Sünder

MORDS
DELIKATESSEN

25 Krimihäppchen

www.tredition.de

© 2015 Bianca Heidelberg & Björn Sünder

Umschlaggestaltung: Kopainski Artwork
Bildmaterial:
Fotografie und Illustrationen: Alexander Kopainski
Holzhintergrund: Banauke / shutterstock.com

Verlag: tredition GmbH, Hamburg

ISBN
Paperback: 978-3-7323-5137-4
e-Book: 978-3-7323-5138-1

Printed in Germany

Inhalt

Brücke in die Freiheit

Bianca Heidelberg

Neben der Tür steht ein Vollzugsbeamter, die Arme hinter dem Rücken verschränkt, und schaut gelangweilt an die gegenüberliegende Wand. Tina blickt auf den kahlen Tisch. Ihre Hände liegen gefaltet darauf. Ihre Unterarme spüren das kalte Metall. Sie muss ihr Gegenüber nicht anschauen. Sie weiß, dass Steffens breite Schultern dazu einladen, sich an ihnen auszuweinen. Sie kennt seine kurzen braunen Haare und seine grünen Augen, mit denen er so intensiv starren kann wie eine Raubkatze auf Beutefang. Steffen hebt den Arm, streicht eine Strähne ihres kastanienfarbenen Haars hinter ihr Ohr. Tinas braune Augen bleiben starr auf den Tisch gerichtet.

»Du hast dich ganz schön in die Scheiße geritten«, flüstert Steffen. »Versteh mich nicht falsch, ich finde es gut, dass du dich von ihm befreit hast, damit wir zusammen sein können.« Ein Lächeln huscht über sein Gesicht, unbemerkt von Tina. »Aber musstest du ihn gleich umbringen? Lass mich dir helfen. Lass mich dein Alibi sein.«

Ein gequälter Laut entringt sich Tinas Kehle, so als könne sie sich nicht entscheiden, ob sie lachen oder weinen soll.

Indizienkette im Mord an Hendrik Wolf am 10.06.2015
Beweisstück Nummer 1:
Die Tatwaffe. Ein Baseballschläger der Marke Abbey Bat aus Holz, Länge 82 cm, Durchmesser 5 cm. Untersuchung auf

Fingerabdrücke ergab Übereinstimmungen mit Tina Baumann, Lebensgefährtin des Opfers Hendrik Wolf.

Beweisstück Nummer 2:
Quittung von Interball über den Kauf eines Baseballschlägers. Kaufdatum: 13.05.2015. Fundort: Schreibtisch in gemeinsamer Wohnung von Tina Baumann und Hendrik Wolf.

Beweisstück Nummer 3:
Smartphone des Opfers. Untersuchung auf Fingerabdrücke ergab Übereinstimmungen mit Tina Baumann und Hendrik Wolf. SMS-Nachricht vom 08.06.2015: »Hi Hendrik! Danke für die tolle Nacht mit dir! Wann bist du bereit für eine Wiederholung? Heiße Küsse sendet Miriam«

Steffen beugt sich nach vorn, nimmt Tinas schlaffe Hände in seine.

»Tina, bitte nimm mein Angebot an. Ich verhelfe dir zur Freiheit. Dir und deinem Kind. Unserem Kind.« Er deutet mit dem Kinn auf ihren Bauch.

»Es ist nicht dein Kind. Es ist von ihm«, flüstert sie, ohne den Kopf zu heben. Steffen lächelt.

»Tina, du brauchst ihm nichts mehr vorspielen. Du kannst jetzt zugeben, dass dieses Kind von mir ist. Er ist tot.« Eine Träne bahnt sich ihren Weg über ihre Wange. Sie schüttelt müde den Kopf.

»Ich verurteile dich nicht«, sagt er, während seine Daumen über ihre Hände streicheln. »Ich weiß, das war zu viel für dich. Du bist schwanger, er lässt dich nicht gehen, und gleichzeitig betrügt er dich mit einer anderen.« Sie schüttelt den Kopf, kann gar nicht mehr aufhören damit. So stellt sie sich Menschen in der geschlossenen Anstalt vor. Sie schütteln unentwegt den

Kopf. Den ganzen Tag. Sie weiß, dass Hendrik sie nicht betrogen hat. Das hätte er niemals getan. Aber von sich hätte sie das auch nie gedacht.

Sie traf Steffen in der Disco. Früher war es ihre Stamm-Disco gewesen, aber in den letzten Jahren kam sie nur noch selten hierher. Doch heute hatte sie sich mit Hendrik gestritten. Heftig gestritten. Zu einer Aussprache war es nicht gekommen, er musste zur Nachtschicht. Sie war wieder einmal eine Nacht allein, und sie musste sich abreagieren.

Also setzte sie sich in die nächste Bahn. Nach ein paar Gläsern Bier ging sie auf die Tanzfläche und tanzte sich den Frust von der Seele. Er saß an der Bar und beobachtete sie. Sie bemerkte ihn sofort. Er war groß und hatte breite Schultern. Mit seinen grünen Augen verfolgte er jede ihrer Bewegungen wie eine Katze den Strahl einer Taschenlampe. Er sah nicht einmal weg, als sie ihn direkt ansah. Sie erkannte den Hunger in seinen Augen und bewegte sich absichtlich aufreizend. Oh ja, sie beherrschte dieses Spiel immer noch.

Als er aufstand und langsam auf sie zukam, ging ein Kribbeln durch ihren Bauch. Die Aufregung der Jagd. Wie lange hatte sie das nicht mehr gespürt. Sie liebte Hendrik, aber gegen einen kleinen Flirt hatte sie nichts einzuwenden. Steffen war ein guter Tänzer. Ein noch besserer Gesprächspartner. Und er spendierte ihr einige Gläser Bier. Als sie wieder zu sich kam, lag sie nackt in seinem Bett.

Am nächsten Tag konnte sie sich kaum noch an seinen Namen erinnern. Die Amnesie verging, als sie eine Liebesnachricht von ihm auf dem Handy bekam. Sie antwortete nicht. Fünf Minuten später kam die nächste Nachricht. Sie schaltete ihr Handy auf lautlos. Steffen schrieb täglich zwanzig Nachrichten. Rief an. Sie drückte ihn weg. Als er sie auf dem Weg zur Arbeit abfing, kaufte sie den Baseballschläger.

Als sie vier Wochen später am frühen Nachmittag nach Hause kam, war kein Laut in der Wohnung zu hören. Auf Zehenspitzen schlich sie in die Küche und räumte die Einkäufe in den Kühlschrank. Hendrik schlief sicher noch auf dem Sofa. Die erste Frühschicht nach der Nachtschicht machte ihm immer sehr zu schaffen.

Tina schenkte sich ein Glas Wasser ein und setzte sich mit ihrem neuen Roman an den Küchentisch. Seit langem fühlte sie sich endlich wieder entspannt. Seit drei Wochen wussten sie, dass sie ein Kind erwarteten. Hendrik hatte prompt mit einem Heiratsantrag reagiert. Von Steffen hatte sie nun schon zwei Wochen lang nichts gehört.

Als ihr die Zeit zu lang wurde, ging sie leise ins Wohnzimmer. Der Vorhang wehte sanft in der Tür, die auf die Terrasse hinausführte. Warme Luft strich um Tinas Beine. Hendriks Füße schauten wie immer hinter dem Sofa hervor, was ihr ein Lächeln entlockte. Als sie das Sofa umrundete und das Blut auf dem Teppich sah, erlosch ihr Lächeln. Ihre Schritte beschleunigten sich. Innerhalb von Sekunden stand sie vor ihrem Verlobten und starrte auf ihn herab. Ihr Baseballschläger lag auf dem Boden, blutverschmiert. Getrocknetes Blut zeichnete eine Spur von Hendriks Schläfe über seine Wange und den Hals und endete in einem roten Fleck auf dem Sofa.

»Ich baue dir eine Brücke in die Freiheit«, flüstert Steffen. »Du musst nur hinübergehen, dann können wir endlich miteinander glücklich werden. Du schenkst mir weitere Kinder. Zwei oder drei wären perfekt. Ich möchte nicht, dass mein Kind als Einzelkind aufwächst.«

Tina hebt den Kopf und sieht ihn an. Sieht in seinen Augen den Wahnsinn, den sie damals nicht sah.

»Ich ziehe eine andere Art der Freiheit vor«, flüstert sie. Sie entzieht ihm ihre Hände und steht auf. Der Vollzugsbeamte entriegelt die Tür. Sie schaut noch einmal zurück, blickt in Steffens Augen, die sie hart ansehen. Dann geht sie hinaus.

Delikatessen

Björn Sünder

Mit einer Zornesfalte zwischen den Augen sah Ruth auf den Hinterkopf ihres Freundes. Daniel saß am Küchentisch und hielt seinen Kopf in den Händen.

»Es tut mir leid«, sagte er immer und immer wieder. »Ich weiß nicht, wie es passieren konnte.« Ruth schwieg. Sie riss die Küchenschublade ihrer frisch renovierten Küche auf und holte den Fleischklopfer heraus. Ihre schwarzen Haare band sie zu einem Zopf zusammen. Dann knallte sie die Steaks auf den Tresen und begann darauf einzuschlagen wie ein Zwerg, der auf eine Goldader gestoßen war.

»Du bist eben so oft in der Klinik. Manchmal bis weit in die Nacht hinein«, erzählte Daniel weiter. »Silke ist oft auf ein Glas Wein vorbeigekommen, weil sie sich auch einsam gefühlt hatte. Eins führte dann zum anderen. Es ist einfach passiert.« Ruth drehte sich herum. Daniel saß noch immer mit dem Rücken zu ihr gewandt. Sie sah hinab auf die braunen, verwuschelten Haare, die sie früher so gemocht hatte.

»Ich wollte nicht mit ihr schlafen«, sagte Daniel. »Es ist einfach so passiert!« Mit einem leisen Knacken, das sich so anhörte, als ob jemand eine Tafel Schokolade zerbrechen würde, landete der Fleischklopfer auf Daniels Hinterkopf. Mit einem leisen Seufzen sackte er auf dem Küchentisch zusammen. Ruth ließ den Fleischklopfer fallen und schlug die Hände vor dem Mund zusammen. Mit weit aufgerissenen Augen blickte sie auf Daniels leblosen Körper.

»Oh, mein Gott«, sagte sie und war einem Lachanfall nahe. »Das wollte ich nicht.« Die Eieruhr tickte. Unerbittlich. Ruth fühlte an der Hand, unterhalb des Daumens, nach dem Puls von Daniel. Selbst für sie als Ärztin war es schwer, in dieser Situation irgendetwas zu fühlen. Alles, was sie spürte, war das Schlagen ihres eigenen Herzens, das so laut war wie ein Polizist, der Einlass in eine Wohnung wollte. Ihre Hand schob sich in ihre Bluejeans, die sich eng an ihre langen, sportlichen Beine presste. Einige wertvolle Minuten versuchte sie, ihr Mobiltelefon aus der Tasche zu holen. Endlich hatte sie es geschafft. Sie wählte die ersten Ziffern des Notrufs, da fiel ihr Blick auf die Tür, die von der Küche in die alte Schlachterei führte. Sie schob ihr Handy wieder in ihre Hosentasche.

Daniel und sie hatten das Haus vor zwei Jahren gekauft. Es war früher ein kleiner Bauernhof gewesen, der schon seit dem Ende der 50er Jahre nicht mehr genutzt wurde. Auch die Ortschaft Kaltenbach hatte Ruth sofort in ihr Herz geschlossen. Hier kannte noch jeder jeden. Und zur Klinik, in der Ruth arbeitete, brauchte sie nur 20 Minuten mit dem Rad. Ruth rannte zum Fenster. Auf der Straße war alles ruhig und still. Die Dunkelheit hatte sich bereits gesenkt wie das Schott eines Schiffes. Daniel stöhnte und bewegte sich.

»Was ...« Schnell hob sie den Fleischklopfer vom Boden und hieb immer und immer wieder zu. Als rote Blutspritzer auf ihr Handgelenk spritzten, dachte sie daran zurück, wie Daniel ihr vorgeschlagen hatte, mit Silke einen flotten Dreier zu probieren. Um wieder Pep in ihr Sexleben zu bringen. Mit ihrer besten Freundin. Noch einmal schlug sie kräftig zu. Als sie sicher war, dass Daniel sich nie wieder regen würde, legte sie den Fleischklopfer auf die Küchentheke. Ruth stemmte die Hände in die

Hüften und atmete tief ein und aus. Wartete, bis das Stechen in ihrer Seite aufgehört hatte. Ruth hatte einen Plan gefasst.

Daniel musste zuerst in die alte Schlachterei gebracht werden. Dort war alles gekachelt, es gab einen Wasseranschluss, einen Abfluss und sogar einen alten Flaschenzug. An diesem hatte man früher die Schweine aufgehängt und ausbluten lassen. Direkt über dem Abfluss.

An der Tür klingelte es. Ruth erstarrte wie ein Reh, das in Autoscheinwerfer blickt. Sie verhielt sich still. Bestimmt waren es wieder die Zeugen Jehovas. Es klingelte erneut. Ruths Herz begann wieder wild zu schlagen, so als ob ein zugedröhnter Drummer einer Punkband ein Solo geben würde. Ruth verhielt sich still. Die Haustür befand sich gleich hinter dem Flur, der aus der Küche hinausführte. Das Läuten hörte auf. Schritte knirschten auf den Kieselsteinen. Ruth lauschte. In der Ferne konnte sie das Zuschlagen von Autotüren und das Starten eines Motors hören. Noch einige Sekunden wartete sie. Dann griff Ruth Daniel unter die Arme und versuchte ihn mit dem Rautek-Griff vom Stuhl zu zerren. So wie sie es einmal gelernt hatte. Wie ein Schiffsanker fiel Daniel auf den Boden. Schwer, unförmig.

»Wie soll ich den nur in die Schlachterei bringen?«, fragte sie sich. Sie ging in die Knie und richtete ihn am Oberkörper auf. Ruth zog mit einem Ruck an und stieß ihre Luft mit einem Schrei aus ihren Lungen, wie sie es immer beim Kung-Fu-Training machte, wenn eine größere Anstrengung bevorstand. Stück für Stück zog sie den leblosen Körper in die alte Schlachterei.

Als sie ihn endlich auf dem gekachelten Boden hatte, setzte sie sich neben Daniel auf den Boden und atmete. Ein und aus. Saugte frische Luft in ihre Lungen, neue Energie. Im Sitzen griff sie nach der Kette vom Flaschenzug und zog sich nach oben. Ruth hielt sich mit geschlossenen Augen daran fest. Ein Geruch von Motoröl stieg ihr in die Nase. Als sie ihre Augen wieder öffnete, wickelte sie die Kette um Daniels Hals und schloss sie mit einem Haken. Danach ging sie an die Mechanik und kurbelte ihren Freund in die Höhe. Nun baumelte er dort. Schwang ganz sachte hin und her.

Aus der Küche holte sie ein japanisches Messer und schnitt ihm die Kleider vom Leib. Die Kleider schichtete sie zu einem Haufen zusammen, um sie später zu verbrennen. Im Garten hinter dem Haus befand sich eine Feuerstelle. Das, was sie nicht auf diese Weise vernichten konnte, würde sie vergraben. Als Daniel endlich nackt war, begann Ruth ihre Arbeit. In der alten Schlachterei bewahrte sie ihre Gartengeräte auf. Daniel hatte die Gartenarbeit immer gehasst. Sie nahm die japanische Zugsäge. Ruth stand auf alles, was aus Japan kam. Tee, Werkzeuge, einfach alles. Zuerst begann sie, ihm die Beine abzusägen. Mit der Zugsäge kam sie schnell durch das Fleisch. Beim Beinknochen war es so, als ob sie einen dicken Ast durchsägen musste. Das würde sie als Haxen servieren. Später würde sie sehen, was sie von Daniels Körper verwenden konnte. Sie war eine ganz passable Hobbyköchin. Es würden sicherlich einige Delikatessen dabei herauskommen.

Stunden hatte es in Anspruch genommen, Daniel in mundgerechte Häppchen zu zerlegen und alles in die Gefriertruhe zu packen. Ruth sah auf ihre Armbanduhr und bemerkte, dass es weit nach zwei Uhr morgens war. Den Raum hatte sie mit dem Wasserschlauch abgespritzt und gründlich gereinigt. Jetzt galt es noch, den Rest von Daniel zu entsorgen.

»Schau mich nicht so an«, sagte sie zu dem Kopf, der auf der Anrichte neben dem Schmieröl stand. »Du bist selbst Schuld daran.« Sie packte ihn an den braunen Locken, holte die Kleider und den Fleischklopfer. Dann dachte sie daran, dass die Nachbarn es bemerken würden, wenn sie morgens um halb drei ein Feuer machte. Nein, das konnte bis morgen warten.

Am Waschbecken in der Schlachterei wusch sie sich die blutigen Hände und Oberarme. Sie fühlte sich wie Lady Macbeth. Dann zog sie sich aus. Ihre Kleider würde sie morgen auch verbrennen. Nackt wie sie war ging Ruth in die Küche und kochte grünen Tee.

Anschließend setzte sie sich an den Küchentisch und machte im Geiste eine Liste. Mit Daniels Kreditkarte würde sie zwei Flugtickets buchen. Online. Die einzigen noch lebenden Verwandten von Daniel waren seine Mutter Margreth und ein Onkel, der in Australien lebte. Ihren und seinen Freunden würde sie von seiner Untreue erzählen und sagen, dass er sich von ihr getrennt habe und mit seiner neuen Freundin in den Urlaub gefahren sei. Sie nickte und trank von ihrem japanischen Sencha. Ein Lächeln schlich sich in Ruths Gesicht wie ein Dieb nachts in ein Gebäude.

Am nächsten Morgen war Ruth früh aufgestanden. Es war Samstag Morgen und sie hatte keinen Dienst in der Klinik. Sie packte die blutige Kleidung in einen Karton. Dann nahm Ruth den blutigen Fleischklopfer von der Küchentheke. Nach kurzem Zögern legte sie ihn wieder zurück. Den würde sie noch einmal brauchen. Den Kopf von Daniel legte sie ebenfalls in den Karton. Anschließend setzte sie sich an den Computer und buchte die beiden Tickets. Zwei Personen nach Paris.

»Wie romantisch«, sagte sie und kicherte. Ruth zog ihren pinken Schlafanzug aus und schlüpfte in ihre alte verwaschene Jeans und in ihr grau kariertes Hemd. Ihre Arbeitskleidung für den Garten. Sie hob den Karton an und ging nach draußen. Der Garten war wild und verwachsen. Ruth liebte es so. In der Mitte des Gartens stand ein altes Gerätehaus, das von Efeu überwuchert war. Von dort holte sie einen Spaten und grub an der alten, knorrigen Eiche ein Loch. Dort legte sie den Kopf hinein. Dann schaufelte sie alles wieder gut zu und bedeckte die Stelle mit den abgesägten Ästen der krummen Tanne, die sie und Daniel vor einer Woche gefällt hatten.

Neben dem Geräteschuppen war die Feuerstelle. Die Feuerstelle war nichts anderes als ein Stück verbranntes Gras, um das einige Ziegelsteine gelegt waren. Ruth nahm das Holz von der Tanne, das neben der Feuerstelle gelagert war, legte es hinein und entfachte ein Feuer. Gierig leckten die Flammen an dem trockenen Tannenholz nach oben und verzehrten zügig die Nahrung. Ein Eichhörnchen huschte vorbei und kletterte den Stamm der alten Eiche hinauf.

»Hallihallo, Frau Nachbarin«, rief eine Stimme über den von Gras überwucherten Zaun. »Wie ich sehe, machen Sie ein Feuer.« Es war die alte Frau Friedrichs. Eine nervende alte Dame, die freundlich tat und sich hintenrum den Mund zerriss. Ruth wusste von anderen Nachbarn, dass Frau Friedrichs sich ständig über ihren wilden Garten beschwerte. Vielleicht haue ich dir auch bald den Schädel ein, dachte Ruth und spürte wieder, wie sich ein Grinsen in ihr Gesicht schleichen wollte.

»Ja«, erwiderte Ruth. »Ich verbrenne einige alte Sachen. Das war schon lange fällig.« Frau Friedrichs deutete auf den Garten, in dem alles grünte und blühte.

»Frühjahrsputz«, sagte sie, »den mache ich auch gerade selbst.«

Jetzt verschwinde schon, du alte neugierige Schachtel, dachte Ruth.

»Ich habe noch sehr viel zu tun«, antwortete Ruth.

»Oh.« Frau Friedrichs sah sie beleidigt an. Das tat sie meistens, wenn jemand sie wegschickte. »Dann machen Sie es gut, Frau Herbst.« Sie drehte sich herum und stapfte über ihren englischen Rasen in ihren Garten zurück, in den sich nicht ein Vogel wagte.

Als Ruth sicher war, dass die alte Frau Friedrichs weg war, begann sie die blutigen Sachen in das Feuer zu werfen. Sofort griffen die Flammen nach dem neuen Stoff, der sie am Leben erhielt. Einige Schwalben umkreisten den Garten, wichen der grauschwarzen Rauchsäule aus und flogen das Haus an. Unter dem Dach, nahe am Fachwerk, hatten sie ein Nest gebaut. Ruth freute sich jeden Frühling auf ihre Gäste.

Jetzt gab es für Ruth nur noch eine Sache zu erledigen. Sie holte ihr Mobiltelefon aus der Tasche ihrer Jeans und rief Silke an. Am anderen Ende der Leitung klingelte es dreimal. Silke meldete sich. Süß und für Männer unwiderstehlich. Silke wusste nicht, dass Daniel den Seitensprung mit ihr gebeichtet hatte.

»He Silke«, sagte Ruth. »Hast du Lust heute Abend etwas mit mir zu essen und einen Film anzuschauen? Mädelsabend. Daniel guckt mit Freunden den neuen Avengers.« Kichern am anderen Ende der Leitung und dann hörte Ruth das, was sie wollte. Eine Bestätigung. Nachdem die Flammen heruntergebrannt waren, ging sie ins Haus zurück und begann, die Delikatessen zuzubereiten.

Nach dem Duschen entschied sich Ruth für ein rotes, enges Kleid. Das Teil presste sich eng an ihren schlanken Körper. Eine Weile betrachtete sie sich im Spiegel und steckte ihre schwarzen Haare nach oben. Anschließend kamen die Pumps.

Von der Küche zog ein exotischer Duft nach oben, der Ruth das Wasser im Mund zusammen laufen ließ. Es klingelte. 19 Uhr. Wie immer war Silke pünktlich. Ohne Hast ging Ruth die Stufen hinunter, die unter ihren Schuhen ächzten. Sie öffnete die Tür und lächelte Silke an. Gott, was für eine falsche Schlampe, dachte Ruth. Sie umarmten sich.

»Mensch Ruth, du siehst aber scharf aus in diesem Kleid«, sagte Silke und sah sich Ruth von oben bis unten an. »Ist das neu?«

»Ach was, das Teil habe ich schon ewig im Schrank hängen«, antwortete Ruth und sah Silke an. Zwei feste, große Brüste, die von einem engen T-Shirt zusammengepresst wurden. Blondes Haar, das wie ein Fluss aus Honig seidenglatt ihren Rücken hinunterfloss. »Nachdem die Diät so gut angeschlagen hat, wollte ich es heute Abend anziehen. Komm rein.« Silke ging voraus und Ruth starrte auf ihren strammen kleinen Po, der in engen Jeans steckte.

»Das duftet herrlich«, sagte Silke und Ruth bot ihr den Platz an, den am Abend zuvor Daniel eingenommen hatte. »Was gibt es denn?« Sie blickte auf den Tisch, der mit Tellern und Weingläsern gedeckt war. Ruth hob vor Silkes Nase den Deckel vom Kochtopf hoch. Eine Dampfwolke schoss nach oben.

»Delikatessen«, sagte Ruth. »Greif zu. Es schmeckt wie Hühnchen.« Von der Anrichte holte Ruth den blutigen Fleischklopfer. »Nach dem Essen gibt es noch Dessert.« Wieder spürte Ruth, wie sich das Grinsen in ihr Gesicht zu schleichen begann.

Gefährlicher Mutterinstinkt

(verlängerte Fassung)

Bianca Heidelberg

Inge Zuckowski lächelt. *In zwei Stunden ist Sandra tot.* Während sie auf ihr Frühstück wartet, lässt die junge Frau ihren Blick durch das Café schweifen. Es ist ganz nach ihrem Geschmack eingerichtet. Die gesamte Einrichtung ist in den Farben Violett und Champagner gehalten. Die Vorhänge, die Stühle mit den hohen Lehnen, die Tischdecken, sogar die Speisekarten tragen diese Farben. Am Nebentisch sitzt eine alte Dame mit weißen, kurzen Locken. Kaum fällt Inges Blick auf sie, lehnt sie sich in ihrem Stuhl vor und spricht Inge an.

»Sie lächeln so glücklich, das kann nur eines bedeuten. Sie sind sicherlich verliebt.«

»Ja, das stimmt«, antwortet Inge und lächelt noch breiter.

»Das freut mich«, sagt die alte Dame. »Es ist nicht gut, als Frau alleine zu sein. Wissen Sie, meine Tochter ist schon 30 und hat immer noch keinen Mann an ihrer Seite.« Inge lächelt die Dame verständnisvoll an. Der Kellner kommt und breitet das Frühstück vor ihr aus. Sie streicht ihre blonden, langen Haare hinter ihre Ohren und nippt am Orangensaft. Dann schneidet sie das erste Brötchen auf und bestreicht es mit Butter und Himbeer-Konfitüre. Genussvoll beißt sie hinein. Wieder wendet sich die alte Dame ihr zu.

»Und wie soll ich an Enkelkinder kommen, wenn meine Tochter nicht einmal einen Mann hat?«, fragt sie mit Entrüstung in der Stimme. »Haben Sie Kinder?«

»Noch nicht«, antwortet Inge, »aber in sieben Monaten kommt unser erstes Kind zur Welt.« Inge lächelt und ihre grünen Augen funkeln. Wie sehr sie sich auf dieses Kind freut!

»Das ist ja wunderbar«, ruft die Dame und klatscht ihre Hände zusammen. »Meinen Glückwunsch!«

»Danke!« Inge denkt an den Abend, an dem dieses Kind entstanden ist.

Es passierte nach der Betriebsfeier vor wenigen Wochen. Andreas saß die meiste Zeit neben Inge. Immer wieder berührten sich ihre Arme. Sein Duft stieg ihr in die Nase. Die Kollegen lachten und tranken. Dieter, der Zooinspektor, machte sich wie jedes Jahr einen Spaß daraus, einen seiner Tierpfleger abzufüllen. Diesmal hatte er es auf Andreas abgesehen. Und wie jedes Jahr hatte er Erfolg. Als es Zeit war zu gehen, konnte Inge die Kollegen erfolgreich abwimmeln.

»Lasst nur, ich bringe Andreas nach Hause. Das liegt sowieso auf dem Weg«, log sie. Unterwegs bog sie auf einen Feldweg ab. Sie zog sich aus, setzte sich auf Andreas' Schoß, küsste ihn. Er begann zu protestieren, aber sie fasste ihm zwischen die Beine, öffnete seine Hose. Im Alkoholnebel war er ihr hilflos ausgeliefert. Hinterher war er sehr verwirrt, stammelte immer wieder die gleichen Worte vor sich her. »Das wollte ich nicht. Ich muss es ihr sagen.« Aber Inge war in dem Moment klar, dass sie gewonnen hatte. Sie war hübsch. Sie würde ihn wieder verführen, und wieder, bis er sich eingestehen würde, dass er ihr verfallen war. Es war bisher ihr einziges Mal mit Andreas, aber sie hatte Glück. Drei Wochen später saß sie bei ihrer Frauenärztin und bekam ihren Mutterpass ausgehändigt.

Mit einem triumphierenden Lächeln greift Inge nach ihrer Kaffeetasse und nimmt einen Schluck. Ihre Frauenärztin hat ihr erlaubt, eine Tasse Kaffee am Tag zu trinken. Aber auf Salami soll sie verzichten, deshalb belegt Inge das nächste Brötchen stattdessen mit Käse. Die Kirchenglocke läutet einmal. Es ist 9:15 Uhr.

Sandra ist jetzt auf dem Weg in die Futtermeisterei, um Futter für ihre fetten Lieblinge zu holen. Gleich steigt sie auf das mit Gras beladene Futtermobil, fährt damit zu den Flusspferden und lädt das Futter in den beiden Außengehegen ab.

Die alte Dame schreckt Inge aus ihren Gedanken. »Sind Sie verheiratet?«, fragt sie weiter. »Heiraten ist ja heutzutage nicht mehr in, wie die jungen Leute zu sagen pflegen.«

»Wir werden bald heiraten. Auf jeden Fall noch vor der Geburt«, antwortet Inge mit einem Lächeln und beißt in ihr Käsebrötchen.

Wenn Sandra nicht mehr da ist und ich ihm sage, dass ich von ihm schwanger bin, wird er mich heiraten. Er liebt mich. Er weiß es nur noch nicht, weil Sandra im Weg steht. Dieses Miststück lässt ihn nicht gehen. Sogar über seinen Seitensprung sieht sie hinweg, nur damit er bei ihr bleibt. Sie hat keinen Stolz, sonst würde sie einsehen, dass er mir gehört. Welcher Mann würde das Pummelchen Sandra vorziehen, wenn er mich haben kann?

»Wie schön! Ich wünsche Ihnen alles Gute!« Die Frau lehnt sich zu Inge hinüber und drückt ihre Hand.

»Vielen Dank! Mein Leben entwickelt sich gerade wirklich prächtig.« Inge strahlt die alte Dame an. Ihre Gedanken schweifen zu dem Tag, an dem sie Andreas kennenlernte.

Es war vor einem halben Jahr, als Inge ihre Stelle im Zoo Karlsruhe antrat. Sie meldete sich an der Kasse und wurde vom Zooinspektor abgeholt.»Herzlich willkommen. Ich bin der Dieter«, waren seine ersten Worte. Dass er mit Nachnamen Müller hieß, erfuhr Inge erst eine ganze Woche später. Dieter führte sie durch den Zoo, zeigte ihr die Tiere und Gehege, und stellte sie den anderen Pflegern vor. Im Raubtierhaus sahen sie einen Pfleger, der durch das Gitter mit einem der Leoparden spielte. Die Raubkatze machte eine Rolle und erhielt als Belohnung einen Happen Fleisch. Der Pfleger war groß und athletisch gebaut, seine braunen Locken waren kurz und ein wenig verstrubbelt. Als er die beiden bemerkte, wandte er sich ihnen zu.

»Du musst die Neue sein. Ich bin Andreas.«

»Inge. Freut mich.« Als Inge in seine braunen Augen blickte, ging ein leichtes Kribbeln durch ihren Bauch. Im Weggehen redete Dieter weiter auf sie ein.

»Andreas ist ein echter Frauenschwarm, aber er hat nur Augen für seine Sandra. Sie wirst du auch gleich kennen lernen.«

Die beiden kamen an Volieren mit Papageien vorbei.

»Hier ist das Südamerikahaus«, redete Dieter weiter, »dein Reich. Aber dort gehen wir erst rein, wenn du die anderen alle gesehen hast. Direkt nebenan ist das Dickhäuterhaus mit den Elefanten und Flusspferden.«

Sie traten ein. Der Gestank nach kotverschmutztem Wasser kam ihnen entgegen. Inge mochte Flusspferde nicht. Wer mochte schon Tiere, die ihre Scheiße in dem Wasser verteilen, in dem sie baden. Die Tiere waren draußen und innen wurde gerade geputzt.

»Und das hier ist Sandra«, sagte Dieter und wies in Richtung des Flusspferdgeheges. Inge sah eine mittelgroße Frau mit langen, braunen Locken, die zu einem Pferdeschwanz gebunden waren. Sie stand in Gummistiefeln und unförmiger Arbeitshose im Dreckwasser der Flusspferde und spritzte das Becken mit einem Schlauch aus. Inge hasste sie auf Anhieb.

»Ciao Bella«, rief Dieter, und die Frau sah aus ihren blauen Augen zu ihnen auf.

»Hallo Dieter«, rief sie und lachte. Dann wandte sie sich an Inge. »Du musst Inge sein. Ich bin Sandra. Herzlich willkommen bei uns!«

Inge lächelte sie strahlend an.

»Hallo! Ja, die bin ich. Danke«, erwiderte sie.

»Sandra ist halbe Italienerin«, erklärte Dieter im Hinausgehen. »Sie kann aufbrausend sein, aber sie ist ein wahrer Engel. Sie ist schon lange hier und kennt sich gut aus. Sie ist eine gute Adresse, wenn du Fragen hast. Andreas ist ein echter Glückspilz.« Dieter seufzte und führte sie weiter durch den Zoo.

Inzwischen ist der Brötchenkorb vor Inge leer. Die Kirchenglocke schlägt zweimal. 9:30 Uhr.

Sandra lässt jetzt die Flusspferde in das Außengehege. Sie drückt auf den Knopf, der das Tor zwischen Rosis Gehege und der Schleuse öffnet. Rosi schlürft durch die Schleuse und das kleine Außengehege in das große Außengehege zu ihrem Futter. Sandra schließt das Verbindungstor zwischen den beiden Außengehegen. Danach entlässt sie Lola mit der kleinen Nane in die Schleuse. Die beiden trotten in das kleine Außengehege. Sandra drückt den Knopf, der das Tor zwischen Schleuse und Lolas Außengehege schließt, und prüft, ob alle Flusspferde draußen sind, bevor sie das Innengehege betritt. Das hat Dieter uns eingebläut. Zähle immer, ob alle gefährlichen Tiere draußen sind, bevor du das Gehege betrittst. Aber sie prüft nicht das Tor und wartet auch nicht ab, bis der Sicherungsbolzen eingerastet ist. Sie weiß ja nicht, dass ich letzte Nacht im Zoo war.

Es war kurz vor Mitternacht am Tag zuvor. Inge trug einen schwarzen Kapuzen-Pullover, um ihre blonden Haare zu verbergen. Verstohlen schaute sie sich um, bevor sie den Schlüssel in das Schloss steckte und den Zoo betrat. Sie eilte an den Seelöwen und am Südamerikahaus vorbei zum Dickhäuterhaus. Als sie die Tür öffnete, kam ihr der Gestank der Flusspferde entgegen. Das passte zu Sandra, diese fetten Tiere in ihrer stinkenden Brühe. Sie holte noch einmal tief Luft, dann betrat sie das Gebäude. Über den Bediengang gelangte sie in die Schleuse. Am Tor zwischen Schleuse und Außengehege ging sie in die Hocke und kramte in ihrer Tasche. Mit Gummihammer, einem Holzstück, etwas Kneteähnlichem und einem flachen, runden Metallstück werkelte sie am Tor. Kurze Zeit später stand sie auf und huschte nach draußen. Endlich wieder frische Luft! Sie packte den Gummihammer in ihre Tasche und lief durch den Zoo in Richtung Ausgang.

Inge stellt die Schale mit Joghurt vor sich und kippt den Obstsalat hinein. Genüsslich isst sie Löffel für Löffel von der Mischung und hängt weiter ihren Gedanken nach.

Das Tor rollt wie immer zu. Aber der Sicherungsbolzen rastet nicht ein dank des Holzkeils, mit dem ich ihn verklemmt habe. Am Ende der Laufschiene des Tors ist die Tellerfeder, die ich mit Klebeknete dort befestigt habe. Sobald das Tor dagegen stößt, sorgt die Feder dafür, dass es wieder in die entgegengesetzte Richtung rollt. Da das Tor sich nur langsam schließt, rollt es auch nur langsam auf und bleibt dann stehen. Die Öffnung ist aber groß genug für ein Flusspferd, erst recht für ein junges Flusspferd und eine besorgte Flusspferd-Mutter, die ihrem Nachwuchs folgt. Alle werden denken, dass Sandra vergessen hat, das Tor zu schließen. Jeder weiß, wie schlampig sie arbeitet. Sobald sie ihre zerfetzte Leiche weggeräumt haben, werde ich für sie bei den Flusspferden einspringen und in ein paar unbeobachteten Sekunden die Spuren entfernen.

Eine halbe Stunde später zahlt Inge und verabschiedet sich von der netten Dame.

»Auf Wiedersehen«, flötet sie. »Ich gehe ein paar Babysöckchen kaufen. Die schenke ich meinem Freund, um ihn mit der frohen Botschaft zu überraschen.«

»Das ist eine tolle Idee. Auf Wiedersehen und alles Gute!« Die alte Dame winkt ihr zu. Im Gehen hört Inge sie murmeln. »So ein nettes Mädchen.« Inge schaut zum Kirchturm auf. Es ist kurz nach zehn.

Rosis Gehege ist jetzt sauber und Sandra macht in Lolas Gehege weiter. Das Gras ist inzwischen weggefuttert. Die kleine Nane schaut sich neugierig um und merkt bald, dass das Schiebetor heute ausnahmsweise offen ist. Lola behält Nane im Blick, sie ist schließlich noch ein Baby. Sie sieht ebenfalls das offene Tor und denkt, dass innen schon wieder Futter liegt, um sie hereinzulocken.

In der Kinderabteilung des Kaufhauses Karstadt steht Inge vor einem Meer blauer und rosafarbener Söckchen. Sie überlegt kurz, dann nimmt sie von jeder Farbe ein Paar und geht zur Kasse.

Ich packe einfach beide ein und überreiche sie Andreas. Dann können wir gemeinsam rätseln, was es wird.

Mit einem Strahlen steht sie an der Kasse. Die Verkäuferin lächelt prompt zurück und verabschiedet sich mit »Alles Gute!«. Inge schaut auf ihre Armbanduhr. 10:15 Uhr.

Spätestens jetzt sind Lola und Nane in ihrem Innengehege. Sobald Lola Sandra sieht, droht sie ihr, weil sie ihr Junges schützen will. Sandra ist aber in einer Sackgasse, sie kann nicht fliehen. Also greift Lola an. Sie hat schließlich ein Junges zu beschützen. Wie gut, dass ich im Unterricht in der Berufsschule aufgepasst habe.

In der Klasse herrschte unruhiges Gemurmel. Es war später Nachmittag, und es war so heiß, dass den Schülern der Schweiß auf der Stirn stand. Herr Dittes, der Lehrer, folterte sie mit seinem Monolog. Plötzlich reagierte er ungehalten.

»Ihr meint wohl, ihr habt es nicht nötig zuzuhören?«, fragte er laut. »Täuscht euch nicht. Nur weil Flusspferde träge wirken, sind sie dennoch gefährliche Tiere. Vielleicht sogar gefährlicher als Raubkatzen. Bei denen weiß jeder, dass sie gefährlich sind, und ist entsprechend vorsichtig. Aber unterschätzt niemals ein Flusspferd, vor allem kein Weibchen mit Jungtier. Erst drohen sie nur, aber wenn man dann nicht die Beine in die Hand nimmt, greifen sie an, und sie meinen es todernst. Seht ihr die Eckzähne hier auf dem Bild?« Er wedelte mit dem Zeigestab vor der Leinwand herum.

»Die können fast einen halben Meter lang werden. Damit kämpfen Flusspferde. Vor allem mit den Hauern im Unterkiefer. Die verursachen so schwere Verletzungen, dass man innerhalb weniger Minuten verblutet.« Kurz kehrte betretene Ruhe in die Klasse ein, doch ein paar Minuten später setzte sich der Unterricht wie üblich fort. Herr Dittes hielt seinen Monolog, der niemanden interessierte. Niemanden außer Inge.

Inge schlendert noch eine Viertelstunde ziellos durch die Stadt, bevor sie Richtung Zoo geht. Ein Hubschrauber rast über ihr durch den Himmel. Inge schaut hoch und lächelt. Er fliegt Richtung Zoo. Kurze Zeit später marschiert sie durch den Eingang. Man kann spüren, dass etwas passiert ist. Die Menschen stehen in Gruppen herum und reden aufgeregt miteinander. Auf dem Zoogelände steht ein Streifenwagen. Inge läuft weiter. Sie sieht Dieter, den Zooinspektor, im Gespräch mit einem Polizeibeamten. Sie schnappt ein paar Fetzen auf.

»Ich kann mir das nicht erklären. Unsere Mitarbeiter sind alle zuverlässig. Solche groben Fehler machen sie nicht«, erklärt Dieter dem Polizisten.

»Das Gehege ist vorläufig für jeden gesperrt«, ordnet daraufhin der Polizist an. »Wir müssen von Manipulation ausgehen und das Gelände erstmal der Spurensicherung überlassen.«

Mist! Inge beschleunigt ihre Schritte. Sie muss es ins Gehege schaffen, bevor die Polizei dort alles absucht. Dann erblickt Dieter sie und winkt sie zu sich. Widerwillig geht Inge zu ihm und dem Polizisten.

»Inge, etwas Schreckliches ist passiert«, sagt er und klingt dabei erschüttert. »Es gab einen Unfall im Dickhäuterhaus.« Inge versucht, schockiert auszusehen.

»Ist sie ... tot?«, fragt sie stammelnd.

»Sie? Wieso sie?« Der Polizist hebt den Kopf und sieht Inge aufmerksam an. Dieter winkt zerstreut ab.

»Sandra ist nichts passiert, sie war heute nicht im Dickhäuterhaus. Es ist Andreas. Es gab eine Dienstplanänderung und er hat heute die Flusspferde versorgt. Er wurde von Lola attackiert. Sie konnten ihm nicht mehr helfen.« Dieters Stimme sackt beim letzten Satz ab. Inge schaut ihn reglos an. Sie ist wie betäubt, will nicht verstehen, was er ihr sagt.

»Andreas? Aber ...« Ihr wird schwindlig. Schützend legt sie eine Hand auf ihren Bauch.

»Gehören Sie zum Zoopersonal?«, fragt der Polizist an Inge gewandt. Sie nickt. Mehr schafft sie nicht. »Dann kommen Sie mit, ich brauche Ihre Aussage.«

In dem Moment fährt ein Leichenwagen in Richtung Dickhäuterhaus. Inges Beine fühlen sich wacklig an. Sie hört Dieters Stimme.

»Inge, geht es dir nicht gut?« Dann wird es schwarz um sie herum.

Als Inge wieder zu sich kommt, sieht sie in Dieters Augen. Zum ersten Mal bemerkt sie deren Farbe. Es ist eine undefinierbare Mischung aus braun und grün. Als genauso undefinierbar empfindet sie die Gefühle, die sich dahinter verbergen. Mitleid? Häme? Zufriedenheit?

»Danke, Inge«, sagt Dieter sarkastisch und starrt sie weiterhin mit diesem unergründlichen Blick an. Inge bringt keinen Ton heraus, sieht ihn einfach nur an. Schließlich lacht Dieter. »Ich hatte in den letzten Tagen viel zu tun. Das neue Überwachungssystem musste getestet und perfekt ausgerichtet werden. Ich habe sogar einige Nächte im Zoo verbracht und die Aufzeichnungen angesehen.«

Nun beugt er sich nah über sie und raunt in ihr Ohr.

»Ich war auch letzte Nacht hier. Ich habe dich gesehen. Die Kameras haben deine Tat aufgezeichnet. Ich musste nichts weiter tun als den Dienstplan kurzfristig zu ändern. Niemand kann mir daraus einen Strick drehen. Du hast Andreas ermordet und ich profitiere nun davon. Sandra wird über ihn hinwegkommen und sich an den erinnern, der ihr in dieser schweren Zeit geholfen hat. Und jetzt entschuldige mich bitte, Sandra braucht eine starke Schulter, an der sie sich ausweinen kann. Und du kleines Biest hast ein Date mit der Polizei.«

Inge fühlt, wie Dieter ihr kurz durch die Haare wuschelt, dann hört sie seine Schritte, die sich entfernen. Sie starrt in den Himmel und sieht, wie der Hubschrauber davonfliegt.

Der Kirschbaum

Björn Sünder

Alberts rechtes Augenlid zuckte. Immer nur ganz kurz, kaum merklich. Es war nur ein kurzes Aufflackern. Einem Fremden wäre es gar nicht aufgefallen. Frieda kannte ihren Mann aber jetzt schon seit vierzig Jahren. Sie erkannte die kleinen Auffälligkeiten, die verräterischen Anzeichen, wenn er sich über irgendetwas ärgerte. Jetzt bekam er die Zornesfalte zwischen den Augen, und die blauen Sehnen an seinem Hals traten wie Stahlseile deutlich hervor.

»Jetzt sieh dir das wieder an, Frieda!« Albert zeigte aufgebracht zum Fenster. »Es ist jeden Sommer dasselbe. Jeder, der vorbei läuft, pflückt sich Kirschen von meinem Baum.« Er stand auf und ging im Wohnzimmer auf und ab. »Nicht einmal hat sich jemand dafür bedankt!«

Albert humpelte immer wieder von seinem Sessel zum Fenster und zurück.

Er regte sich sonst nie auf. Der Kirschbaum aber war für ihn ein rotes Tuch. Frieda ging zu ihrem Mann.

»Albert.« Sie legte ihm eine Hand auf die Schulter. »Einige der Äste hängen auf die Straße und die Leute freuen sich über ein paar saftige Kirschen. Besonders die Kinder, wie die immer lachen. Unsere Kirschen sind die besten im ganzen Dorf, das weißt du nur zu gut.«

Albert streifte ihre Hand ab und ging wieder ans Fenster. Eine junge Frau ging gerade auf dem Gehweg entlang.

»Jetzt bin ich aber gespannt«, sagte Albert.

Sie blieb stehen, griff nach einem überhängenden Zweig und pflückte einige Kirschen vom Baum. Albert schüttelte die Faust.

»Verdammt! Ich habe diesen Baum großgezogen. Mein Vater hat ihn mir als Schößling zu unserem Einzug in dieses Haus geschenkt. Mit meinen eigenen Händen habe ich ihn hochgepäppelt. Du weißt, wie schwer es war, ihn so groß und schön zu ziehen. Zwanzig Jahre habe ich gebraucht, ihn so stark und stattlich zu bekommen«, sagte Albert. »Dieser Baum ist wie das Kind, das wir niemals hatten.«

Frieda hörte den bitteren Unterton in seiner Stimme und auch den stillen Vorwurf.

»Andere haben nicht das Recht, sich an meinen Kirschen zu vergreifen.«

Albert ging in den Keller, auch wenn ihm das Treppensteigen mit den Jahren immer schwerer fiel, und holte seine Säge.

»Was hast du denn vor?« Frieda war ihrem Mann besorgt nachgelaufen.

»Ich werde die Äste absägen, die auf die Straße hängen.«

»Jetzt beruhige dich doch, Albert«, versuchte Frieda auf ihren Mann einzureden. »Es sind doch genug Kirschen für alle da.«

Sie lief Albert in den Garten hinterher und versuchte ihn am Arm festzuhalten. Wutentbrannt riss er sich los.

»Nein, Frieda! Genug ist genug!«, schrie er laut. »Das ist mein Baum und meine Kirschen. Jetzt geh wieder ins Haus.«

Frieda sah ein, dass es keinen Zweck hatte. In Bezug auf den Kirschbaum war er unbelehrbar und mit den Jahren war es immer schlimmer geworden.

Sie ging wieder zurück ins Haus.

Albert zog einen Ast zu sich herunter und sah sich verstohlen um. Als er sicher war, dass niemand in der Nähe war, streichelte er sanft den Ast.

»Es tut mir so leid, aber es muss nun einmal sein. Niemand außer mir hat das Recht, sich an deinen Früchten zu bereichern.«

Er fing an zu sägen. Mit seiner japanischen Zugsäge kam er gut voran. Der Schnitt würde sauber und gerade sein. Bei der Arbeit begann er zu schwitzen und seine sehnigen Muskeln traten deutlich hervor. Albert sägte und sägte. Er brauchte für die überhängenden Äste beinahe den ganzen Tag.

»Herr Winterkorn«, rief die Nachbarin von der anderen Straßenseite. »Was tun Sie denn ihrem schönen Kirschbaum an?«

Albert packte seine Säge so fest, dass seine Fingerknöchel weiß hervortraten.

»Jetzt passen Sie einmal auf!« Er hob drohend die Säge. »Ich habe genug von Leuten, die sich meine Kirschen pflücken, ohne zu fragen, ohne sich dafür zu bedanken. Jetzt ist es genug!«

»Aber Herr Winterkorn ...« Die Nachbarin sah ihn verwirrt an.

»Soweit ich weiß, gehören Sie auch zu denen, Frau Sommerreif. Ganze Körbe voll haben Sie sich immer geholt. Jetzt ist es vorbei.«

Albert ging wieder ins Haus zurück und ließ sich auf seinen geliebten, abgenutzten Ohrensessel fallen. Zufrieden legte er die Füße auf den dazugehörenden Hocker.

»Frieda, bist so lieb und bringst mir bitte ein Glas Wein. An meinem Baum wird sich niemand mehr vergreifen.«

Entspannt lehnte er sich zurück und blickte durch das Fenster auf seinen geliebten Kirschbaum. Doch was er sah, ließ ihn hochfahren. Zwei Jungen hatten sich in den Garten geschlichen und kletterten den Baum hinauf. Sie bedienten sich an den Kirschen. Seinen Kirschen!

»Frieda!« Er lief in die Küche und zog sie ins Wohnzimmer. Dabei verschüttete sie den Wein. »Sieh dir diese Unverschämtheit an!«

Albert keuchte und bekam Atemnot. Frieda lächelte.

»Lass sie doch, Schatz«, sagte sie.

Aufgeregt lief er auf und ab.

»Wenn doch nur Achilles und Diomedes hier wären.« Er zeigte auf das Schwarz-Weiß-Foto von zwei Deutschen Schäferhunden. »Dann würden die Bengel nicht mehr herunterkommen, das kannst du mir glauben.«

Albert ging in den Keller und kam kurze Zeit später wieder. Er hatte sein altes Spatzengewehr in der Hand und einen entschlossenen Gesichtsausdruck.

»Du hast doch nicht etwa vor, auf die Buben zu schießen?«, fragte Frieda.

Albert nickte heftig.

»Denen werde ich schon Manieren beibringen. Das, was ihre Eltern versäumt haben.«

Er machte das Fenster auf und legte sorgfältig an. Ein leises *Plop* ertönte, dicht gefolgt von einem lauten Aufschrei. Frieda lief zum Fenster, während Albert triumphierend lachte.

»Wie ich es im Krieg gelernt habe«, sagte er. »Und ich kann es immer noch.«

Einer der Jungen lag auf dem Boden und rieb sich mit einer Hand sein Hinterteil. Der andere kletterte behände herunter und half seinem Freund auf. Danach rannten die beiden aus dem Garten wie zwei Hasen, die vor dem Jäger fliehen.

»Albert«, rief Frieda. »Das geht entschieden zu weit!« Sie stemmte ihre Hände in die Hüften.

Albert schulterte das Spatzengewehr. Auf seinem Gesicht lag ein zufriedenes Lächeln.

»Nein, das haben diese Burschen gebraucht. Die wissen doch heutzutage gar nicht mehr, was Recht und Unrecht ist.«

Albert ging ins Schlafzimmer, um sich etwas hinzulegen.

Als er am nächsten Morgen erwachte, hörte er im Garten laute Stimmen.

Es hörte sich beinahe so an, als wäre das ganze Dorf in seinem Garten versammelt. Albert zog sich seine blaue Arbeitshose und ein weißes Hemd an.

Er ging nach draußen und fragte sich, ob ihm jemand Ärger wegen des Spatzengewehrs machen würde und natürlich wegen dem Jungen. Schnell ging er in den Garten. Das erste, was Albert sah, war ein großes Schild mit der Aufschrift: *Kirschen für alle frei! Solange der Vorrat reicht!*

Frieda saß in einem Gartenstuhl, während die Leute hinaufstiegen und die Kirschen pflückten. Seine Kirschen!

»Frieda!« Er fasste sich an die Brust. Sein Herz hämmerte immer schneller.

Albert sah seine Frau noch zufrieden lächeln, als er in die Knie ging.

»Schnell, einen Notarzt!«, hörte er jemanden rufen.

»Mein Baum«, sagte Albert und er sah noch immer dieses Lächeln auf Friedas Gesicht. Dann wurde es dunkel um ihn herum.

Die Füchsin

Bianca Heidelberg

»Scheiße!« Boris trat mit voller Kraft auf die Bremse. Hinter ihm ertönte eine Hupe. Er lenkte sein Auto nach rechts in den Grünstreifen. Der Mann, der hinter ihm gefahren war, überholte und rief »Spinner!« durch das geöffnete Fenster. Er zeigte Boris den Vogel und fuhr weiter. Boris stellte den Motor ab, stieg aus und ging auf das zappelnde Etwas zu, das im Grünstreifen lag. Als er näher gekommen war, sah er, dass es ein Fuchs mit schneeweißem Fell war. Die linke Pfote des Fuchses war in einer Falle eingeklemmt.

»Na sowas, ein weißer Fuchs, das habe ich ja noch nie gesehen«, sagte er leise und pirschte näher an das nervöse Tier heran. Kurz stutzte er, blinzelte, dann schüttelte er den Kopf.

»Da habe ich mich wohl getäuscht. Ich hätte schwören können, dass du drei Schwänze hast. Ein schönes Tier bist du«, murmelte er, um das Tier zu beruhigen, das immer heftiger an seiner Pfote zerrte. Boris blieb stehen und streckte seine Hand vorsichtig in Richtung des Fuchses aus, bis dieser daran schnuppern konnte. Prompt hörte der Fuchs auf, an seiner Pfote zu zerren, und blickte in Boris' braune Augen.

»Na siehst du, wir verstehen uns. Wenn du still hältst, kann ich dich vielleicht aus dieser Falle befreien.« Boris begutachtete die Falle. Zwei geschwungene Metallbügel hielten das Bein des Fuchses gefangen. Boris drückte seine Finger in den schmalen

Spalt zwischen den Bügeln und versuchte, sie auseinander zu drücken. Das kalte Metall bewegte sich keinen Millimeter.

»Was sind das nur für Idioten, die Fallen aufstellen? Die meinen wohl, nur weil ein Fuchs mit Tollwut gefunden wurde, haben plötzlich alle Füchse Tollwut. Warte mal kurz, so schaffe ich das nicht.«

Boris ging zurück zu seinem Auto und öffnete den Kofferraum. Er zog den Wagenheber hervor und begutachtete ihn. Das sollte funktionieren. Er ging zurück zu dem Fuchs, der immer noch ruhig dastand und zu warten schien. Boris versuchte, die Kurbel des Wagenhebers zwischen die Metallbügel zu klemmen. Er rutschte ab. Der Fuchs jaulte auf.

»Tut mir leid«, murmelte Boris und versuchte es ein weiteres Mal. Auf seiner Stirn bildeten sich Schweißperlen. Er schaffte es, die Kurbel in die kleine Lücke zwischen den beiden Bügeln zu drücken. Vorsichtig hebelte er die Falle auf. Sobald die Falle sich ein wenig um seine Pfote herum gelockert hatte, zog der Fuchs sie heraus. Er humpelte ein paar Schritte weg, setzte sich ins Gras und leckte über seine Pfote. Dabei behielt er Boris fest im Blick. Boris hätte schwören können, dass das Tier einen treuherzigen Ausdruck in den Augen hatte. Eine Weile starrten die beiden einander an, dann zog sich der Fuchs etwas zurück und Boris räumte das Stemmeisen in seinen Kofferraum. Der junge Mann schaute noch einmal zurück zu dem Fuchs, dann setzte er sich ins Auto und setzte seinen Weg fort.

»Boris, kannst du mir mal kurz helfen?« Boris eilte seiner Mitarbeiterin zu Hilfe, die gerade damit beschäftigt war, Ware in das Regal zu räumen. Wie so oft hatte sie sich mal wieder viel zu voll beladen. Boris nahm ihr ein paar Kartons ab.

»Gerade noch gerettet. Danke, Chef!«, sagte Verena und zwinkerte ihm zu. Boris war zwar der Filialleiter, aber er und seine

Mitarbeiter pflegten einen lockeren Umgangston. Verena nickte mit dem Kopf in Richtung einer Asiatin. Sie stand unschlüssig vor den Regalen, lief ein paar Meter weiter und starrte wieder auf die Waren. Ab und zu warf sie einen Seitenblick in seine und Verenas Richtung.

»Hoppla, was macht denn China hier? Die sieht aus, als bräuchte sie Beratung. Ich glaube, hier ist männliches Wissen gefragt.« Verena stieß ihm ihre Ellbogen in die Seite und fuhr damit fort, die Regale einzuräumen. Boris beobachtete Verena noch kurz. Beinahe anmutig balancierte sie die Kartons und sortierte sie ordentlich ein. Mit ihrer Einstellung vor knapp einem Monat hatte er einen Glücksgriff getätigt. Sie war fleißig und zuverlässig, und unkompliziert im Umgang. Außerdem kam es Boris so vor, als hätten sie vermehrt männliche Kundschaft, seit Verena mit ihrer zierlichen Figur und der goldenen Lockenpracht durch den Laden wirbelte. Boris ging auf die junge Chinesin zu, die nun etwas finster schaute. Als er auf sie zuging, verschwand dieser Ausdruck wieder von ihrem Gesicht.

»Hallo. Suchen Sie etwas Bestimmtes?«, fragte Boris. Die junge Frau schien zunächst etwas verwirrt. Sie sah ihn aus ihren braunen Augen an, und ihr Blick erinnerte ihn ein wenig an den Fuchs, den er heute Morgen befreit hatte.

»Ich suche etwas zu essen«, antwortete die Frau. Das war ja sehr präzise. Boris versuchte, ein Schmunzeln zu unterdrücken.

»Was essen Sie denn gerne?« Die Chinesin runzelte die Stirn, als würde sie angestrengt nachdenken.

»Kaninchen«, antwortete sie.

»Kommen Sie mit, ich zeige Ihnen unsere Fleischauswahl«, sagte Boris und lief voraus. Die Frau sah sich eine Weile am Fleischregal um, dann wandte sie sich wieder an Boris. Ihre leicht schräg verlaufenden Augen fixierten ihn, während sie mit ihm redete.

»Haben Sie auch Wasser?«

»Natürlich. Folgen Sie mir.«

Sie blickte eine Weile suchend zwischen den Sprudelkisten umher, bevor sie sich wieder an Boris wandte.

»Danke«, sagte sie und er fühlte sich entlassen wie ein Schuljunge. Er ging in sein Büro, um sich um den Papierkram zu kümmern. Als er durch die Scheibe in den Laden blickte, sah er, wie die Chinesin an der Kasse vorbeiging. Sie hatte nichts gekauft. Er sah ihr hinterher, als sie den Laden verließ. Ihr langes, schwarzes Haar fiel wie Seide bis zu ihrer Hüfte. Ihr Gang wirkte so leichtfüßig und anmutig, wie er es noch nie an einem Menschen gesehen hatte.

»Ich finde, das war leichtsinnig von dir«, sagte Manuela zum wiederholten Male. »Der Fuchs hätte dich beißen und mit Tollwut anstecken können.« Boris lachte.

»Selbst wenn er mich gebissen hätte, wäre nichts passiert. Er hatte schließlich keine Tollwut. Ich finde, ich habe eine gute Tat vollbracht, und der Fuchs schien mir dankbar zu sein.« Er streckte seiner Freundin die Zunge heraus. Sie knuffte ihm in die Seite, woraufhin er sie kitzelte.

»Wollen wir noch ein wenig an die frische Luft gehen, bevor es völlig dunkel ist draußen?«, fragte er nach einem kleinen Gerangel.

»Von mir aus gerne. Aber ich meine trotzdem, dass du besser den Förster gerufen hättest.« Boris rollte mit den Augen und ließ die Zunge heraushängen.

»Hilfe, ich habe Tollwut«, sagte er röchelnd. Manuela lachte.

»Schon gut, ich hör ja schon auf.« Die beiden nahmen ihre Jacken von der Garderobe und machten sich auf den Weg. Von ihrer gemeinsamen Wohnung aus gelangte man schnell in den Wald, aber da es bereits dämmerte, hielten die beiden sich lieber an die Feldwege. Der Boden war feucht und Manuelas Schuhe gaben beim Laufen ein regelmäßiges Quietschen von sich. Vereinzelte Bäume und Sträucher säumten den Weg. Aus dem Wald ertönte ein tiefes »U-huu«. Plötzlich blieb Manuela stehen und starrte in die Dämmerung. Boris folgte ihrem Blick mit den Augen, sah aber nichts außer einem Busch.

»Hast du das gesehen?«, flüsterte Manuela.

»Nein, was denn?«, fragte er. Manuela schüttelte ihren Kopf.

»Da stand ein weißer Fuchs, und dann war er plötzlich weg«, antwortete sie, und ihre Nackenhaare stellten sich auf.

»Bestimmt hast du dich getäuscht. Wie viele weiße Füchse wird es hier schon geben?«

»Ja, eben«, begann Manuela, fuhr aber nicht fort. Wie seltsam, dass sie gerade jetzt auf einen weißen Fuchs trafen, nachdem Boris einen gerettet hatte. Selten bekam man hier Füchse zu Gesicht, und wenn, dann waren es rote und keine weißen. Man könnte fast meinen, er verfolge Boris. Sofort verwarf sie den Gedanken wieder.

»Ich hätte schwören können, dass da ein weißer Fuchs mitten auf der Straße gestanden hatte. Vor Schreck bin ich so stark in die Bremsen gestiegen, dass mein Drahtesel mich abwarf. Als ich mich wieder aufrappelte, war natürlich weit und breit kein Fuchs zu sehen«, sagte Verena und lachte dabei. Boris schüttelte den Kopf und begutachtete die Schrammen in ihrem Gesicht und auf ihren Armen.

»Du machst Sachen. Du hast Glück, dass du außer ein paar Schrammen nichts abbekommen hast. Du solltest beim Radfahren besser einen Helm tragen«, sagte er.

»Klar, Chef«, antwortete Verena und lachte. »Aber ich bin ja schon froh, dass du mich deswegen nicht in die Klapse einweisen lässt. Wer weiß, vielleicht sehe ich heute auf meinem Heimweg weiße Mäuse.« Beide lachten. Sie verstummten, als die Chinesin vom Vortag den Supermarkt betrat und an den beiden vorüber schritt. Sie sah Verena im Vorbeigehen an und warf ihre Haare über ihre Schulter nach hinten. Als sie sich wieder entfernt hatte, beugte sich Verena zu Boris hinüber.

»Ich habe den Eindruck, sie mag mich nicht. Ich sehe sie heute zwar erst zum zweiten Mal, aber irgendwie finde ich sie seltsam«, flüsterte sie ihm zu.

»Lass mal, ich kümmere mich um sie. Räum du das Regal hier fertig ein.« Boris ging langsam auf die junge Chinesin zu, die wieder unentschlossen vor den Regalen stand.

»Hallo! Schön, dass Sie sich wieder zu uns verirrt haben. Kann ich Ihnen helfen?«

»Hallo! Ich suche ein Geschenk.« Sie strich ihre Haare mit der Hand zurück. Boris fiel auf, dass sie im Gesicht und an den Armen ähnlich verschrammt war wie Verena.

»Waren Sie etwa auch Rad fahren und sind einem weißen Fuchs begegnet?« fragte er scherzend. Ihr Kopf schnellte zu ihm herum, sie sah ihn mit einem treuherzigen Ausdruck in den Augen an. Ihre Augen übten eine Anziehung auf Boris aus, die er sich nicht erklären konnte. Er konnte nicht anders als hinein zu starren. Alles um ihn herum wurde verschwommen und unklar. Sie blickte ihn weiter an und machte einen Schritt auf ihn zu. In dem Moment kam ein Kunde mit einem Hund vorbei, der wild kläffte und sich gegen seine Leine stemmte.

»Entschuldigung, das macht er sonst nie«, sagte der Mann verlegen und zog seinen Hund weiter.

Verwirrt blinzelte Boris. Im Hintergrund hörte er den Hund wieder anschlagen. Die Chinesin war einige Schritte zurückgewichen. Dann erinnerte Boris sich daran, warum sie hier war.

»Ja, also, Sie suchen ein Geschenk? Für Ihren Freund?«

»Ich habe keinen Freund.« Er wartete, aber sie sprach nicht weiter.

»Für eine Freundin vielleicht?« Sie schien kurz zu überlegen, dann neigte sie den Kopf, was Boris als Zustimmung auffasste.

»Folgen Sie mir, wir haben ein kleines Geschenkartikel-Sortiment.« Er ging voraus und zeigte ihr das Regal, in dem sich kuschlige Wellness-Socken, ein paar Kerzen und sonstiger Nippes befanden. Die Frau stand vor dem Regal und starrte hinein, ohne etwas in die Hand zu nehmen und genauer zu begutachten, wie es Frauen für gewöhnlich taten.

»Gegenüber der Kasse haben wir ein paar Bücher, falls Ihre Freundin gerne liest«, sagte er. Sie nickte nur und starrte weiter auf das Regal. Boris wartete kurz, aber sie schien ihn nicht mehr zu brauchen, also entfernte er sich. Im Weggehen sah er, wie sie in das Fach mit den Plüschtieren griff.

»Chef, mach mal Pause. Kommt Manuela heute nicht?«, fragte Verena ihn später. Boris schaute auf seine Armbanduhr und fuhr sich mit der Hand durch die kurzen, braunen Locken.

»Ich habe gar nicht gemerkt, dass wir schon Mittag haben. Manuela kommt heute nicht«, sagte er. »Sag mal, hat die Chinesin vorhin eigentlich etwas gekauft?«

»Nein«, antwortete Verena prompt. »Findest du es nicht auch seltsam, dass sie schon wieder hier war, ohne etwas zu kaufen?«

»Naja«, sagte Boris zögernd, »es gibt immer wieder Leute, die gehen, ohne etwas zu kaufen.«

»Aber nicht zweimal direkt hintereinander, und überhaupt habe ich sie hier vorher noch nie gesehen«, entgegnete Verena.

»Ja, da hast du wohl Recht. Etwas seltsam ist sie schon.« Boris überlegte, wie viele Plüschtiere wohl in dem Fach gestanden hatten und ob es jetzt eins weniger wäre.

Manuela spazierte durch ihren Lieblingspark und biss in ihr belegtes Brötchen. Sie verbrachte ihre Mittagspause gern hier. Sie war oft die einzige, die hier herumschlenderte, was sie sehr genoss, und vor allem wusste man zu dieser Jahreszeit nie, wie viele warme und trockene Tage noch kommen würden. Sie streckte ihr Gesicht der schon etwas schwachen Sonne entgegen und schüttelte ihren langen, braunen Pferdeschwanz. Hier konnte sie perfekt von der Arbeit abschalten. Sie arbeitete gern in der Apotheke. Sie sah sich als Beraterin und liebte es, den Menschen bei der Suche nach dem richtigen Mittelchen zu helfen, wenn sie wegen Kleinigkeiten nicht sofort zum Arzt gehen wollten. Sie hörte sich auch gern die Krankengeschichten an und spendete etwas Trost, indem sie ihr Mitgefühl zum Ausdruck brachte. Manche Menschen brauchten einfach das Mitleid anderer, und schon ging es ihnen auch ohne Medikamente besser. Aber zur Zeit grassierte wie jeden Herbst eine Grippe- und Schnupfen-Welle, und sie war froh, den schniefenden und hustenden Kunden für eine Weile zu entkommen. Manuela dachte an den alten Herrn Schneider, der regelmäßig bei ihnen war und sich am liebsten von ihr bedienen ließ. Auch heute war er wieder in der Apotheke gewesen und hatte sich augenzwinkernd über die vielen Grippepatienten lustig gemacht.

»Die sollten alle viel mehr an die frische Luft gehen, dann müssten sie jetzt nicht rotzen und röcheln«, hatte er gesagt und ihr zugezwinkert. Manuela lächelte und ließ den Blick schweifen. Im Park standen einige hohe Bäume, aber auch viele Büsche und Sträucher, die im Sommer bunt blühten. Jetzt hatten sich viele Blätter schon rot und gelb verfärbt oder lagen bereits auf dem Boden. Keine Insekten tummelten sich in den Sträuchern. Eine geheimnisvolle Stille lag über dem Park, die nur von Manuelas knirschenden Schritten auf dem Kies unterbrochen wurde. Vor Manuela wurde die bunte Pracht des Parks jäh gestört. Abrupt blieb sie stehen. Sie erblickte schneeweißes Fell. Ein Fuchs. Er stand mitten auf dem Weg und starrte sie an. Manuela starrte zurück.

»Du musst weglaufen. Du bist ein scheues Tier«, murmelte Manuela. Sie ging einen Schritt weiter. Der Fuchs rührte sich nicht. Gänsehaut breitete sich langsam auf Manuelas Unterarmen aus, setzte sich auf den Oberarmen fort und prickelte auf ihrer Kopfhaut. Langsam bückte sie sich und nahm ein Steinchen in die Hand, warf es in die Richtung des Tieres. Der Fuchs zuckte nicht einmal, sondern ging sogar einen Schritt näher an sie heran. Er gähnte und Manuela hatte einen guten Blick auf sein Gebiss. Ihr Herz klopfte so laut und schnell, als säße ein Specht in ihrer Brust. Ehe sie wusste, was sie vorhatte, war sie schon ein paar Schritte zurückgewichen. Ohne den Fuchs aus den Augen zu lassen, ging sie langsam rückwärts. Der Fuchs blieb stehen und blickte sie an. Schließlich drehte Manuela sich um und lief weiter, wobei sie immer wieder zurückblickte. Der Fuchs bewegte sich keinen Millimeter.

»Du bist ja viel zu früh zurück«, sagte ihre Kollegin Andrea verwundert, als Manuela schnaufend durch die Ladentür stolperte. Andrea schaute sie eindringlich an.

»Du siehst aus, als hättest du ein Gespenst gesehen«, sagte sie.

Manuela setzte sich auf einen Stuhl hinter dem Tresen. Sie musste ein paar Mal tief Luft holen, bevor sie sprechen konnte.

»Da war ein Fuchs im Park«, stieß sie hervor. Andrea schaute sie an, als sei sie übergeschnappt.

»Ja und?«

»Er war weiß, und er ist nicht weggerannt, sondern auf mich zugegangen.« Andrea sah sie skeptisch an.

»Jetzt sag nicht, dass du Angst vor ihm hattest. Du weißt doch, dass Füchse sehr scheu sind. Außerdem sind sie viel zu klein, um einem Erwachsenen Angst einzujagen.«

»Er ist nicht einmal weggelaufen, als ich Steinchen nach ihm geworfen habe«, sagte Manuela immer noch keuchend. In dem Moment betrat eine alte Dame die Apotheke. Andrea nahm eine bereits gefüllte Tüte aus einer Schublade und stellte sie auf die Theke.

»Hallo, Frau Neumaier. Hier ist Ihre Bestellung. Kann ich sonst noch etwas für Sie tun?«

»Nein, danke. Sagen Sie mal, was ist denn mit Ihrer Kollegin los? Sie sieht ja aus, als wäre der Teufel persönlich hinter ihr her gewesen«, sagte die alte Dame.

»Ja, der Teufel in Form eines Fuchses«, sagte Andrea sarkastisch und lachte.

»Lachen Sie nicht! Füchse sind zur Zeit gefährlich. Tollwut, wissen Sie. Meine Freundin hat gestern zwei Füchse kämpfen sehen«, sagte die alte Dame mit ihrer heiseren Stimme. »Naja, aber wenn ich es recht bedenke, ist sie vermutlich schon dement. Sie behauptete steif und fest, es seien zwei weiße Füchse gewesen. Haben Sie schon jemals auch nur einen weißen Fuchs hier frei herumlaufen sehen?«, fragte sie, ohne eine Antwort zu erwarten, bezahlte und verließ die Apotheke. Manuela starrte ihr hinterher und blieb bleich auf dem Stuhl sitzen, bis ihre Kollegin sie aufscheuchte und in das Lager schickte, um die Medikamente aufzufüllen.

»Nicht einmal du nimmst meine Angst ernst«, sagte Manuela und sah Boris beleidigt an. Sie saßen wie so oft am Abend gemütlich auf dem Sofa, sahen fern und unterhielten sich.

»Tut mir leid, Schatz«, sagte er lachend, »aber ich stelle mir gerade vor, wie ein Fuchs versucht, dich umzuwerfen, damit er dich auf Augenhöhe anknurren kann. Füchse sind doch fast so klein wie Katzen und rennen beim kleinsten Geräusch sofort weg. Vor einem Fuchs brauchst du wirklich keine Angst zu haben.« Manuela verschränkte die Arme vor der Brust.

»Du nimmst mich nicht ernst. Ich habe dir doch gesagt, dass ich Steinchen nach ihm geworfen habe, und er darauf noch näher kam. Außerdem, schon wieder ein weißer Fuchs, das ist doch wirklich seltsam. Und die alte Frau Neumaier hat von zwei weißen Füchsen erzählt. Das sind zu viele Zufälle.« Boris machte mit der Hand eine wegwerfende Geste.

»Du hast selbst schon oft gesagt, dass die alte Dame ein bisschen spinnt. Wer weiß, ob sie die Geschichte nicht erfunden hat. Komm, lass uns ins Bett gehen.« Er strich über Manuelas Kopf und ließ seine Hand in ihrem Nacken liegen, die Finger um einen Büschel ihrer dicken Locken geschlossen. Manuela stieß seine Hand weg und stand auf.

»Geh du nur, ich schaue noch ein wenig fern«, sagte sie verbissen. Boris seufzte, stand aber auf und verließ das Zimmer. Manuela schaltete ziellos durch die Sender. Normalerweise konnte sie sich beim Fernsehen gut entspannen, aber der Fuchs hatte sich in ihren Gedanken eingenistet und ließ sie nicht zur Ruhe kommen. Etwas war seltsam an diesem Tier. Ihr jagten beim bloßen Gedanken daran Schauer über den Rücken. Als ihre Augen bereits brannten, gab sie auf und legte sich ins Bett neben den schlafenden Boris. Unruhig wälzte sie sich im Bett herum, bis die Müdigkeit schließlich die Oberhand gewann.

Manuela erstarrte, als sie die beiden sah. Sie hatte ihre Mittagspause extra etwas früher begonnen, um Boris zu überraschen und mit ihm gemeinsam Mittag zu essen. Insgeheim hatte sie gehofft, dass sich die Wogen dadurch wieder glätten würden. Nun starrte sie auf ihren Freund und eine Chinesin, wie sie gemeinsam vor der Bäckerei am Stehtisch standen, jeder ein dampfendes Getränk vor sich. Die beiden schienen sich prächtig zu unterhalten. Zu Manuela war er heute Morgen eher kühl gewesen. War die Chinesin vielleicht der Grund dafür, dass Boris sich momentan nicht wirklich für ihre Sorgen und Ängste interessierte? Manuela hatte das Gefühl, dass sich ein Schleier auf ihren Verstand legte. Der Supermarkt, die Bäckerei, all das verschwamm. Boris und die junge, hübsche Frau traten umso deutlicher hervor. Ihr Lachen wurde greller, sie schienen sich immer weiter aufeinander zuzubewegen. Die Chinesin legte ihre Arme um Boris' Hals und küsste ihn auf den Mund, woraufhin Boris seinen Arm um ihre schmale Taille legte und sie dichter an sich zog. Manuela spürte, wie ihr Herz in ihrer Brust hämmerte. Laut schnaubend polterte sie auf die beiden zu.

»Was soll denn das? Nimm deine Finger von meinem Freund«, rief sie den beiden entgegen, noch bevor sie bei ihnen angekommen war. Plötzlich verschwand der Schleier. Sie vernahm wieder das Piepsen der Scanner, über die Ware gezogen wurde, und das sanfte Geräusch des Ofens, der frische Brötchen backte. Boris und die junge Frau starrten sie an. Der Tisch stand zwischen ihnen, jeder hatte seine Hände an seiner Tasse. Manuela schaute verwirrt zwischen den beiden hin und her.

»Sag mal, bist du jetzt völlig übergeschnappt?«, sagte Boris leise. Sie konnte die Wut in seinen Augen sehen. Manuela brachte keinen Ton hervor.

»Ich gehe dann mal besser«, sagte die Chinesin in pikiertem Ton und musterte Manuela, während sie an ihr vorbeiging. Unter ihrem Blick fühlte sich Manuela plump und übergewichtig.

»Bis zum nächsten Mal, Kim«, rief Boris ihr hinterher. Kim lief weiter, ohne sich umzudrehen. Boris starrte Manuela an. Sie merkte, dass er kurz davor war zu platzen. Scham überkam sie. Was war das nur gewesen? Warum hatte sie sich eingebildet, die beiden würden wild herumknutschen? Warum pochte immer noch eine wilde Eifersucht in ihr? Nach einer Weile drehte sich Boris wortlos um und ließ Manuela stehen. Sie war nicht fähig sich zu rühren, bis sie merkte, dass Verena sie von der Kasse aus beobachtete. Normalerweise wechselte sie gern ein paar Worte mit ihr, aber heute tat sie so, als hätte sie sie nicht gesehen, und verließ eilig den Supermarkt. Ziellos lief Manuela durch die Stadt. Zur Apotheke brauchte sie noch nicht zurückzukehren, außerdem würde Andrea Fragen stellen, wenn sie jetzt schon auftauchte. Sie drängte sich zwischen den Menschen hindurch und versank in ihren Gedanken. Manuela blieb abrupt stehen, als sie einen weißen Fuchs hinter einem Plakat verschwinden sah. Ein Mann rempelte sie von hinten an und murmelte ärgerlich vor sich her, bevor er um sie herum ging und seinen Weg fortsetzte. Manuela starrte auf das Plakat, das auf dem Boden aufgestellt war. Eine weiße Schnauze blickte dahinter hervor. Die Augen des Fuchses musterten sie eindringlich und sie zuckte zusammen. Plötzlich überkam sie wieder dieses seltsame Gefühl, als sei sie nicht Herr über sich selbst. Sie setzte sich langsam in Bewegung, die Augen weiterhin in die des Fuchses versunken. Sie ging über den Gehweg, überschritt die Bordsteinkante und setzte ihren Fuß auf der Straße auf. Ein lautes Hupen riss sie aus ihrer Trance. Arme packten sie von hinten und zogen sie unsanft zurück auf den Gehweg. Ein schwarzes Auto raste haarscharf an ihr vorbei.

»Haben Sie nicht gesehen, dass die Ampel rot ist«, schnauzte der ältere Herr sie an, der immer noch ihren Arm festhielt. Sie sah, dass er und weitere Passanten missbilligend die Köpfe schüttelten, da sprang die Ampel auf Grün um, und Manuela wurde vom Strom der Passanten über die Straße geschwemmt. Sie blickte suchend zu dem Plakat. Der Fuchs war verschwunden.

Boris schaute betont konzentriert in den Fernseher. Manuela tippte auf der Tastatur des Laptops herum und fuhr mit dem Finger über das Touchpad. Draußen dämmerte es bereits, aber keiner der beiden stand auf, um den Rolladen herunterzulassen. Seit sie sich am Abend zu Hause getroffen hatten, hatten sie kaum ein Wort miteinander gewechselt. Manuelas Gedanken drehten sich um den weißen Fuchs. Hier in der Gegend war eigentlich nur der Rotfuchs heimisch. In ihrem Kopf ratterte es. Sie probierte ein paar Suchbegriffe in der Suchmaschine aus, dann flogen ihre Augen über den Bildschirm.

»Boris, ich hab die Lösung«, sagte sie aufgeregt. Ihr Freund schaute sie verwirrt und skeptisch an. »Hier, schau. Kitsune. Der Fuchs ist eine Kitsune.« Boris wirkte noch verwirrter.

»Der Fuchs ist ein Fuchs. Und was soll bitte eine Kitsune sein?«, fragte er säuerlich. Manuela klickte noch ein bisschen weiter, dann las sie ihm eine Passage vor.

»Kitsune ist der japanische Name sowohl des Rotfuchses als auch des Eisfuchses. Kitsune besitzen die Gabe, menschliche Gestalt anzunehmen. Oft treten sie als schöne junge Frau auf.« Sie hob ihm den Laptop vor die Nase, damit er selbst weiterlesen konnte. Boris las ein paar Sätze und runzelte die Stirn.

»Hier steht, dass Kitsune Figuren aus der Mythologie sind. Das heißt, es gibt sie nicht wirklich«, sagte er und sah Manuela mit hochgezogener Augenbraue an. Manuela seufzte genervt.

»Aber alles, was hier steht, passt. Die Chinesin ...«

»Kim«, warf er grob ein.

»Dann halt Kim«, sagte sie und warf ihm einen verärgerten Blick zu. »Also, Kim ist eine Kitsune. Sie hat sich in dich verliebt, weil du sie aus der Falle gerettet hast, und jetzt will sie mir Angst machen und mich verjagen, damit sie freie Bahn hat.« Boris schnaubte ärgerlich.

»Was für ein Blödsinn.« Manuela durchbohrte ihn mit ihren Blicken.

»Aber es spricht vieles dafür. Du hast den Fuchs gerettet, und plötzlich taucht diese Chinesin auf. Der Mythos kommt aus Japan und China. Seltsamer Zufall.« Boris verdrehte die Augen, aber Manuela sprach unbeirrt weiter. »Dauernd taucht ein weißer Fuchs auf und mir passieren seltsame Dinge. Ich hab dir noch gar nicht erzählt, dass ich nach unserem Streit fast vor ein Auto gelaufen wäre, und auf der Eingangstreppe vor der Apotheke lag ein weißer Plüschfuchs.« Sie sprang vom Sofa auf und lief hin und her, während sie auf ihn einredete. Boris schaltete den Fernseher aus, lehnte sich mit vor der Brust verschränkten Armen zurück und sah sie mit einer Mischung aus Ärger und Belustigung an.

»Jetzt machen dir schon weiße Plüschfüchse Angst?«, fragte er in ironischem Ton. Manuela blickte ihn an, als würde sie ihm am liebsten an die Kehle gehen.

»Nachdem ich fast vor ein Auto gelaufen wäre, weil mich ein weißer Fuchs konfus im Kopf gemacht hat, habe ich natürlich einen Schreck bekommen, als ich ihn sah. Und das passiert komischerweise direkt nachdem ich dich mit dieser kleinen Chinesin sehe.« Boris erhob sich so plötzlich vom Sofa, dass sie einen Schritt zurückwich.

»Ach, willst du mir jetzt etwa Schuldgefühle einreden? Willst du mir einreden, dass du dich wegen mir fast vor ein Auto gestürzt hättest? Wo ist denn überhaupt dieser blöde Plüschfuchs?« schrie er. Manuela zog den Kopf ein. Noch nie hatte sie ihn so unbeherrscht erlebt.

»Ich habe ihn sofort weggeworfen. Oder hätte ich ihn etwa als Erinnerung behalten sollen?«, sagte sie in giftigem Ton.

»Na, das ist ja praktisch. Du hast keinerlei Beweise für deine Behauptungen und ich soll dir einfach glauben.« Boris lachte bitter. Sein Lachen hallte unangenehm in Manuelas Ohren. Seine Reaktion hielt sie davon ab, ihm auch noch von ihrer Halluzination im Supermarkt zu erzählen, in der die beiden geknutscht hatten. Ihre Unterlippe zitterte.

»Es wäre wirklich mal angebracht, dass du mir glaubst. Mir passieren seltsame und gefährliche Dinge, und dir ist es egal.« Tränen schossen ihr in die Augen. Sie drehte sich um und rannte aus der Wohnung. Sie hörte noch einen entnervten Seufzer von ihm, dann war sie draußen. Sie lief einfach drauflos, um ihren Ärger und ihre Enttäuschung hinter sich zu lassen. Sie registrierte nicht die Kälte, die durch ihren dünnen Pullover kroch, und auch nicht, dass es bereits dämmerte. Sie konnte an nichts anderes denken als daran, dass sie Recht hatte und er ihr nicht glaubte. Als sie kurz anhielt, um zu Atem zu kommen, bemerkte sie, dass sie sich mitten im Wald befand. Sie sah sich um. Ihr Atem kam als weiße Wolke aus ihrem Mund. Der Wald war still. Als ihre keuchenden Atemzüge leiser wurden, nahm sie die Geräusche des Waldes wahr. Hier ein Rascheln, dort ein Knacken. Sie sah eine Bewegung aus den Augenwinkeln. Etwas Weißes flog über ihren Kopf hinweg. Instinktiv duckte sie sich und sah in die Richtung, in die das unbekannte Wesen geflogen war. Eine Eule, versuchte sie sich zu beruhigen. Gleichzeitig fragte sie sich, ob es hier Schneeeulen gab. Da! Wieder etwas weißes, diesmal auf dem Boden. Sie schaute genauer hin, da war es auch schon wieder verschwunden. Sie wich einen Schritt zurück. Ihr Blick schnellte nach links, als sie meinte, dort etwas Helles gesehen zu haben. Alle anderen Farben verschwammen ineinander, wurden ein einheitliches Schwarzbraun. Sie ging noch einen Schritt zurück, stolperte über einen Ast, der hinter ihr gelegen hatte. Sie bemerkte, dass sie sich längst vom Weg entfernt hatte. Ihr Blick ging nach rechts. Sie sah etwas Weißes durch die Luft springen, dann wieder verschwinden.

»Weg hier«, flüsterte ihr eine Stimme zu. Manuela drehte sich um und rannte. Äste peitschten ihr ins Gesicht, hielten ihre Füße gefangen. Blindlings stolperte sie voran, weiter, immer weiter. Sie warf einen Blick über ihre Schulter. Rannte da etwas Weißes hinter ihr her? Sie rannte noch schneller. Ihr Atem kam stoßweise. Angst schnürte ihr die Kehle zu. Tränen rannen über ihre Wangen. Sie war gefangen. Im Wald hatte sie keine Chance zu entkommen. Kim würde gewinnen. Trotzdem rannte sie weiter, so schnell sie konnte. Ihre Knie wurden weich, wollten sie nicht mehr tragen. Plötzlich hörte sie ihren Namen.

»Manuela!« Sie erkannte Boris' Stimme, weit entfernt. Sie rannte darauf zu, wie eine Ertrinkende auf den Rettungsring zuschwimmt. Immer wieder rief er ihren Namen. Sie stolperte, stürzte, rappelte sich wieder auf. Sie meinte, Schritte hinter sich zu hören. Ohne sich umzuschauen rannte sie weiter. Plötzlich stand er vor ihr. Sie konnte nicht rechtzeitig anhalten und prallte gegen ihn. Er legte seine Arme um sie und hielt sie fest.

»Alles in Ordnung?«, fragte Boris. Sie weinte und schüttelte den Kopf. Er strich ihr durch die Haare. »Komm, wir gehen nach Hause.«

Zu Hause versuchte sie ihm zu erzählen, was im Wald passiert war, aber er ignorierte ihre Erklärungen, versuchte nur, sie zu beruhigen wie ein verängstigtes Kätzchen.

»Alles ist gut, wir sind zu Hause. Wir vergessen den ganzen Streit und machen uns morgen einen schönen Tag. Morgen ist Sonntag, schon vergessen?« Boris küsste sie auf die Stirn und brachte sie ins Bett. Arm in Arm schliefen sie ein, aber die Angst in Manuelas Brust nahm ihr fast den Atem.

Manuela schrak hoch, riss die Augen auf und blickte sich suchend um. Kein weißer Fuchs. Tröstlicher Kaffeeduft stieg ihr in die Nase. Ihr Puls beruhigte sich und sie stand auf, um in die Küche zu gehen.

»Guten Morgen«, begrüßte Boris sie und gab ihr einen Kuss. Er musterte sie rätselhaft und sie wandte den Blick ab. Die beiden setzten sich an den Küchentisch und begannen zu frühstücken. Nach einer Weile räusperte Boris sich.

»Ich dachte, wir könnten heute mal wieder eine Radtour zu unserem Lieblings-Italiener machen. Draußen ist es fast schon sommerlich, das müssen wir nochmal ausnutzen«, sagte er und sah sie fragend an. Manuela nickte und brachte ein kleines Lächeln zustande, bevor sie sich wieder auf ihr Frühstück konzentrierte.

Der Tag verlief harmonisch. Keiner erwähnte den vorigen Abend oder das Thema Füchse. Auch der Name Kim fiel kein einziges Mal. Die beiden machten eine Radtour und aßen bei ihrem Lieblings-Italiener. Sie bummelten Händchen haltend durch die Altstadt und ließen ihre Blicke durch die Schaufenster schweifen. Gegen Abend waren sie wieder zu Hause. Manuela begann wie gewohnt den Tisch zu decken, aber Boris hielt sie zurück.

»Wenn es dir nichts ausmacht, esse ich etwas später. Ich würde gerne noch joggen gehen«, sagte er und gab ihr einen Kuss auf die Wange.

»Dann warte ich mit dem Essen auf dich«, antwortete Manuela und sah ihm zu, wie er sich umzog und die Wohnung verließ. Sie rollte sich mit einem Buch in der Hand auf dem Sofa zusammen und merkte nicht, dass es bereits zu dämmern begann und dass die Balkontür noch offen stand.

Ein Geräusch ließ Manuela aufschrecken. Sie blickte zum Balkon. Als sie sah, dass die Tür offen war, machte ihr Herz einen Satz. Zögerlich stand sie auf und ging Schritt für Schritt auf die Balkontür zu. Sie war schon fast da. Gleich würde sie die Hand auf den Türgriff legen, die Tür schließen und sich wieder sicher fühlen. Plötzlich trat der weiße Fuchs in die Öffnung. Vor Schreck blieb Manuela einen Moment lang stehen und starrte ihn an. Der Fuchs rührte sich nicht und starrte zurück. Sekunden später war Manuela im Schlafzimmer und versuchte mit zittrigen Fingern, die Tür abzuschließen. Die Tür wurde aufgestoßen und Manuela flüchtete ans andere Ende des Zimmers. Ungläubig starrte sie die Person an, die hereingekommen war.

»Damit hättest du nicht gerechnet, was?«, sagte Verena und lehnte entspannt am Türrahmen.

»Verena? Wie kommst du hier rein? Hast du nicht den Fuchs im Wohnzimmer gesehen?«, stammelte Manuela. Verena lachte und warf dabei ihre blonde Mähne in ihren Nacken.

»Und ich hielt dich immer für schlau«, sagte Verena und starrte Manuela durchdringend an. Manuela fühlte sich wie im Supermarkt, als sie gedacht hatte, Boris und Kim knutschen zu sehen. Alles um sie herum verschwamm, nur Verena war überdeutlich, grell und bunt, ihre Schönheit beinahe überirdisch. Dann hörte es so plötzlich auf, wie es begonnen hatte, und alles wirkte wieder normal. Die Härchen an Manuelas Armen standen senkrecht.

»Du warst das? Und du hast mich in der Stadt beinahe vor ein Auto laufen lassen? Warum?«, fragte Manuela.

»Zugegeben, das in der Stadt muss Kim gewesen sein. Hätte ich ihr gar nicht zugetraut. Unfreiwillig hat sie eine Weile ganz gut mit mir kooperiert. Aber selbst unser kleiner Schaukampf hat sie nicht davon abgebracht, deinem Freund hinterher zu steigen, also habe ich sie ausgeschaltet.« Ein gehässiges Grinsen erschien auf Verenas Gesicht. Manuela wich weiter zurück, bis sie die Wand in ihrem Rücken spürte.

»Was willst du von mir?«, flüsterte Manuela. Verena lachte wieder.

»Nur deinen Freund«, sagte sie süffisant. »Und das geht leider nur, wenn du weg bist.« Ihr Tonfall ließ keinen Zweifel daran, dass ihr keineswegs leid tat, was sie mit Manuela vorhatte. Manuela schlang die Arme um ihren Körper. Sie erstarrte, als Verenas Konturen zu zerfließen begannen wie Quecksilbertropfen, die aus einem Thermometer perlen. Auf einmal stand der weiße Fuchs an Verenas Stelle vor ihr. Nur wirkte er diesmal größer und bedrohlicher. Manuela unterdrückte einen Aufschrei, als sie sah, dass er fünf Schwänze hatte. Die Schwänze bewegten sich wie Schlangen und rieben sich aneinander. Schließlich stoben Funken hervor und landeten auf dem Teppich. Kleine Rauchfahnen stiegen auf. Manuela schlug vor Entsetzen die Hand vor den Mund. Der Fuchs blickte sie an und stieß ein drohendes Knurren aus. Flammen begannen zwischen ihr und dem Fuchs zu züngeln. Der Fuchs schien sie mit dem Wedeln seiner Schwänze anzufachen und in ihre Richtung zu treiben. Manuela wollte weiter zurückweichen, aber die Wand blieb fest in ihrem Rücken. Ihre Augen tränten. Rauch stieg ihr in Mund und Nase und ließ sie husten. Sie sank auf die Knie. Die Konturen des Fuchses verschwammen mit dem Qualm. Manuela schloss kurz die Augen gegen die Hitze. Als sie sie wieder öffnete, war sie allein mit dem Feuer.

Das Netz

Björn Sünder

Richard saß in seinem Stammcafé. Wann immer es seine Zeit
zuließ, ging er dorthin. Auf dem Tisch vor ihm stand eine Tasse
mit heißer Schokolade. Kaffee mochte er nicht. Gedankenverlo-
ren sah Richard aus dem Panoramafenster. Der Wind spielte mit
den Blättern, und Regen lief die Scheibe hinab. Ein kalter
Schauer lief über seinen Rücken. Er schüttelte sich und wandte
sich von dem trostlosen Anblick ab. Lieber beschäftigte er sich
mit seiner neusten technischen Errungenschaft, einem Laptop.
Der Computer war sehr teuer gewesen, aber Richard war immer
gerne auf dem neusten Stand der Technik. Er fand, dass sich die
Anschaffung gelohnt hatte. Mit diesem Gerät konnte er beinahe
immer und überall online sein. Heutzutage gab es an den meisten öffentlichen Plätzen sogenannte Hotspots. Für Stellen, an
denen diese nicht vorhanden waren, hatte er von seinem Inter-
netanbieter einen WLAN-Stick. So stand ihm die ganze Welt offen, vierundzwanzig Stunden lang. Egal ob elektronische Post,
Nachrichten oder der Klatsch und Tratsch der Schönen und Reichen. Sein Computer summte.

»Sie haben Post«, sagte die Stimme aus dem Rechner.

Richard machte sich daran, sein virtuelles Postfach zu öffnen.

»Darf es noch etwas sein?« Unbemerkt war die neue, sehr attraktive Bedienung an seinen Tisch getreten. Schnell klappte er
seinen Laptop zu. Richard sah nach oben und lächelte. Ein Re-
flex.

»Noch ein Stück von diesem herrlichen Schokoladenkuchen.«
Richard liebte Schokoladenkuchen und Frauen. Beides war eigentlich recht einfach zu bekommen. Wenn man wusste, wie es funktionierte, und die richtigen Knöpfe drückte. Als die Bedienung hinter der Theke war, wandte sich Richard wieder seinem Laptop zu. Der Absender der Nachricht war unbekannt. Er hasste so etwas. Die Betreffzeile weckte aber seine Neugier.

Es geht um deine Zukunft, Richard Funke.

Das erste, was er tat, war, den Virenscanner durchlaufen zu lassen. Dass der Absender seinen Namen kannte, verwunderte Richard nicht. Das weltweite Netz war ein gigantischer Moloch. Wer irgendwelche Informationen wollte, bekam diese auch. Nachdem der Scanner gemeldet hatte, dass alles in Ordnung war, öffnete Richard die Mail.

Hallo Richard. Lies dir doch auf den Seiten des Rappenkuriers die Traueranzeigen durch. Da dürfte etwas für dich dabei sein.

Er schüttelte den Kopf. Was sollte der Unsinn? Mehrmals fuhr der Mauszeiger über das Symbol zum Löschen der Nachricht. Doch Richard war neugierig geworden und ging auf die Seite des Rappenkuriers, der Tageszeitung seiner Stadt. Er überging die aktuellen Ereignisse und klickte sich gleich zu den Todesanzeigen durch. Die Bedienung brachte den Kuchen und stellte ihn vor Richard ab. Er bemerkte es nicht einmal.

Wir trauern um Richard Funke, der durch einen tragischen Unfall aus unserer Mitte gerissen wurde. Die Beerdigung findet heute Nachmittag um vierzehn Uhr auf dem Westfriedhof statt. Von Beileidsbekundungen am Grab bitten wir Abstand zu nehmen.

Richard sah auf seine goldene Armbanduhr, die er als Versicherungsvertreter des Jahres bekommen hatte. Es war jetzt dreizehn Uhr fünfzehn. Vorsichtig packte er seinen Laptop in die

Umhängetasche, legte ein paar Scheine auf den Tisch und machte sich auf den Weg zur nächsten Bahnhaltestelle.

Sie hatte ihn schon seit vier Monaten beobachtet. Belauert und abgewartet wie eine Muräne in ihrer Höhle. Sogar einen neuen Job hatte sie sich gesucht und war in eine andere Wohnung gezogen. Nur damit sie in seiner Nähe war. Heute war sie ihm so nahe gekommen wie schon seit langem nicht mehr. Sie hatte sein billiges Aftershave gerochen. Früher einmal hatte sie es gemocht. Die E-Mail hatte sie ihm von ihrem Smartphone aus geschickt. Direkt aus dem Café. Die Todesanzeige hatte sie anonym per Internet aufgegeben. Traueranzeigen waren kostenlos im Rappenkurier. Heutzutage war manches so einfach geworden. Nun beobachtete sie ihn dabei, wie er sich in Richtung Bahnhaltestelle aufmachte. Sie wählte eine Kurzwahlnummer in ihrem Smartphone.

»Er ist auf dem Weg. Bereitet alles vor.« Sie schob das Mobiltelefon in ihre Tasche und folgte ihm.

Richard schlug den Kragen seines Mantels nach oben. Trotzdem lief ihm der Regen in den Mantel und in die Wildlederschuhe. Die Haltestelle war nur einige Meter von dem Straßencafé entfernt. Es fuhr immer eine Bahn im Halbstundentakt. Er sah auf seine Armbanduhr. Sie war stehen geblieben.

»Blödes Ding«, sagte er und sah auf die Bahnanzeige. Doch es war nicht mehr nötig. Die Stadtbahn fuhr langsam vor und hielt. Ohne eine Fahrkarte zu ziehen stieg er ein. In der Tasche summte sein Computer. Der mobile Internetstick steckte noch. Richard suchte sich einen Sitzplatz am Fenster und holte seinen Laptop heraus. Er rief die neue Mail ab.

Richard, komm nicht zu spät zu deiner Beerdigung.

Er klappte den Laptop wieder zu und sah nachdenklich aus dem Fenster. Menschen, Häuser und Autos wischten vorbei. Richard fragte sich, was das Ganze eigentlich sollte.

»Nächster Halt, Westfriedhof. Der Ausstieg ist links!«

Die Stimme des Fahrers riss ihn aus seinen Gedanken.

Sie hatte die Bahn fünf Minuten mit dem Auto verfolgt. Nur so aus Spaß. Sogar einen kurzen Blick auf sein Gesicht hatte sie erhaschen können. Er hatte gerade auf den Bildschirm seines Laptops gestarrt. Bestimmt hatte er ihre Mail gelesen, die sie von ihrem Mobiltelefon aus geschickt hatte. Er hatte verstört ausgesehen. Richard verwickelte sich bereits in ihr Netz und merkte es nicht einmal. Sie lachte laut auf und nahm eine Abkürzung zum Westfriedhof.

Es regnete nur noch leicht, als Richard aus der Bahn ausstieg. Menschen waren keine auf der Straße unterwegs. Alles wirkte ruhig, öde und wie ausgestorben. Eine schwarze Katze saß am Eingang zum Friedhof und vier Raben krächzten. Richard fröstelte und er ging durch das gusseiserne Tor. Dabei trat er in eine Pfütze. Die Schuhe waren ruiniert und die Socken durchgeweicht. Suchend ging er einige Parzellen ab. Dann fand er es. Ein frisch ausgehobenes Grab, mit einem offenen Sarg. Eine Frau in einem schwarzen Kleid stand davor. Vorsichtig ging er näher heran. Sie starrte auf das Grab. Richard ging in die Hocke, um sich den Grabstein näher anzusehen.

Hier ruht Richard Funke. Der Funke ist verglüht.

Er sah zu der Frau nach oben und ballte die Fäuste.

»Was zum Teufel ist hier los? Ich will eine Antwort haben!«

Richard schrie die Frau an. Doch sie wandte sich einfach nur um und schritt davon. Er stand auf und folgte ihr. Etwas wurde über seinen Kopf geworfen. Er verwickelte sich darin, verhedderte sich so sehr, dass er auf den schlammigen Boden fiel. Er versuchte, das Netz von sich zu werfen. Doch es war zu schwer, sodass er den Versuch bald einstellte.

»Hallo Richard.« Die Stimme kam ihm so bekannt vor. Natürlich! Es war die Bedienung aus dem Café.

»Du erinnerst dich bestimmt nicht mehr an mich, oder an eine der vielen anderen Frauen.«

Ein Name und ein Bild formten sich in seinem Kopf. Die Frau nahm den Schleier ab. Hinter ihr trat eine andere aus dem Schatten.

»Sina, Michaela? Was soll das?«, fragte Richard. Wütend versuchte er wieder das Netz von sich zu werfen.

»Lass es, Richard. Ich habe das Netz aus einem Zirkus. Es ist dafür gedacht, einen Löwen am Boden zu halten. Du verschwendest nur deine Energie. Ach, wir haben noch zwei Freundinnen dabei. Diana, Katja.«

Hinter einer Mauer kamen noch zwei Frauen hervor. Auch diese kannte Richard. Die beiden hatten Baseballschläger in der Hand.

»Jetzt wartet doch mal! Wir können über alles reden«, sagte Richard. Er verwünschte sich dafür, mit all diesen Frauen geschlafen zu haben. Vor allem mit Sina. Seine Freunde hatten ihn alle gewarnt.

Die beiden Frauen begannen auf Richard einzuschlagen. In seinem Körper explodierte der Schmerz.

Richard erwachte. Alles tat ihm weh. Er schlug die Augen auf, doch er sah nichts. Um ihn herum herrschte eine perfekte Dunkelheit. Zuerst dachte er, er sei durch die Schläge erblindet. Doch die Leuchtziffern seiner kaputten Uhr beruhigten ihn. Er lag irgendwo, wo es furchtbar eng war. Es roch modrig und abgestanden. Er suchte in seinen Taschen nach seinem Smartphone und schaltete es ein. Ein helles Licht erleuchtete. Richard sah an sich hinunter und hinauf. Er lag in einem Sarg. Richard begann zu zittern und versuchte, eine Nummer zu wählen. Doch es stand immer nur *Kein Netz* im Display. Richard begann zu schreien.

Sina sah nachdenklich hinab auf das Grab von Richard Funke. Gleich neben dem Grab ihrer Schwester, die sich vor einem halben Jahr das Leben genommen hatte.

»Nun seid ihr für immer zusammen«, sagte sie.

Ein älterer Herr mit Hut und Spazierstock hielt neben ihr an.

»Eine schöne Inschrift«, sagte er zu ihr, »der Funke ist verglüht. Wirklich sehr schön.«

»Habe ich mir selbst ausgedacht«, antwortete Sina und musste sich ein Lachen verkneifen.

»Verzeihen Sie mir, wenn ich frage, aber war das Ihr Ehemann?«

»Nein, das da war nur eine Fliege, die sich in einem Netz verfangen hat«, sagte sie und ging.

Das Geheimnis des goldenen Buches

Bianca Heidelberg

Jeder kannte das Ritual, das hier am ersten jeden Monats stattfand. Und jeder hatte Angst. Angst, dass es diesmal ihn treffen könnte. Angst, dass ihn ein Nachbar angezeigt haben könnte. Oder einer der Tungus, wie die Angehörigen der reichen Schicht hinter vorgehaltener Hand genannt wurden. Wer Geld hatte, wurde selten Opfer der Inquisitoren.

Alle Bewohner Atmakurs drängten sich auf dem Gerichtsplatz. Es herrschte eine angespannte Stille. Dann hörten sie die Trommel, die sich langsam von Osten her näherte. Der Inquisitor und seine beiden Helfer ritten in die Stadt ein, an den windschiefen Holzhütten vorbei auf den Gerichtsplatz, der gesäumt war von den strahlend weißen Häusern der Tungus. Die drei Reiter bogen genau in dem Moment auf den Platz ein, als die Sonne aufging. So konnten die Bewohner einen Moment lang nur ihre Umrisse erkennen. Drei schwarze Reiter vor der blutroten, aufgehenden Sonne.

Auch Rashid und seine zwei Freunde Hassan und Karim hielten den Atem an, während sie den Einzug des Gerichts beobachteten. Die Reiter ritten gemessenen Schrittes auf den Platz und blieben in einer Reihe stehen. Die Trommel schlug weiter in stetigem Takt. Die Menschen konnten nun erkennen, dass diesen Monat der Großinquisitor selbst Recht sprechen würde.

Er saß auf dem Pferd in der Mitte, einem großen Rappen mit unruhigen Ohren und hinterhältigem Blick. Seine aufrechte Haltung ließ den Großinquisitor noch größer wirken als er in Wirklichkeit war. Seine weite Hose und die hemdsähnliche Kurta waren wie immer makellos schwarz, ebenso sein Turban, der einen Großteil seines Gesichtes verbarg. Niemand wusste, wie er wirklich aussah. Doch jeder fürchtete den Anblick seiner fast schwarzen Augen, mit denen er wie ein Raubtier die Menschenmenge musterte. Über ihn kursierten viele Gerüchte. Einige sagten, er habe eine schwarze Seele und stehe mit dem Teufel im Bunde. Andere sagten, mit seinen Augen könne er den Menschen direkt in die Seele blicken und erkennen, ob sie Schuld trügen.

Die Trommel stoppte. Der Großinquisitor fasste in seine Satteltasche und zog das Buch hervor. Die gesamte Menge sog die Luft ein, so dass ein Seufzer über den Platz ging. Dann hob er es hoch, wie ein Zepter. Das Buch. Der goldene Einband glänzte in der Sonne. Mit dem Buch in der Hand stieg er von seinem Pferd ab und stellte sich genau in die Mitte des Gerichtsplatzes. Breitbeinig und bewegungslos stand er da, die Hände über dem Buch gefaltet.

Erst jetzt verlagerte sich die Aufmerksamkeit der Menge zu seinen beiden Begleitern. Es waren immer die gleichen Männer. Der Vollstrecker war groß und fett. Seine braune Kurta spannte über seiner Brust und war zu kurz, so dass sein nackter Bauch darunter hervor quoll. Über seiner Schulter hing eine große Axt, in seinem Gürtel steckten ein grober Strick und eine lange Peitsche. Er stieg von seinem Pferd ab und stellte sich neben den Großinquisitor. Wie immer standen die beiden nicht auf einer Linie, sondern der Vollstrecker stand einen Schritt hinter dem Großinquisitor.

Der Trommler war ein alter Mann, klein und schmächtig, aber mit wichtiger Miene. Seine braune Kurta hing schlaff an seinem dürren Körper. Würdevoll saß er auf seinem Pferd und wartete auf seinen nächsten Einsatz. Niemand konnte sich daran erinnern, dass er jemals von seinem Pferd abgestiegen wäre.

»Nun fang schon an«, flüsterte Rashids Freund Karim. »Wir wollen doch alle wissen, ob wir einen weiteren Monat leben werden oder nicht.«

Hassan schnaubte belustigt. »Du wirst doch wissen, ob du in diesem Teufelsbuch stehst.«

»Still jetzt«, befahl Rashid schroff, »es geht los.« Der Großinquisitor begann zu sprechen. Seine Stimme hallte laut über den Platz.

»Bürger von Atmakur«, dröhnte er, »euer König sorgt für euch. Er sorgt dafür, dass Unrecht bestraft wird, und dass die Unbescholtenen ohne Angst leben können.« Alle warteten gespannt auf die Anklagen. Die vorausgehenden Worte waren ihnen nur allzu bekannt. »Ihr seid alle hier, weil ihr euch keiner Schuld bewusst seid. Dennoch gibt es Sünder unter euch.«

»Er weiß genau, warum wir alle hier sind«, murmelte Karim grimmig. »Keiner möchte das Risiko eingehen, bei seiner eigenen Verurteilung nicht dabei zu sein und das doppelte Strafmaß zu erfahren.«

»Schweig, du Ketzer«, zischte Rashid. Er genoss das Schauspiel, stellte sich vor, er stünde als Inquisitor in der Mitte des Platzes, den die Bewohner heimlich »Schicksalsplatz« nannten. Stellte sich vor, er hätte die Macht, Recht zu sprechen, über Leben und Tod zu entscheiden.

Drei Trommelschläge kündigten die erste Anklage an. Der Großinquisitor entrollte ein Pergament.

»Hakim Bakshi, tritt vor.« Die Stimme des Großinquisitors hallte über den Platz, auf dem nun auch die letzten Geräusche verstummt waren. Zögerlich trat ein Mann um die 40 vor. Seine Kleidung war abgewetzt. Ärmel und Hosenbeine waren umgeschlagen, sonst würde er darin versinken. Jeder auf dem Marktplatz wusste, dass es die Kleidung seines verstorbenen Großvaters war. Hakim Bakshi gehörte zu den ärmsten der Stadt. Seine Frau stand mit starrer Miene inmitten der fünf Kinder. Das sechste, noch ein Baby, lag in einem Tuch, das um ihren dürren Körper gewickelt war. Hakim stand unsicher auf dem Platz, seine Hände zitterten. Er wich einen Schritt zurück, als der Vollstrecker auf ihn zutrat und sich neben ihn stellte.

Wieder ertönte die Stimme des Großinquisitors. »Hakim Bakshi, du bist angeklagt, ein Huhn aus dem Besitz des Mural Nuri gestohlen zu haben.« Die Menge schwieg angespannt.

»Wahrscheinlich hat der fette Mural sein Huhn selbst gegessen«, sagte Karim leise.

»Still«, knurrte Rashid. Mit ausladenden Bewegungen öffnete der Großinquisitor das goldene Buch. Alle Blicke waren auf ihn gerichtet. Er blätterte eine Weile in dem Buch, dann schlug er es mit einem lauten Knall zu. Der Angeklagte zuckte zusammen.

»Gleich befeuchtet er seine Hose«, flüsterte Rashid abfällig, was ihm einen vernichtenden Blick von Karim einbrachte.

»Schuldig.« Wie ein Donnerknall hallte dieses Wort über den Platz. Der Großinquisitor gab dem Vollstrecker ein Zeichen, woraufhin dieser Hakim zu Boden warf, seinen fetten Fuß auf dessen Arm stellte und mit der Axt ausholte. Ein einzelner Trommelschlag begleitete den Flug der Hand. Klatschend landete sie vor der Menge. Der Vollstrecker ließ von Hakim ab, der sich schreiend auf dem Boden wand. Seine Frau hatte ihre Hand vor den Mund geschlagen und sank lautlos weinend zu Boden.

Der Vollstrecker ergötzte sich einige Zeit an dem Schauspiel, dann schleifte er Hakim zu seiner Frau und ließ ihn dort fallen. Staub wirbelte auf. Hakims Frau half ihm, davon zu kriechen und in der Menge zu verschwinden. Der Vollstrecker nahm wieder seinen Platz neben dem Großinquisitor ein. Drei Trommelschläge ertönten. Die nächste Anklage.

»Ist euch eigentlich schon aufgefallen, dass fast jeder schuldig ist, wenn der Großinquisitor Recht spricht?«, fragte Karim seine beiden Freunde, als das Gericht beendet war. Die drei streiften durch die Gassen, jeder froh, dass er nicht angeklagt gewesen war. Hassan schnaubte.

»Er hat ja auch das Buch, daher weiß er es. Fast jeder hier ist schuldig, kein Wunder, alle kämpfen um ihr Überleben. Ich sage euch, das Buch ist ein Werk des Teufels. Es weiß über alles Bescheid.«

»So ein Unsinn«, schimpfte Karim, »du bist ein abergläubischer Narr. Das ganze Getue dient nur dazu, uns einzuschüchtern.«

Rashid lief schweigend neben den beiden her. Er dachte ähnlich wie Hassan. Das Buch bedeutete Macht, und er wollte diese Macht. Er musste es haben. Er würde sich das Buch nehmen und dann Recht sprechen über die Tungus, die ihr Geld nutzten, um sich freizukaufen.

»Und was steht deiner Meinung nach in dem Buch?« fragte Hassan an Karim gewandt.

»Was weiß ich«, sagte Karim unsicher.

»Und wenn Hassan Recht hat?« schaltete sich Rashid nun doch ein. »Das Buch bedeutet Weisheit, Macht, und somit auch Reichtum. Wer es besitzt, der muss nie wieder Hunger leiden oder Angst vor den Inquisitoren haben.« Karim schüttelte den Kopf.

Hassan schaute sich um, ehe er heiser flüsterte: »Das mag sein, doch das Buch gehört schon dem Teufel persönlich, und dem kannst du es nicht stehlen.« Die Haare in Rashids Nacken stellten sich auf, doch er schüttelte das Gefühl ab. Er musste das Buch haben.

Rashid wartete, bis die Dunkelheit vollkommen war. Er trug schwarze Kleidung, hatte aber auf einen Turban verzichtet. Seine braunen Haare fielen in der Dunkelheit nicht auf. Ein Dolch steckte unter seiner Kurta. Er schlich aus der Stadt hinaus Richtung Osten, über die Straße, die zur Hauptstadt führte. Er war sicher, dass der Großinquisitor und seine beiden Helfer außerhalb der Stadt ihr Lager aufgeschlagen hatten, denn das Gericht hatte bis weit in den Abend hinein gedauert.

Tatsächlich musste er keine Stunde laufen, bis er aufsteigenden Rauch sah. Drei Umrisse lagen um ein sterbendes Feuer. Rashid ging in großem Bogen um die Lagerstätte herum. Die Pferde schnaubten unruhig, als sie ihn bemerkten. Rashid strich über ihre Nüstern und flüsterte ihnen beruhigende Worte zu. Seine Hand glitt über die Rücken der Pferde. Keine Sättel. Wahrscheinlich benutzten die drei Männer diese als Kopfkissen.

Vorsichtig robbte er an das Lager heran, den Dolch in der Hand. Er sah den großen Umriss des Vollstreckers. Sein fetter Bauch hob und senkte sich gleichmäßig, sein Schnarchen war nicht zu überhören. Von dem kleinen Umriss des Trommlers kam kein Laut. Rashids Blick wanderte zum Großinquisitor. Unbeweglich lag er auf dem Rücken, das Gesicht blickte in den schwarzen Himmel, der Turban saß wie immer auf seinem Kopf. Rashid kroch zu ihm hinüber. Seine rechte Hand umklammerte seinen Dolch, die linke glitt in die Satteltasche, auf der Suche nach dem goldenen Buch. Langsam tasteten seine Finger durch die Tasche. Dann fand er es. Ganz langsam zog er es aus der Tasche, hielt es vor sich in die Höhe. Selbst die spärlichen Reste des Feuers reichten aus, um es zum Glänzen zu bringen. Rashid drückte es an sich und robbte rückwärts. Dann ein Rascheln. Verflucht! Sein Fuß war auf einen Ast gestoßen. Sofort schoss der Großinquisitor in die Höhe und stürzte sich wie ein Tiger auf ihn. Rashids Dolch flog durch die Luft und landete mit einem Klirren auf Stein.

Mit seinem Knie hielt der Großinquisitor Rashid am Boden.

»Los, vergrößert das Feuer. Ich will diesen Meuchelmörder sehen«, herrschte er seine Begleiter an. Der Trommler eilte um das Feuer herum, während der Vollstrecker träge auf seinem Lager saß. Schon erleuchtete ein goldenen Schimmer das Lager. Rashid sah in die schwarzen Augen des Großinquisitors und wusste, dass dies sein Ende war. Der Großinquisitor blickte auf das Buch, das Rashid immer noch an sich drückte.

»Das wolltest du also. Kein Mörder, nur ein Dieb. Allerdings ist beides ein Verbrechen«, sagte der Großinquisitor und setzte sich Rashid gegenüber in den Schneidersitz. »Wie ist dein Name?«

»Rashid Narayan.«

»Rashid, was hattest du mit dem Buch vor? Wolltest du mich damit erschlagen?« Humor blitzte in den Augen des Großinquisitors auf. Eilig schüttelte Rashid den Kopf.

»Nein, nein, ich wollte es nutzen, um Recht über die Tungus zu sprechen.« Schallend lachte der Großinquisitor. Dann entriss er Rashid das Buch und schlug es auf.

»Nicht schuldig?«, sagte er fragend. »Nein, das kommt nicht in Frage, es gibt Augenzeugen.« Er blätterte weiter durch das Buch, dann warf er es Rashid vor die Füße.

»Sieh selbst, wofür du dein Leben aufs Spiel gesetzt hast«, sagte er höhnisch. Zögerlich nahm Rashid das Buch und blätterte darin. Ungläubig riss er seine Augen auf. Auf jeder Seite stand nur ein einzelnes Wort. Er las eines und blätterte weiter, las wieder eines.

»Schuldig, schuldig, schuldig, nicht schuldig, schuldig, ... Das ist alles?«, stammelte er.

»Das ist alles«, antwortete der Großinquisitor zynisch. »Würfel hätten nicht die gleiche Wirkung auf die Menschen, findest du nicht auch?« Dann gab er dem Vollstrecker ein Zeichen. Das letzte, was Rashid sah, waren ein fetter Fuß auf seiner Brust und die heransausende Axt.

Eine Uhr ohne Zeiger

Björn Sünder

Das Kopfsteinpflaster der Straßen und Gassen war mit weißem Puder bedeckt. Die Kälte durchdrang die dicke Winterkleidung wie die Strahlen der Sonne ein Fenster. Herr Blaumeise stand am Eingang zum Kaiser-Wilhelm-Park und beobachtete die Droschken, Kutschen und Pferdefuhrwerke, deren Räder rhythmisch über das Pflaster ratterten. Dampfend heißer Atem stieg aus den Nüstern der Pferde empor. Die Kutscher hatten sich in dicke, wollene Mäntel gehüllt. Ihre Zylinder waren tief ins Gesicht gezogen und viele hatten sich eine Pfeife zwischen die Zähne geklemmt, aus deren Töpfen es dampfte. Die Männer auf den Böcken verrichteten ihre Arbeit mit dem Kopf nach unten, stoisch der Kälte trotzend. Ab und zu ging die Hand leicht nach oben und die Peitsche strich beinahe zärtlich über den Rücken der Pferde, wie die Hand einer Geliebten über den Rücken ihres Liebhabers.

Herr Blaumeise holte mit zitternden Händen ein silbernes Zigarettenetui aus seiner Manteltasche. Dabei beobachtete er weiter die dick vermummten Menschen durch die kreisrunden Gläser seiner randlosen Brille. Überall im neu gegründeten Deutschen Reich war eine euphorische Stimmung zu spüren, es glich beinahe einer Hysterie. Der Sieg über Frankreich im Jahre 1870 und 1871 hatte die Gründung des Deutschen Reiches möglich gemacht. Herr Blaumeise klemmte sich seinen Gehstock unter den rechten Arm und klappte das Etui auf. Er schob sich eine Zigarette zwischen die schmalen Lippen und entzündete den Tabak mit einem Streichholz. Genüsslich nahm er einige tiefe Züge und blies den Rauch in den kristallklaren Himmel. Dann stützte er sein Gewicht wieder auf den Gehstock, dessen Handgriff aus einem geschnitzten Elefantenkopf aus Elfenbein bestand. Er sah weiter dem geschäftigen Treiben auf der Straße zu. Ein Wachmann ging die Straße entlang und ließ seinen Schlagstock um das Handgelenk kreisen. Attraktive Damen gingen vorüber. Die, die es konnten, versuchten der Kälte zu entkommen und strömten in die Restaurants und zahlreichen Cafés.

Herr Blaumeise rückte seine Melone zurecht und nach einem Blick nach rechts und links überquerte er die Straße. Die Menschen strömten an ihm vorbei, nahmen ihn kaum wahr. Herr Blaumeise wischte sich einige Schneeflocken von seinem mausgrauen Wintermantel. Eine Tram fuhr an ihm vorbei. Herr Blaumeise blieb kurz stehen und blickte durch das Panoramafenster eines Restaurants. Die Ecken des Fensters waren mit Raureif überzogen. Er hatte einen Mann entdeckt, der an einem runden Tisch aus Eichenholz saß. Dieser Mann hatte eine massige Gestalt und sein Gesicht war so rund und voll wie ein Laib Käse. Eingerahmt wurde es von einem gewaltigen Backenbart und dichten, buschigen Augenbrauen. Er hatte ein Monokel in sein rechtes Auge geklemmt und studierte eine aktuelle Tageszeitung. Ab und zu zog er an einer Zigarre. Von dessen glühender Spitze stieg der Rauch auf wie der Rauch vom Rettungsfeuer eines hoffnungslos Gestrandeten. Einige Male streifte er seinen goldenen Ehering von seinem rechten Finger, sah ihn sich an und zog ihn wieder an. Dann holte er seine Taschenuhr hervor und blickte zur Tür. Dieses Ritual wiederholte sich immer wieder. Herr Blaumeise rieb sich die Hände, die in ledernen Handschuhen steckten. Dieser Mann war der Richtige. Er warf seine Zigarette in einen Gully, aus dem Dampf nach oben stieg. Dann ging er vorsichtig die von Eis überzogenen Stufen nach oben. Auf einem Messingschild über der Drehtür stand »Café Imperial«. Herr Blaumeise ging schwungvoll durch die Drehtür.

Im Inneren blieb er stehen. Sofort breitete sich ein Nebelschleier über seinem Blickfeld aus und Herr Blaumeise nahm nur noch vage Schemen, Konturen und Schatten wahr. Während er so dastand und wartete, lauschte er auf die Geräusche seiner Umgebung. Er hörte das hektische Herumgehen der Ober und Kellner, die Gesprächsfetzen der Gäste und das Knacken von Holz in den zwei Kaminen. Vorsichtig nahm Herr Blaumeise seine Brille ab und reinigte sie mit einem bestickten Stofftaschentuch. Als er sie sich wieder auf die Nase schob und sich umsah, entdeckte er den Gast, den er vorhin am Fenster beobachtet hatte. Zügig ging Herr Blaumeise über den roten Teppich, der im ganzen Café ausgelegt war, und konnte das Knacken des Parkettbodens dennoch unter seinen Schuhsohlen hören. Vor dem Mann blieb er stehen und wartete, bis sein Gegenüber den breiten Kopf hob. Als der Mann das dann tat, wirkte er wie ein Wasserbüffel, der wusste, dass ihm keiner etwas antun konnte.

»Gestatten? Blaumeise. Heinrich Blaumeise.« Er hob kurz seine Melone und verbeugte sich leicht. Der andere Mann starrte ihn durch sein Monokel an.

»Verschwinden Sie schnell wieder. Ich habe keine Zeit, für was auch immer«, erwiderte sein Gegenüber. Herr Blaumeise legte seinen Stock und seine Melone auf den runden Tisch.

»Nun mein Herr, ich habe mich vorgestellt und nun würde ich liebend gerne Ihren Namen erfahren.«

Wieder ein abschätziger Blick durch das Monokel.

»Lutz Katzenhoff.« Er nahm einige Züge von seiner Zigarre und blies Herrn Blaumeise den Rauch ins Gesicht. »Jetzt verschwinden Sie.«

Herr Blaumeise rückte sich einen Stuhl heran und setzte sich Katzenhoff gegenüber. Dieser legte die Stirn in Falten und es sah so aus wie ein Leinentuch, das man nicht gebügelt hatte.

»Ich habe da etwas für Sie«, sagte Herr Blaumeise und ignorierte den feindseligen Blick. »Einen Gegenstand, den jeder Mann von Welt in seinem Besitz haben sollte. Wie ich sehe, tragen Sie eine Taschenuhr. Daher nehme ich an, dass Sie Geschmack für die erlesenen Dinge dieser Welt haben.«

Katzenhoff zog seine vergoldete Taschenuhr aus seiner Herrenweste und ließ demonstrativ den kunstvoll verzierten Deckel aufspringen.

»Wie Sie sicherlich sehen, besitze ich bereits eine Taschenuhr und brauche keine weitere. Bestimmt nicht von Ihnen.« Katzenhoff schlug die Zeitung auf. »Außerdem kann ich Klinkenputzer und Scherenschleifer, wie Sie mir einer ohne Zweifel sind, nicht ausstehen.« Lutz Katzenhoff nahm einen Schluck von seinem Kaffee.

»So eine Uhr, wie ich sie Ihnen anzubieten habe, wird bald jeder Herr und auch Dame von Welt in seinem oder ihrem Besitz haben wollen.« Herr Blaumeise zog aus seiner Manteltasche eine Taschenuhr ohne Sprungdeckel und schob sie zu Katzenhoff hinüber. Die Uhr war aus Silber und gut verarbeitet. Herr Katzenhoff sah kurz von seiner Zeitung zu der Taschenuhr und dann wieder zu Herrn Blaumeise. Dann lachte er laut auf.

»Herr Blaumeise! Diese Uhr hat keine Zeiger«, sagte Katzenhoff. »Besteht der Sinn einer Uhr nicht darin, dass man die Zeit ablesen kann. Was soll ich denn bitte mit einer Uhr ohne Zeiger?« Der geschnitzte Elefantenkopf des Gehstockes bewegte sich, der Rüssel entrollte sich.

»Diese Uhr, Herr Katzenhoff, ist der neuste Schrei. Sehen Sie doch einmal nach draußen.« Herr Blaumeise wartete ab, bis sein Gegenüber durch das große Fenster sah. »Sehen Sie sich doch nur einmal die Hektik der neuen Zeit an. Pferdefuhrwerke. Züge. Und wie die Menschen gehetzt durch die Straßen eilen. Deutlich ist der Puls, der Hammerschlag der Maschinen, die uns den Takt vorgeben, zu spüren. In den Maschinenhallen, in den Fabriken, in den Straßen und Gassen. Ja, sogar in den eigenen vier Wänden. Wir richten uns nach diesem schnellen, unmenschlichen Takt und eilen von Termin zu Termin und das, dank des neuen Verkehrsmittels, immer schneller und schneller. Widersetzen Sie sich dem Ganzen und nehmen diese Uhr ohne Zeiger, der neuste Schrei.«

Katzenhoff blickte erneut zu Herrn Blaumeise und schob die Uhr wieder in seine Richtung zurück.

»Wie bereits gesagt, brauche ich eine Uhr, um damit die Zeit abzulesen. Eine Uhr ohne Zeiger, was soll ich damit?«

»Es ist der neuste Trend. Bald wird jeder so eine Uhr haben wollen und Sie, mein Freund, können auch so eine gebrauchen. Das können Sie mir glauben.« Ohne dass Katzenhoff es bemerkte, glitt ein feiner, kaum wahrnehmbarer, blauer Lichtstrahl in den Rüssel des geschnitzten Elefanten.

»Jetzt hören Sie mir einmal zu«, sagte Katzenhoff, dessen Gesicht so rot angelaufen war wie das Hinterteil eines Pavians, »ich brauche keine Uhr ohne Zeiger. Verdammt noch mal!« Er schlug mit seiner Hand auf den Tisch, sodass Kaffee auf die Untertasse schwappte. »Jetzt verschwinden Sie endlich.«

»Aber, aber, ein Mann von Welt, wie Sie einer sind, kann sich doch solch einem Trend nicht verweigern.« Ganz sachte schob Herr Blaumeise die Uhr wieder in die Reichweite von Herrn Katzenhoff. »Außerdem kostet sie nicht die Welt. Nur ein paar Groschen. Was meinen Sie?«

Katzenhoff sah vom Fenster zu Herrn Blaumeise und dann wieder zurück. Dann blies er einen dicken Rauchkringel in die Luft.

»Noch einmal zum Mitschreiben«, sagte Katzenhoff, »ich brauche eine Uhr mit Zeiger. Ich will damit die Zeit ablesen können und sie nicht als Statussymbol mit mir herumtragen.«

Herr Blaumeise strich sich durch das kurz geschnittene graue Haar. Der Strahl aus Herr Katzenhoffs Körper verstärkte sich immer mehr. Herr Blaumeise musste lächeln.

»Nun kommen Sie schon«, erwiderte Herr Blaumeise und zog seine braune Krawatte zurecht. »Sie könnten diese Uhr auch als Geschenk für eine Dame verwenden. Vielleicht für Ihre werte Frau, die würde sich wirklich darüber freuen.«

»Woher wissen Sie, dass ich verheiratet bin?« Katzenhoffs roter Gesichtston war um eine Nuance dunkler geworden. Jetzt sah er beinahe wie ein Dampfkessel kurz vor der Explosion aus.

»Ihr Ehering, Herr Katzenhoff, Ihr Ehering«, antwortete Herr Blaumeise. »Wie bereits erwähnt, würde sich Ihre Frau über ein solches Geschenk freuen.« Herr Blaumeise bemerkte, wie der Blick von Katzenhoff zu der silbernen Uhr wanderte. Der Strahl strömte weiterhin in gleicher Stärke aus dem Körper von Lutz Katzenhoff. Seine fleischige Hand griff nach der Uhr ohne Zeiger

»Vielleicht haben Sie recht. Meiner Frau würde solch ein Firlefanz gefallen. Hätten Sie auch eine schöne Kette, die ich meiner Gattin mit dazu schenken könnte?«

Herr Blaumeise klemmte sich eine Zigarette zwischen die Lippen und kramte anschließend in den Taschen seines Mantels. Als er seine Hand wieder herauszog, hielt er eine silberne Kette darin. Die einzelnen Glieder waren kunstvolle kleine Engel, die sich an den Händen hielten.

»Ich bin mir ganz sicher, Herr Katzenhoff, dieses kleine Geschenk wird Ihre Frau milder stimmen und vielleicht sogar, nein, ich bin mir ganz sicher, es wird Ihre Ehe retten.« Herr Blaumeise schob die Kette zu seinem Gegenüber und entzündende mit einem Streichholz die Zigarette. Lutz Katzenhoff betrachtete die beiden Gegenstände genauer. Dann blickte er plötzlich zu Herrn Blaumeise und starrte ihn an.

»Woher wissen Sie, dass es zwischen mir und meiner Ehegattin gewisse Probleme gibt?«, fragte Katzenhoff. »Sie scheinen mir ja ein wahrer Bühnenmagier zu sein.«

Herr Blaumeise lächelte wieder und zog an seiner Zigarette, während er sich lässig zurücklehnte und einen Arm über die Stuhllehne hängen ließ.

»Ich muss gestehen, dass ich nicht umhin konnte, Sie, durch jene Scheibe dort«, er zeigte auf das von Raureif überzogene Fenster, »zu beobachten. Sie haben an Ihrem Ehering herumgespielt, ihn mehrmals abgenommen und ihn wieder auf den Finger gezogen. Ein klares Indiz dafür, würde ich meinen. Außerdem würde ich sogar so weit gehen und die Behauptung aufstellen, dass Sie für heute mit Ihrer Ehefrau verabredet sind.«

Herr Katzenhoff schlug abermals mit der flachen Hand auf den Tisch. Der blaue Strahl floss immer kräftiger. Jetzt eine klare blaue Linie.

»Jetzt hört es aber auf!«, brüllte Katzenhoff, sodass die Gäste und das Personal des Cafés zu den beiden blickten und alle Gespräche verstummten. »Sie schnüffeln mir doch hinterher. Wer hat sie beauftragt? Einer der Anleger aus der Bank, jemand aus dessen Vorstand oder meine Frau gar selbst? Ich habe kein Verhältnis mit meiner Sekretärin, ich werde ...«

Herr Blaumeise hob beschwichtigend die Hand und zog den Rauch der Zigarette tief in sein Innerstes.

»Ich wurde von niemandem beauftragt«, antwortete Herr Blaumeise. »Es ist die Art, wie Sie ständig zur Tür und wieder auf Ihre Taschenuhr blicken. Für ein Bankkundengespräch sind Sie viel zu nervös. Wahrscheinlicher ist es, dass es sich um ein sehr ernstes Gespräch handelt. Und was könnte wichtiger für einen Mann sein als ein klärendes Gespräch mit seiner Ehefrau?«

Herr Katzenhoff riss die Augen auf und das Monokel fiel klappernd auf den Tisch.

»Gehen wir lieber wieder zurück zum Geschäft«, sagte Herr Blaumeise und deutete mit der Zigarette auf die beiden Gegenstände. »Wollen Sie nun diese beiden Gegenstände für Ihre Frau käuflich erwerben? Wie entscheiden Sie sich?«

Mit einer sachten Bewegung klemmte Herr Katzenhoff das Monokel wieder in sein rechtes Auge und besah sich die Uhr genauer. Der blaue Strahl floss weiter in den Rüssel des Elefanten. Schließlich nickte Herr Katzenhoff.

»Also gut«, sagte er und kramte in seiner Hosentasche. »Sie haben mich überzeugt, Herr Blaumeise. Ich nehme die Uhr und auch die Kette als Geschenke für meine Gattin.« Herr Katzenhoff ließ die Münzen über den Tisch rollen. Mit einer schnellen Bewegung, als würde ein Tiger mit seiner Pranke zuschlagen, nahm Herr Blaumeise das Geld und ließ es in den Taschen seines Mantels verschwinden. Er stand auf und verbeugte sich.

»Mein Herr, ich bedanke mich«, sagte er und setzte sich die Melone wieder auf den Kopf. »Ich bin mir sicher, diese Geschenke werden Ihrer Gattin gefallen.« Mit diesen letzten Worten nahm Herr Blaumeise seinen Stock, klemmte ihn sich unter die Achsel und ging nach draußen. Dabei kicherte er ganz leise. Eine Frau ging an ihm vorbei. Herr Blaumeise blieb stehen und sah ihr hinterher. Ihr Haar war so rot wie ein irischer Sonnenuntergang. Sie war sehr geschmackvoll gekleidet und an ihren Bewegungen konnte man Anmut und Grazie entdecken. Sie schritt zielstrebig auf den Tisch von Herrn Katzenhoff zu. Dieser erhob sich und küsste ihr die Hand.

»Elisabeth«, hörte Herr Blaumeise ihn sagen und beobachtete, wie er ihr den Stuhl zurechtrückte. »Meine Teuerste, meine

Liebste.« Sie erwiderte nichts darauf und saß so steif und aufrecht im Stuhl wie der Ladestock einer Muskete. Herr Blaumeise konnte einen Blick auf ihren entblößten Nacken werfen, der so weiß war wie ein Weizenfeld voller Schnee. Plötzlich zog die Frau eine kleine Pistole aus ihrer Handtasche und richtete sie auf Katzenhoff. Der sprang auf und wich an die hintere Wand zurück. Im Café herrschte plötzlich Stille.

»Du Schuft, ich weiß, dass du mich mit deiner Sekretärin betrügst!«, schrie sie. »Du brauchst es gar nicht zu leugnen. Nina war heute Morgen bei mir und hat alles gebeichtet.«

Herr Katzenhoff hob abwehrend die Hände. Doch noch ehe er etwas sagen konnte, drückte sie ab. Ein leiser Knall ertönte, so als würde jemand eine Sektflasche köpfen. Alle brüllten durcheinander und es entstand Panik. Hände griffen nach der Frau.

Heinrich Blaumeise lachte laut auf und ging aus dem Café auf die winterliche Straße hinaus. Er lachte weiter und bog um die nächste Ecke. Die tief liegende Sonne spiegelte sich in seinen runden Brillengläsern und schien seine Augen aufflammen zu lassen wie die Augen eines Dämons.

Das Grab meiner Kindheit

Bianca Heidelberg

Vorsichtig ziehe ich die Wohnungstür zu. Das Klicken des Schlosses hallt in meinen Ohren und lässt mich zusammenzucken. Lautes Hämmern und das Schreien meines Vaters dringen aus dem Wohnzimmer zu mir. Wahrscheinlich hat meine Mutter sich mal wieder im Schlafzimmer eingeschlossen. Auf Zehenspitzen schleiche ich durch den Flur in Richtung meines Zimmers. Plötzlich wird es ruhig. Ich bleibe stehen und versuche, möglichst leise zu atmen.

»Marc«, schreit mein Vater in barschem Ton. Ich reagiere nicht.

»Marc! Komm gefälligst her, wenn ich dich rufe.« Die dürre Gestalt meines Vaters erscheint im Türrahmen.

»Wie habe ich so einen ungehorsamen Sohn nur verdient. Bin ich dir nicht immer ein guter Vater gewesen«, sagt er lallend. Er schwankt auf mich zu. Ich weiche einen Schritt zurück.

»Bleib hier! Dir werde ich Manieren beibringen«, schreit er und erhebt seine Hand. Mit einem lauten Klatschen landet sie auf meiner linken Wange.

»Lass mich in Ruhe«, schreie ich und reibe meine Wange. Klatsch. Der nächste Schlag, diesmal auf die andere Wange. Meine Augen brennen. Er stößt mich gegen die Wand und packt mich am T-Shirt.

»Undank ist der Welten Lohn. Ich tue alles für euch, aber ihr habt das gar nicht verdient«, lallt er und atmet in mein Gesicht. Der Geruch nach Bier widert mich an.

»Du bist ein armseliger Säufer. Mama muss für zwei schuften wegen dir«, schreie ich. Sein Gesicht bekommt eine noch dunklere Farbe. Er packt mich am Ohr und schleift mich durch den Flur in die Küche, wo er mich von sich stößt. Ich falle gegen die Tischkante. Ein heißer Schmerz fährt in meine Nierengegend.

»Erzähl keine Märchen. Deine Lügen sind Schuld daran, dass die Nachbarn mich immer so komisch anschauen«, schreit er.

»Ich habe gar nichts erzählt. Die Nachbarn haben selbst Augen. Und Nasen, mit denen sie deine Fahne jeden Tag riechen können«, halte ich dagegen. Ich gehe hinter dem Küchentisch in Deckung und halte mir die schmerzende Seite. Mein Vater packt eine leere Bierflasche, die auf der Spüle steht, und wirft sie nach mir. Ich ducke mich, die Flasche zersplittert an der Wand. Braune Scherben sprenkeln den Boden.

»Elender Bastard«, schreit er. Sein Atem geht keuchend. Er rennt um den Tisch, jagt mich. Ich halte ihn auf Abstand, indem ich immer den Tisch zwischen uns lasse.

»Komm her, du Bastard«, keucht er. Die Adern an seinen Schläfen sind dick geworden und treten hervor wie Schlangen. Er rutscht auf den Glasscherben aus und fällt. Als er aufsteht, tropft Blut von seinem Arm. Er starrt darauf und wischt das Blut mit seinem Unterhemd ab. Dann nimmt er eine große Scherbe in die Hand und sieht mich an wie ein Wahnsinniger. Meine Nackenhaare sträuben sich.

»Dich mach ich fertig, du dreckiger Lügner«, sagt er bedrohlich leise. Er wirft den Tisch um. Ich springe einen Schritt zurück. Ich stehe jetzt direkt vor dem Balkon. Mein Vater streckt den Arm mit der Scherbe nach mir aus und stolpert auf mich zu. Starr stehe ich vor der geöffneten Balkontür. Als mein Vater fast bei mir ist, erwache ich aus meiner Starre und springe zur Seite. Er kann nicht mehr anhalten und läuft gegen das Balkongeländer. Dabei ritzt er sich selbst mit der Scherbe in die Hand. Er lässt sie fallen.

»Siehst du, was du angerichtet hast. Das wirst du mir büßen«, schreit er und sieht erst auf seine Hand, dann auf mich.

»Ich hasse dich«, zische ich und sprinte los. Ich renne mit meiner gesamten Wucht gegen ihn und presse ihn gegen das Geländer. Er stöhnt auf. Dann drücke ich meine Hände in sein Gesicht, in seine Augen, bis er hintenüber fällt. Ich halte das Balkongeländer fest umklammert und beobachte, wie er fünf Stockwerke tief fällt.

Zwanzig Jahre später sitze ich auf dem Friedhof und starre auf das Stückchen Erde, in dem ich meine Kindheit begraben habe. Meine Mutter starb so kurz nach meinem Vater, dass die Totengräber nur einmal graben mussten. Frau Keller und Frau Thiele gehen an mir vorbei. Sie wohnten damals im gleichen Haus wie meine Eltern und ich. Sie sind fast jeden Tag auf dem Friedhof.

»Schönen guten Tag, Herr Wundermann«, sagen beide gleichzeitig und klingen dabei wie Erstklässler, die ihren Lehrer zur Schulstunde begrüßen. Ich nicke ihnen zu und murmle einen leisen Gruß. Als sie ein paar Schritte entfernt sind, fangen sie an zu reden.

»Ein netter Junge, wie er sich so aufopfernd um das Grab seiner Eltern kümmert«, sagt Frau Keller.

»Wohl wahr«, erwidert Frau Thiele. »Und das, wo sie ihm das Leben so schwer gemacht haben. Er kann froh sein, dass sie so früh gestorben sind. So konnte noch etwas aus ihm werden.«

Die beiden biegen um die Ecke und ich höre nicht, was sie weiter reden. Ich stehe auf und werfe einen letzten Blick auf das Grab meiner Eltern. Die Erde ist frisch umgegraben, weiße Lilien schmücken jetzt das Grab. Ich pflanze alle paar Wochen etwas Neues ein. Für meine Mutter als Wiedergutmachung, für meinen Vater als immer wiederkehrende Strafe. Er hasste Blumen. Ich gehe durch den Friedhof in Richtung Parkplatz. Obwohl am Wochenende viele Leute hierher kommen, ist es ruhig und friedlich. Die Vögel zwitschern, die Menschen reden leise miteinander. Ich bin fast bei meinem Auto, als der Ball geflogen kommt. Ein Knacken, und der Seitenspiegel liegt auf dem Boden. Bevor ich darüber nachdenke, halte ich den Ball in meinen Händen und schaue in die Richtung, aus der er kam. Ich sehe einen schmächtigen Jungen mit weit aufgerissenen Augen. Im nächsten Moment dreht er sich um und rennt davon. Instinktiv sprinte ich los, verlangsame meine Schritte aber dann.

»Führ mich nur schön zu deinen Eltern, die werden mir meinen Spiegel bezahlen, du kleiner Scheißer«, murmle ich. Der Junge rennt, als wäre ein dreiköpfiger Hund hinter ihm her. Im Zickzack rast er durch kleine Gassen und Gärten, zwängt sich durch kleine Lücken in Gartenzäunen. Die meisten könnte er so abhängen. Aber nicht einen Kommandosoldaten. Ich lasse mich absichtlich zurückfallen und verfolge ihn weiter, ohne dass er es merkt. Ein paar Mal schaut er noch zurück, um sich zu vergewissern, dass er mich abgehängt hat, dann verschwindet er im Hausflur eines Hochhauses. Ich schaue an dem Haus hinauf und fühle mich kurz wieder wie das Kind, das ich damals war. Im selben Haus wohnte ich damals mit meinen Eltern. Ich muss nicht lange warten, da geht eine mollige Blondine Anfang 50 auf den Hauseingang zu und kramt dabei in ihrer Handtasche. Ich verlasse meine Deckung und gehe zielstrebig auf das Haus zu.

»Entschuldigung, hier muss der Junge wohnen, dem dieser Ball gehört. Er ist etwa zwölf Jahre alt, dünn, hat braune, kurze Haare und braune Augen. Leider habe ich seinen Namen vergessen«, sage ich zu der Blondine.

Sie mustert mich kurz über ihre Brille hinweg, dann schließt sie die Tür auf.

»Das muss Lukas Noll sein. Kommen Sie, ich nehme Sie mit rein. Versuchen Sie Ihr Glück oben an der Wohnungstür. Vierter Stock.«

Ich bedanke mich und gehe die Treppen hinauf. Die meisten Eingänge sind liebevoll geschmückt. An manchen steht ein »Herzlich willkommen«-Schild, vor einer Tür liegt eine Fußmatte mit Katzenmotiv, eine weitere Tür ist umringt von Schuhen verschiedener Größen. Dann stehe ich vor der Wohnung der Nolls. Auf der Klingel neben der Haustür steht in verblassten Buchstaben der Familienname. Die Tür ist braun und ungeschmückt. Ein leerer Bierkasten steht neben der Tür. Ich drücke auf den Klingelknopf und warte. Drücke noch einmal darauf. Warte wieder. Ich höre eine Männerstimme fluchen. Ich klingle ein weiteres Mal. Die Tür wird geöffnet. Ein Mann schaut mich unfreundlich an. Er trägt ein schmuddeliges Unterhemd und eine abgetragene Jogginghose. Sein Rasierapparat muss ihn vor über einer Woche das letzte Mal gesehen haben, und die Haare hängen fettig am Kopf. Ich muss an meinen Vater denken.

»Was wollen Sie?«, fragt er barsch. Ich zögere, mustere ihn. Der Junge streckt seinen Kopf in den Flur. Ich sehe Panik in seinen Augen.

»Wenn Sie ein Vertreter sind, können Sie gleich wieder gehen. Wir kaufen nichts«, sagt der Vater. Sein Atem riecht sauer, nach Bier. Ich hebe den Ball mit ausgestrecktem Arm vor sein Gesicht.

»Ihr Sohn hat seinen Ball verloren, den wollte ich zurückbringen«, sage ich, drehe mich um und gehe. Im Weggehen höre ich ihn schimpfen.

»Verfluchter Bengel, kannst du nicht mal auf deine Sachen aufpassen.«

Am nächsten Wochenende sitze ich wieder auf dem Friedhof und starre auf die Erde zu meinen Füßen. Ich merke, wie er sich anschleicht, lasse mir aber nichts anmerken. Dann steht er vor mir. Er erinnert mich an das Kind, das ich vor zwanzig Jahren war. Er ist dürr, fast schon mager. Das linke Auge ist blau unterlaufen, und an den nackten Unterarmen sind unzählige blaue Flecken zu sehen. Ich kann mir sehr gut vorstellen, wie der Rest von ihm aussieht. Ich habe es damals häufig im Spiegel gesehen.

»Warum hast du meinen Vater belogen?«, fragt er.

»Was hast du mit deinem Auge gemacht?«, frage ich zurück.

»Ach, das ist nichts. Ich bin beim Klettern abgerutscht.«

»Das habe ich früher auch immer erzählt.«

Er schaut mich an. Dann setzt er sich neben mich.

»Ich heiße Lukas«, sagt er.

»Marc«, antworte ich.

»Warum bist du dauernd auf dem Friedhof?«, fragt er.

Ich deute auf das Grab vor uns.

»Hier sind meine Eltern begraben. Deswegen bin ich so oft es geht hier.«

Er nickt.

»Sind deine Eltern erst vor kurzem gestorben?«

Ich schüttle den Kopf.

»Das ist schon zwanzig Jahre her. Meine Eltern wurden nicht sehr alt, weißt du.«

»Warum?«

Ich streiche mit den Händen über meine Augen und durch mein kurzes Haar, starre auf das Grab.

»Mein Vater stürzte vom Balkon«, antworte ich schließlich.

»Und deine Mutter?«

»Starb kurz darauf an Kummer«, sage ich knapp.

Ich erinnere mich an die Tage nach dem Tod meines Vaters. Der Polizei sagte ich, ich habe mich in meinem Zimmer versteckt, während mein Vater in der Wohnung tobte. Dann habe ich plötzlich nichts mehr gehört und habe nachgesehen, und ihn auf dem Gehweg liegen sehen. Meine Mutter sagte die ganze Zeit so gut wie nichts. Sie nickte nur, als der Polizist fragte, ob sie das bestätigen könne. Die Polizei hakte die Sache schnell ab. Mein Vater war ein stadtbekannter Säufer gewesen. Niemand wunderte sich darüber, dass er betrunken vom Balkon gestürzt war. Und vor allem vermisste ihn niemand. Nur meine Mutter weinte um ihn, und vielleicht auch um mich. Sie konnte mir nicht mehr in die Augen schauen, war die meiste Zeit betrunken. Zwei Tage später starb sie an Alkoholvergiftung.

»Was hast du dann gemacht?« Der Junge schreckt mich aus meinen Gedanken.

»Ich kam in ein Waisenhaus«, antworte ich.

»Hmmm. Wie war es da?«

»Nicht besonders schön«, sage ich. »Im Waisenhaus kümmert sich niemand um dich. Den meisten dort bist du egal. Es gibt Leute, die versuchen, dich fertig zu machen.«

Ich weiß, dass es in seiner Lage nach einer verlockenden Alternative aussieht. Aber er war nie im Heim, hat nicht erlebt, wie es dort ist.

»Aber wenn man eine Mutter hat, muss man nicht ins Heim. Ohne Papa wären wir besser dran«, sagt er und blickt nachdenklich auf das Grab meiner Eltern. Dann springt er auf.

»Ich muss jetzt nach Hause«, sagt er und läuft davon.

Es ist kurz nach Mitternacht. Ich liege im Bett und wälze mich hin und her. Ich denke an das Gespräch mit dem Jungen. Etwas nagt an mir, etwas, das er gesagt hat.

»Ohne Papa wären wir besser dran.«

Immer wieder höre ich seine Worte. Genau das dachte ich auch oft, als mein Vater noch lebte. Und dann, in dieser einen

Situation, reichte mein Hass aus, um das Unverzeihliche zu tun. Vatermord. Mit dieser Tat tötete ich im Endeffekt auch meine Mutter, und das wiegt viel schwerer. Ich weiß nicht, was sie nicht verkraftete. Dass ihr geliebter Säufer und Schläger nicht mehr da war oder dass ihr Sohn zum Mörder wurde. Das Ergebnis bleibt das gleiche. Ich bringe ihr Blumen, sorge dafür, dass ihr Grab schön aussieht. So wie sie es gewollt hätte.

»Ohne Papa wären wir besser dran.«

Kein Junge sollte so etwas denken müssen. Kein Junge sollte seinen Worten Taten folgen lassen müssen. Ich fasse einen Entschluss. Ich schwinge meine Beine aus dem Bett und stehe auf. In meiner Einheit heißt es immer, erst den Feind observieren, dann zuschlagen. Und vor allem unsichtbar bleiben. Ich ziehe meine Feldhose über meine Shorts und schlüpfe in meine Feldjacke, dann hole ich mein Nachtsichtfernglas aus dem Sideboard im Wohnzimmer. So gerüstet ziehe ich los.

Ich wache orientierungslos auf. Ich schaue mich um und erkenne nichts, doch schließlich sehe ich, dass ich in meinem Wohnzimmer auf dem Sofa liege. Auf dem Couchtisch steht eine Reihe leerer Bierflaschen, daneben eine Weinflasche. Es ist nun einen Monat her, dass ich meinen Entschluss gefasst hatte. War es richtig gewesen? Oder falsch? Ich weiß, welches Urteil ein Richter fällen würde. Ich schaue auf den Couchtisch und denke, dass mein alter Deutschlehrer vielleicht Recht hatte. Nachdem ich seinen Unterricht mal wieder geschwänzt hatte, prophezeite er mir, dass ich werden würde wie mein Vater.

»Der Apfel fällt nicht weit vom Stamm. Du wirst einmal genau so ein Taugenichts werden wie dein Vater. Ich bete zu Gott, dass du keine Familie haben wirst.«

Damals schwor ich mir, nie auch nur die geringste Ähnlichkeit mit meinem Vater zu haben. Als meine Klassenkameraden anfingen, sich für Bier und Mädchen zu interessieren, begann ich mit meinem Training. Ich hatte ein klares Ziel vor Augen: ich wollte zum Kommando Spezialkräfte bei der Bundeswehr. Meine Klassenkameraden hingen miteinander ab und buhlten um die Mädchen, ich absolvierte täglich Dauerläufe mit Gepäck und machte Krafttraining. Als ich endlich Kommandosoldat war, dachte ich, ich hätte es geschafft. Ich schaue auf den Tisch. Trunkenheit. Was habe ich noch von meinem Vater übernommen, ohne es zu wollen? Gewalttätigkeit? Ich denke an die frisch aufgewühlte Erde auf dem Grab, an den Busch, den ich gepflanzt habe. Der Gärtner hat mir einen Rhododendron empfohlen, wenn ich die Erde die nächsten Jahre nicht umgraben möchte. Ich sollte wirklich besser keine Familie gründen. Gut, dass ich mir darum momentan keine Sorgen machen muss. Ich werde wütend, fege die leeren Flaschen mit einer Handbewegung vom Tisch und laufe aus dem Raum.

»Du warst lange nicht hier.« Die Worte klingen vorwurfsvoll. Ich schaue auf und blicke in ein Gesicht ohne blaue Flecken.

»Hallo Lukas«, sage ich zur Begrüßung. »Ich hatte zu tun. Aber heute bin ich hier.« Er setzt sich neben mich auf die Bank und schlenkert die Füße vor und zurück.

»Ich glaube, ich bin jetzt alleine mit Mama«, sagt er und wirkt dabei erleichtert. Ich sehe ihn an. Sein Blick wirkt unsicher, aber weniger ängstlich. Ich schaue schnell weg. Der Blick in seine Augen schmerzt. Er hat die Augen seines Vaters. »Papa ist schon seit sechs Wochen nicht mehr nach Hause gekommen. Mama sagt, er gilt als vermisst.«

Ich schaue auf das Grab und schweige. Vor sechs Wochen habe ich es frisch bepflanzt, zum letzten Mal für eine sehr lange Zeit. Ich glaube nicht, dass ich die Erde auf dem Grab jemals wieder anrühren werde.

»Mama ist in letzter Zeit viel besser drauf. Sie macht sich auch wieder hübsch«, sagt Lukas.

Ich nicke. Meine Gedanken sind weit weg.

»Da ist sie ja«, ruft Lukas und zeigt mit dem Finger auf eine schlanke Frau, die eilig auf uns zu kommt.

»Lukas, ich habe dich überall gesucht.« Sie streicht ihm über den Kopf. »Was machst du hier?« Fragend schaut sie mich an. Mein Blick weicht ihr aus. Ich möchte ihr nicht in die Augen schauen.

»Das ist Marc«, sagt Lukas fröhlich.

»Hallo, ich bin Ines.« Lukas' Mutter streckt mir ihre schmale Hand entgegen. Ich zögere, ergreife sie dann aber. Ihre Hand ist erstaunlich warm. Mein Blick wandert zu ihrem Gesicht. Ich will nicht, dass sie mir gefällt. Sanfte braune Augen lächeln mich an. Bernsteinfarbene Locken umschmeicheln ein hübsches Gesicht.

»Marc, hallo«, sage ich stotternd wie ein Schuljunge. Tief in meinem Inneren verfluche ich mich.

Das andere Ich

Björn Sünder

Mit einem lauten Knall zerbarst das Glas auf dem Boden. Gierig wie ein Verdurstender in der Wüste saugte der rote Perserteppich das Wasser in sich auf. Langsam aber stetig anwachsend breitete sich der dunkle Wasserfleck auf dem hellroten Muster aus. Gestern war es noch nicht hier gewesen. Da war sich Stuart Lewis sicher. Jetzt stand es mitten im Wohnzimmer. Zwischen der braunen Ledercouch, aus der zwei Federn herausragten, und dem alten Röhrenfernseher. Stuart starrte das Objekt an, das sich vor ihm befand. Es war eine Tür. Sie stand auf einem silbernen Sockel. Eine gläserne Stufe führte nach oben. Durch das fleckige Panoramafenster stachen die ersten Strahlen der morgendlichen Sonne. Stuart ging näher an die Tür heran und rieb sich die Augen. Das Türblatt schien aus Holz zu sein. Auf dem Türblatt selbst waren verschlungene, gelbe Ornamente. An der Tür befand sich ein Knauf aus Kristall.

»Was ist das nur?«, fragte Stuart in die Stille seiner Wohnung hinein und kratzte sich die kahle Stelle seiner Halbglatze. Dann rückte er seine Brille mit den eckigen Gläsern zurecht und ging um die Tür herum. Die Rückseite wies keinerlei Besonderheiten auf. Stuart ging wieder zurück zur Vorderseite. Er fragte sich, ob das alles ein Scherz seiner Physik-Studenten war. Die Ornamente auf der Tür gerieten in Bewegung. Es sah so aus, als ob sich viele Schlangen über den Boden einer Grube bewegten. Stuart nahm seine Brille ab, reinigte sie mit seinem bestickten Taschentuch und setzte sie wieder auf. Es wurden Worte geformt. Ein Satz entstand.

»Öffne mich«, las Stuart laut. Die Kirchenglocken schlugen die volle Stunde. Es war acht Uhr. Stuart hätte schon längst in seinem alten Ford sitzen, die kaputte Feder des Fahrersitzes in seinem Hintern spüren und auf dem Weg zur Universität sein müssen.

»Öffne mich«, wiederholte Stuart. Nervös griff er an den Ringfinger seiner linken Hand, um mit dem nicht mehr vorhandenen Ehering zu spielen. Erst als er die Bewegung beendet hatte und spürte, dass da kein kaltes Metall mehr war, wurde ihm wieder bewusst, dass Kristy und er sich vor einem Jahr hatten scheiden lassen. Auch nach der Fehlgeburt, als ihre gemeinsame Tochter Jersey tot zur Welt gekommen war, hatte er nicht aufgehört, sie zu lieben. Sie war es gewesen, die sich abgewandt hatte. Es war an einem regnerischen Freitagabend gewesen, als sie gesagt hatte, dass sie Zeit für sich brauchte. Stuart holte seine Pfeife vom gläsernen Couchtisch und begann sie zu stopfen. Kristy hatte den Geruch immer gemocht. Manchmal ging Stuart in das hellrosa gestrichene Zimmer, das er für Jersey eingerichtet hatte. Nur um zu weinen.

»Öffne mich«, wiederholte Stuart und entzündete den Tabak mit einem Streichholz. »Öffne mich.« Er zog an seiner Pfeife und beobachtete seinen Kater Mansfield, der friedlich auf seinem alten Ohrensessel schlief. Das schwarze Fell des Katers war von silbernen Fäden durchzogen und glänzte im Sonnenlicht wie eine Lache Öl auf dem Meer. Stuart ging noch einmal um das Gebilde herum. Die Ornamente auf der Vorderseite hatten sich nicht verändert. Stuart ging die Stufe nach oben und nahm seine Pfeife aus dem Mund. Er streckte die Hand nach dem Knauf aus. Seine Hand zitterte und unter seinem Griff wurde der Knauf rutschig. Im Geiste zählte er einige Sekunden lang und zog die Tür dann vorsichtig zu sich heran. Sie ließ sich leicht öffnen. Er machte sie ganz auf. Stuart rückte seine Brille zurecht und sah auf die andere Seite. Das, was er dort sah, verblüffte ihn. Er sah sein eigenes Wohnzimmer. Er sah zurück, dann wieder nach vorne. Stuart kam sich vor wie in der Geschichte von Alice hinter dem Spiegel. Doch je öfter er hin und wieder zurück sah, wurden ihm kleine, aber markante Unterschiede bewusst. Die Couch sah neu aus. Der Fernseher auf der anderen Seite war ein riesiger Flachbildschirm und hing an der Wand. »Bose« las er auf der Stereoanlage. Stuart beschloss, durch die Tür zu gehen. Doch er zögerte. Was wäre, wenn sie sich hinter ihm schloss? Was, wenn das alles ein Experiment von Außerirdischen war? Er rieb an den Aufnähern seiner Tweedjacke. Dann nahm er noch einen Zug von seiner Pfeife und trat auf die andere Seite.

Der Übergang hatte sich nicht seltsam angefühlt. Es war so gewesen, als ob man durch eine Tür in einen anderen Raum tritt. Ein normaler Vorgang. Stuart sah sich um. Auf einem Tisch entdeckte er einen formlosen Briefbeschwerer aus Blei. Diesen stellte er als Keil an die Tür. Dann trat er an das große Panoramafenster. Der Anblick kam ihm vertraut vor und dann doch wieder so fremdartig, dass er genau wusste, dass das nicht sein Zuhause sein konnte. In die Skyline von Ministerwest fügten sich fünf Hochhäuser, die Stuart nicht kannte. Ihre gläsernen Fassaden spiegelten sich im Licht der Sonne. Außerdem war der Himmel von Zeppelinen erfüllt. Einige hatten an den Hochhäusern angedockt. Er sah auf die Liberty Street hinab. Dieser Anblick verstörte ihn noch mehr. Fußgänger drückten sich aneinander vorbei und es waren zahlreiche Autos auf den Straßen unterwegs. Doch von den Autos war kein Laut zu hören. Es fehlte das Hupen, das Geräusch des An- und Abfahrens. Das verstörte Stuart. Das Fehlen der so alltäglich gewordenen Geräusche des

Verkehrs. Alles war so friedlich und still. Stuart wandte sich vom Fenster ab und sah sich weiter in der Wohnung um. Er entdeckte eine Fotografie. Stuart nahm sie in die Hand, spürte die Kälte des Glases und die Glätte des Holzrahmens. Als er das Foto ansah, wusste er genau, dass er ein solches Foto niemals hatte machen lassen. Es zeigte ihn selbst, oder besser gesagt ein anderes Ich, seine Frau Kristy und ein einjähriges Kind. Unter dem Foto stand: »Geliebte Familie«. Vorsichtig stellte er das Foto wieder an seinen Platz und nahm seine abgekühlte Pfeife in die Hand. Dann sah er sich weiter in der Wohnung um. In der rechten Ecke stand ein Flügel. Sanft strich Stuart über die glatte, schwarz glänzende Oberfläche. Kristy hatte früher leidenschaftlich gern gespielt, hatte es aber aus irgendwelchen Gründen aufgegeben. Stuart setzte sich an den Flügel und drückte ein wenig auf den Tasten herum. Er hatte sich immer gewünscht, Klavier spielen zu können. Doch die Welt der Musik würde ihm für immer verborgen bleiben.

»Was ist das hier?« Er stand auf und ging zu einem Beistelltisch. Dort stand ein kleiner Schrank für Pfeifen. Unter den Pfeifen, die dort untergebracht waren, fanden sich viele erlesene und teure Stücke. Sogar eine aus Meerschaum, die wie die Kralle eines Adlers geformt war. Durch die jahrelange Benutzung hatte sich der einstmals weiße Meerschaum goldgelb verfärbt. Stuart selbst besaß auch eine Pfeife aus Meerschaum, aber nicht so eine kostbare. Stuart wandte sich ab und ging zur gegenüberliegenden Wand. Dort hingen einige Diplome. Darunter war auch die Ernennung zum Professor für theoretische Physik von der Harvard Universität. Stuart hätte sich diese Diplome niemals an die Wand gehängt. Er fand so etwas eitel. Daneben war auch das Diplom einer Musikschule. Ausgestellt auf Kristy Lewis. Neben all diesen Urkunden entdeckte Stuart auch noch die Fotografie von einem Urlaub. Auf dem Bild war nicht genau zu erkennen, wo es gewesen war. Einige Palmen waren auf dem Hintergrund zu sehen und Häuser, deren Stil an Spanien oder auch an Südamerika denken ließen. Stuart glaubte, dass es sich um Kuba handeln musste. Kristy und er hatten diesen Urlaub lange geplant. Dann hatte sich die Fehlgeburt ereignet und anschließend die Trennung. Auf diesem Bild war ein Mädchen zu sehen. Ein Jahr alt. Sein anderes Ich hatte es auf dem Arm. Die beiden lächelten in die Kamera. Die drei schienen aus dem Bild zu steigen.

»Völlig überschätzt, dieses 3D.« Stuart wunderte sich noch immer über die edle Einrichtung der Wohnung. Auch wenn er aus dem Fenster blickte, schien diese Welt um ein Vielfaches besser zu sein als seine eigene. Dann sah Stuart ein anderes Bild auf dem Sims. Es zeigte wieder ihn selbst, oder besser gesagt sein anderes Ich. Der andere Stuart stand neben einem Roboter. Dieser Roboter hatte auf dem Kopf eine durchsichtige Glasplatte, darunter war ein menschliches Gehirn zu erkennen. Unter dem Foto standen die Worte: »Der erste Roboter mit einem menschlichen Gehirn, dem besten Rechner der Welt. Danke für die Spende, Brian!«

»Es wird immer seltsamer.« Stuart sah zurück zur Tür. Sie war immer noch offen und zeigte den Anblick seines vertrauten, einsamen und bilderlosen Wohnzimmers. Was ging hier nur vor? Aus einem verborgenen Loch rollte plötzlich ein wadengroßes, metallenes Ding mit Fell zu ihm heran.

»Person erkannt«, sagte das Ding und hechelte. »Willst du spielen, Stuart?«

»Im Augenblick nicht«, erwiderte Stuart und schüttelte den Kopf. Das metallene Ding sah traurig aus, obwohl ihm das unmöglich schien, und rollte wieder an seinen Platz an der Ladestation zurück. Die roten Rezeptoren erloschen langsam, so als ob zwei glühende Kohlestücke langsam abkühlten. Konnte es etwa sein, dass das hier eine parallele Welt war? Eine Welt, in der manche Ereignisse anders abgelaufen waren? Konnte tatsächlich die Möglichkeit bestehen? Schnell ging er auf den Flur. Dort bog er nach links ab und ging durch die Tür auf der rechten Seite. Gleich gegenüber war das Badezimmer. Stuart stand in einem hellrosa gestrichenen Zimmer. Alles war fast genauso eingerichtet wie bei ihm zu Hause. An einem Fenster stand ein Schaukelpferd und davor waren viele Plüschtiere. In der Mitte befand sich ein Kinderbett. Die Plüschtiere wiesen Narben von Nähmaschinen auf. Einige Ohren waren ausgerissen und einem Teddy fehlte der linke Knopf, der ihm als Auge diente. Stuart hörte das Drehen eines Schlüssels im Schloss.

»Professor Lewis, willkommen zurück«, sagte eine Stimme, die so künstlich klang wie Siri. »Es liegen fünfunddreißig Mails für Sie vor und zwei Sprachnachrichten von Ihrer Frau.«

»Danke«, antwortete eine Stimme, die Stuart seltsam vertraut vorkam. »Warum bedanke ich mich eigentlich bei einer seelenlosen Maschine?«

Stuart suchte verzweifelt nach einem Versteck. Nach irgendetwas. Doch im Kinderzimmer gab es nicht einmal einen Schrank. Leise trat er an die Tür und blickte durch einen Spalt auf den Eingangsbereich. In der Diele befand sich eine Garderobe. Dort stand ein Mann. Er trug eine Jacke aus Wolle, an deren Ellenbogen Lederflecken aufgenäht waren. Ganz leicht hing ein Geruch nach Pfeifentabak in der Luft. Stuart steckte seine kalte Pfeife in die Tasche seiner Stoffhose und spähte weiter in den Flur. Nervös begann er auf der Unterlippe herumzukauen.

»Mach schon, dreh dich um«, flüsterte Stuart. Doch der andere Mann tat ihm den Gefallen nicht. Rückwärts gewandt ging er vom Flur in das Wohnzimmer. Dort stand die Tür! Was würde passieren? Oder handelte es sich dabei um ein Experiment seines anderen Ichs? So leise er konnte, schlich sich Stuart auf den

Flur. In seinem Magen breitete sich ein prickelndes, erregendes Gefühl aus. So ein Gefühl hatte Stuart immer gehabt, wenn er im Haus seiner Eltern ganz allein gewesen war. Es war ein Gefühl gewesen, dass alles geschehen konnte, solange kein Erwachsener da war. Stuart versuchte, keinerlei Geräusche zu machen. Trotzdem knarrten die Dielen unter seinen Schuhsohlen so laut, als ob tausende von Elefanten trompeten würden. Stuart ging wieder zum Wohnzimmer und spähte um die Ecke. Der andere Mann stand bei der Tür und sah auf den Keil, dann wieder auf die offene Tür. Langsam drehte er sich herum. Stuart prallte zurück. Es war sein Gesicht, das zu ihm zurückblickte. Irgendwie hatte Stuart damit gerechnet. Trotzdem war es ein Schock. Es gab nur wenige Unterschiede. Das andere Gesicht wirkte jünger, frischer. Mit einem Wort: erholt.

»Sie können herauskommen«, sagte der Mann und sah sich um. »Ich bin kein Alien. Menschenfleisch verzehre ich nur bei besonderen Gelegenheiten. Das war ein dummer Scherz.«

Stuart wischte sich einen leichten Schweißfilm von der Stirn. Sein Mund fühlte sich so trocken an wie die Wüste. Dann straffte er sich. Es gab keinen anderen Weg. Er trat in das Wohnzimmer. Der andere Mann schlug die Hände so laut zusammen, dass es knallte. Er rückte seine Brille zurecht.

»Fantastisch. Verblüffend«, sagte er. »Es ist immer wieder fantastisch und verblüffend.« Der andere Mann kam auf Stuart zu und betrachtete ihn von oben bis unten. »Sie sind jetzt schon der dritte Besucher. Nehmen Sie doch Platz. Sie haben bestimmt eine Menge Fragen.«

Stuart ließ sich von seinem anderen Ich zur Couch führen. Als er sich darauf fallen ließ, gab es ein Puff-Geräusch, als die Luft aus dem Sitzpolster entwich.

»Sie sehen durstig aus.« Sein anderes Ich ging zu einer kleinen Theke und schenkte zwei Gläser mit Scotch voll. »Für den ersten Schock.« Er reichte Stuart ein Glas. Dieser leerte es in einem Zug aus. Der andere Mann lächelte und schenkte Stuart nach. Dann setzte sich sein anderes Ich ihm gegenüber und sah ihn an.

»Ist das noch Ministerwest? Oder ein ganz anderer Ort?«, fragte Stuart und nahm einen kleinen Schluck. Der andere Stuart klatschte in die Hände.

»Sie befinden sich noch immer in dieser Stadt. Doch sagen wir, sie liegt an einer ganz anderen Adresse des Multiversums. Wie Sie, glaube ich, bereits wissen, befinden Sie sich in einem parallelen Universum. An einem Ort, an dem andere Entscheidungen getroffen wurden.«

Stuart verstand. Er verstand nur zu gut. Die Theorie der Unendlichkeit der Universen. Doch bisher war angenommen worden, es gäbe keinerlei Möglichkeiten, zwischen den parallelen Universen zu reisen. Es sei denn durch ein Schwarzes Loch. Aber das würde niemand überleben.

»Was ist das für eine Tür?«

Der andere Stuart ging zu dem kleinen Pfeifenschrank und holte die goldgelbe Pfeife aus Meerschaum heraus. Gemächlich stopfte er sie. Dann hielt er in seiner Tätigkeit inne und sah Stuart an.

»Es stört Sie doch nicht? Rauchen Sie selbst Pfeife?«, fragte sein anderes Ich. Stuart nickte und sein Zwilling lächelte. »Diese Tür, wie Sie es nennen, dient als Transport-Tor. In zeitlichen Abständen wähle ich eine parallele Welt an und lade einen Besucher – nämlich mich selbst – ein. Diese Tür, oder besser gesagt dieses Tor, ist ein Wurmloch, ein Verbindungstunnel. Doch Sie werden mit den Theorien vertraut sein, nehme ich an. In erster Linie geht es um das Lernen und den gegenseitigen Austausch. Bedauerlicherweise kann ich noch nicht die genauen Koordinaten eingeben. Sie können sich also als einen Kandidaten des Zufalls betrachten. Übrigens sind Sie nicht der Erste, der die Tür verkeilt, und werden wohl auch nicht der Letzte bleiben.« Er entzündete den Tabak und zog. Stuart beobachtete den Rauch, der sich träge an der Decke verfing.

»Es geht also nur um Austausch?«, fragte Stuart. »Nur darum?«

»Nennen Sie es Neugierde, mein lieber Lewis.« Der andere stand auf und begann, im Raum auf und ab zu gehen. »Wie ist die Weltgeschichte an entscheidenden Punkten anders als bei uns verlaufen? Wie stehen die Dinge auf den anderen Seiten, zum Guten oder zum Schlechten? Als Beispiel nehmen wir einmal meine Welt. Nach dem Ersten Weltkrieg waren sich alle Nationen der Erde einig. Nie wieder Krieg. Der Schock über dieses kollektive Trauma war zu groß. Alle waren sich bewusst, dass sie einen Anteil an diesem gigantischen, globalen Krieg hatten. Es entstand der Völkerbund. 1969, nach der Gründung unserer Kolonie auf dem Mond, gingen aus diesem Bund die Vereinigten Staaten der Erde hervor. Es begann ein goldenes Zeitalter des Friedens, das bis heute anhält. Im Jahre 2014. Wissenschaft, Technik und die Künste erlebten einen enormen Entwicklungsschub.« Er blieb stehen, zog an seiner Pfeife und sah zu Stuart. »Nun haben wir Kolonien auf dem Mars, dem Titan und der Venus. Alle Planeten terrageformt.«

Stuart sah auf seine Hände.

»Bei uns war alles ein wenig anders. Auch bei uns gab es nach dem Ersten Weltkrieg einen Völkerbund. Doch dieser war nicht sonderlich erfolgreich. Er scheiterte an den Eigenarten und der Gier der Menschen. Wie auch immer, wir taumelten in einen Zweiten Weltkrieg hinein. Durch diesen Krieg erlebten wir ebenfalls einen raschen Fortschritt der Wissenschaft und Technik. Sagen Sie, haben Sie je etwas von einem Adolf Hitler gehört?«

»Natürlich, er war ein bekannter Maler. Vor allem Postkarten-Motive hat er gemalt. Sagen Sie, sind Sie verheiratet oder haben Sie Kinder?«

Stuart nippte an seinem Glas.

»Nicht mehr. Kristy und ich haben uns vor einem Jahr getrennt.« Jetzt stand Stuart auf und ging im Raum umher. »Sie hat die Fehlgeburt unserer Tochter seelisch nicht verkraftet und sich von mir scheiden lassen. Ich hatte nicht so viel Glück wie Sie. Na ja, wie das Leben eben so spielt. Manchmal bist du die Windschutzscheibe und manchmal bist du die Fliege. Auf den Fotos habe ich Ihre Tochter gesehen.«

»Oh ja. Wir haben die Kleine Jersey genannt, nach Kristys Mutter. Sie ist ein ganz aufgewecktes Mädchen. Ihr Verlust tut mir leid.«

Stuart zwang sich zu einem Lächeln. Wie oft hatte er das schon gehört.

»Die Dinge sind, wie sie sind. Wir können das Leben nicht planen«, antwortete Stuart und deutet mit dem Finger auf das Fenster. »Warum sind die Autos so ruhig?«

»Wir benutzen in unseren Autos schon lange Brennstoffzellen. Dadurch wurde auch das Trinkwasser-Problem der Erde über Nacht gelöst.«

»In Ihrer Welt scheint alles gut zu laufen. Es wirkt alles wie ein Traum«, erwiderte Stuart und Neid schwang in seiner Stimme mit. »Wir versuchen immer noch verzweifelt von den Verbrennungsmotoren wegzukommen.« Stuart hatte plötzlich eine Idee und fasste einen teuflischen Plan. »Möchten Sie nicht einmal mit in meine Welt kommen? Dort einen Besuch machen?«

Der andere Stuart sah zu der offenen Tür und dann wieder zurück.

»Liebend gerne«, erwiderte sein anderes Ich. »Ihre Welt interessiert mich sehr.«

Stuart stellte sein Glas auf den Tisch und zeigte auf die Tür.

»Dann kommen Sie doch gleich mit. Bitte, nach Ihnen.« Stuart sah erwartungsvoll zu seinem anderen Ich.

»Ich weiß nicht so recht. Kristy kommt bald nach Hause und es gibt Lasagne. Ich liebe Lasagne.«

»Es wird nicht lange dauern«, sagte Stuart. »Nur eine Viertelstunde. Ehe Sie sich versehen, werden Sie wieder zurück sein.«

»Aber wirklich nicht lange«, erwiderte sein anderes Ich und stand ebenfalls auf. »Natürlich sind Sie heute Abend zum Essen eingeladen. Wo habe ich nur wieder meine Manieren gelassen.« Er ging zur Tür. Stuart blieb dicht hinter ihm. Als er dem anderen Stuart auf den spitz zulaufenden Hinterkopf starrte, wurde aus dem losen Plan, den er gefasst hatte, untrügliche Gewissheit. An der Schwelle zu seiner eigenen Realität nahm Stuart den schweren Briefbeschwerer aus Blei in seine Hand. Es fühlte sich so kalt und glatt an. Stuart holte aus. Ohne lange darüber nachzudenken. Blut spritzte auf. Mit einem dumpfen Geräusch sackte sein anderes Ich auf den Boden. Stuart hieb immer wieder und wieder zu. Erst als sein Arm zu erlahmen begann, hielt er in seinem Tun inne. Stuart fühlte einen stechenden Schmerz in seiner Seite und er konnte sein Herz unter dem Brustkorb hämmern hören. Schweiß rann ihm in die Augen. Als er aufblickte, konnte er sich in dem großen Ankleidespiegel sehen. Erschrocken über sich selbst prallte er zurück. Der schwere Briefbeschwerer glitt aus seiner Hand. Blut und Haare klebten daran. Stuart kam sich vor wie ein wilder Affe. Es war keine Spur mehr von Zivilisation zu erkennen. Es war so leicht gewesen, einen Menschen zu töten. Wie er es aus zahlreichen Krimis kannte, überprüfte er die Atmung seines anderen Ichs. Er konnte nichts feststellen, auch nicht als er seinen Kopf auf die Brust seines Zwillings legte. Er zog den anderen Stuart auf seine Seite der Realität und legte den Briefbeschwerer neben die Leiche. Im

Stillen fragte er sich, ob und wie die örtlichen Behörden verzweifeln würden. Denn diesen Fall konnten sie nicht lösen. Dann ging er wieder zurück und schloss die Tür. Er wusste zwar nicht, wie diese Tür funktionierte, aber das würde er schon noch herausfinden. Dann würde er sie zerstören. Vorerst, da war sich Stuart sicher, ging von der Tür keine Gefahr aus. Er hörte, wie die Eingangstür erneut geöffnet wurde. Schnell ging er in das Badezimmer, das extrem nach Desinfektionsmittel roch. In dem weißen Waschbecken wusch sich Stuart die blutigen Hände und reinigte seine Brille, die einige Blutspritzer abbekommen hatte.

»Stu«, hörte er eine weibliche Stimme rufen. »Kannst du mir bitte mit Jersey helfen? Ich bin voll mit Einkaufstüten beladen.«

»Bin gleich da.« Stuart schob sich seine Brille auf die Nase zurück und sah in den Spiegel. Das gelbe Neonlicht summte. Von der anderen Seite grinste ihm ein völlig Fremder entgegen.

Racheengel

Bianca Heidelberg

Wie ein Schatten huscht sie über die Straße. Erklimmt den hohen Zaun, der die Villa gefangen hält. Landet und liegt auch schon verborgen unter einem Busch. Ihre Kleidung ist so schwarz wie die Nacht, die sie umgibt. Eine Sturmhaube verbirgt ihre langen, schwarz gefärbten Haare und den Großteil ihres schmalen Gesichtes. Langsam robbt sie über den Boden, weicht dabei den Kameras aus. Sie weiß genau, wo sie hängen, hat sich wie immer sorgfältig vorbereitet. Das Ehepaar ist über das Wochenende verreist. Sie haben keine Kinder, kein Personal, keine Haustiere. Niemand befindet sich im Haus. Sie bewegt sich auf die Rückseite des Hauses zu, will über den Balkon einsteigen. Da hört sie es. Schritte auf dem Rasen. Schnüffelnde Atemgeräusche. Hunde! Auf dem Grundstück sind Hunde! Sie erstarrt. Schon fangen sie an zu bellen. Sie springt auf die Beine. Rennen. Nicht umschauen. Das Bellen kommt näher. Da, der Zaun! Hinaufspringen. Hochklettern. Fallenlassen. Abrollen. Nicht zurückschauen. Sie verschwindet in der Dunkelheit, so leise wie sie gekommen ist. Die Hunde toben am Zaun, wütend über den entkommenen Eindringling.

Eine Stunde später. Tanja läuft in ihrer kleinen Wohnung auf und ab. Ihre Finger halten eine qualmende Zigarette. Sie zittern. Hektisch zieht sie an der Zigarette. Sie hat vor einem Jahr aufgehört zu rauchen. Seit dem Vorfall vor drei Wochen verfolgt das

Pech sie. Oder die Racheengel. Sie glaubt nicht an solchen Quatsch.

Der Vorfall. Drei Wochen vorher. Tanja kauert am Fuße einer Rosenhecke. Pirscht sich heran. Schlängelt sich über die Terrasse und die Kellertreppe hinab. Holt ihren Dietrich hervor. Steckt ihn ins Schloss, dreht ihn. Huscht ins Haus. Die Menschen sind so sorglos. Tanja schleicht die Innentreppe hoch. Bleibt stehen und lauscht. Sie weiß, dass es überflüssig ist, die Familie ist ausgeflogen. Das Lauschen ist zur Gewohnheit geworden. Zielstrebig pirscht sie ins Wohnzimmer. Hängt das Gemälde ab. Dahinter ist der Tresor. Eine Kleinigkeit für sie. Zwei Minuten später springt die Tresortür auf. Schmuck, Bargeld, ein wenig Koks. Sie streckt die Hand aus, will die Beute einstreichen. Ein Geräusch. Wieder lauscht sie. Leise Schritte kommen die Treppe herunter.

Scheiße! Sie schaltet die Stirnlampe aus. Verkriecht sich in der Dunkelheit. Ihre Hand berührt die Pistole, die in einem Halfter unter ihrer Jacke hängt. Eine Pistole, die noch nie eine Kugel abgefeuert hat. Die Tür geht auf. Licht fällt herein. Gähnend betritt eine junge Frau den Raum. Licht durchflutet den Raum. Kurz ist Tanja geblendet. Dann blickt sie in ein Gesicht mit aufgerissenen Augen. Blonder Bob. Karierter Pyjama. Tanja legt den Zeigefinger an ihre Lippen. Eine Sekunde Stille. Sie kriecht rückwärts Richtung Fenster. Dann ein lauter Hilferuf. Sie zieht ihre Pistole hervor. Bedeutet der Frau, ruhig zu sein. Weitere Schreie. Sie zielt mit der Pistole auf die Frau. Neben dem Kamin ein Schürhaken. Die Frau packt ihn, geht damit auf Tanja los.

»Verschwinden Sie!«

Was habe ich übersehen? Wieso ist jemand im Haus? Fragen schwirren durch Tanjas Kopf, ihr wird schwindlig. Sie drückt ab. Stille. Die Frau liegt in einem roten See. Ihre toten Augen starren Tanja an. Wütend, entrüstet, überrascht. Da fällt es ihr ein.

Die Ehefrau. Sie ist Migräne-Patientin. Tanja hört ihre Stimme in ihrem Kopf.

Meine Racheengel sind unterwegs. Du entkommst mir nicht! Sie verschwindet. Ohne Beute.

Die Nacht nach den Hunden. Tanja kniet vor einer Kellertür. Stochert mit dem Dietrich im Schloss herum. Die Finger zittern. Die Augen irren umher, immer auf der Suche nach dem Unerwarteten. Die Pistole schwer in ihrer Jacke. Der Dietrich rutscht ab. Noch einmal. Sie trifft das Schloss nicht. Ein Klirren. Der Dietrich auf dem Boden. Ein hastiger Blick über die Schulter.

Du entkommst mir nicht! Flüchtende Schritte, ihre eigenen. Sie kommen. Die Racheengel.

Der nächste Morgen. Sie liegt auf ihrem Bett, die leere Wodka-Flasche in der Hand. Hebt den Kopf, blickt sich um. Sie ist entkommen. Dieses Mal. Sie steht auf, zieht sich an. Blaue Jeans, schwarzes T-Shirt. Unauffällig. Sie muss einkaufen. Im Supermarkt holt sie Zigaretten und Pizza. Der Typ hinter ihr an der Kasse. Kauft nur ein Bier. Läuft hinter ihr her aus dem Supermarkt. Biegt links ab wie sie. Sie läuft schneller. Biegt rechts ab. Er auch. Noch einmal links und wieder rechts. Ein Blick über die Schulter. Da ist er immer noch. Ein Racheengel. Ihr Atem kommt keuchend. Sie biegt in die Fußgängerzone ab. Er nicht. Stehen bleiben. Ruhig atmen. Sie glaubt nicht an Racheengel.

Fußgängerzone. Zwei Männer im schwarzen Anzug. Aktenkoffer. Reden. Schauen sie an. Kommen auf sie zu. Sie rennt. Zwängt sich durch. Rempelt Menschen an. Rennt. Eine rote Ampel. Quietschende Reifen. Rennt weiter. Eine leere Gasse. Ein verwahrloster Hauseingang. Dort hinein! Sie zieht ihr Taschenmesser. Das Schloss ist kein Hindernis. Sie schließt die Tür hinter sich. Sinkt auf den Boden. Ringt nach Atem. Die Tür im Rücken ist kalt.

Du entkommst mir nicht! Sind das Schritte? Sie steht auf. Huscht durch das Zimmer. Sieht den Schrank. Versteckt sich darin. Lauscht.

Meine Racheengel sind unterwegs. Sie öffnet ihre Jacke. Zieht die Pistole heraus. Hebt sie langsam an. Drückt sie von unten gegen ihr Kinn. Ein Schuss. Ein Schatten huscht über den Schrank. Gekicher hängt in der Luft.

Abdrücke

Björn Sünder

Der Regen geht in Schnee über. Manchmal greife ich nach dem Glas mit Scotch, um mich zu wärmen. Das Feuer im Kamin meines Arbeitszimmers reicht dafür nicht aus, bei weitem nicht. Leise wird der Klang der Kirchenglocken aus dem Dorf Summergreen zu mir herüber geweht.

Es ist jetzt genau 10:30 am Morgen. Der Kalender zeigt den vierzehnten November 1919.

Mein Name ist Edward Johnson. Colonel der Britischen Armee im Ruhestand. Die Ereignisse, die zu meinem baldigen Tod führen, werde ich so getreulich schildern wie es mir möglich ist.

Wenn sie mich finden, werden sie behaupten, es war das deutsche Giftgas in meinen Lungen; sie werden sagen, das Kriegstrauma war schuld daran.

Wenn ich aus dem Fenster blicke, ist der Himmel grau. Bald schon – zu bald – wird es dunkel sein. Meine Hand greift nach dem Webley-Revolver.

Das Haus ist leer, einsam und still. Nur das Pendel der großen Standuhr ist zu hören. Der Zeiger rückt unerbittlich nach vorne. Die beiden einzigen Getreuen, die mir geblieben sind, sind mein Revolver und mein rostiges Offiziersschwert. Mit diesen beiden Freunden werde ich in meinen letzten Kampf ziehen.

Nach meinem gesundheitsbedingten Ausscheiden aus dem Militärdienst 1918 kehrte ich mit verätzten Lungen nach London zurück. Hier wollte ich mich zusammen mit meinem Vater und meiner Schwester Georgia um unsere gut gehende Handelsfirma kümmern. Selbst der Krieg hatte den Geschäften keinen Abbruch getan, ganz im Gegenteil. Für einige bisherige Ladenhüter wie zum Beispiel den Luftfilter hatten sich ungeahnte Absatzmöglichkeiten gefunden.

Doch die schlechte Luft in London bereitete mir bald Probleme. Immer wieder litt ich unter schweren Husten- und Erstickungsanfällen. Als die Deutschen ihre Frühjahrsoffensive in Frankreich gestartet hatten, waren meine Lungen durch das eingesetzte Giftgas verätzt worden.

Also hatte ich mich an unseren Hausarzt Doktor Warren Stuart, einen sehr dünnen Mann mit grauem Bart und Nickelbrille, gewandt.

»Gehen Sie aufs Land, raus aus dem Gestank und der schlechten Luft dieses Molochs«, hatte er mir geraten. »Was Sie brauchen, ist viel frische Luft, Bewegung und gutes Essen. Frönen Sie dem Stumpfsinn.«

Nun, meine Familie besitzt tatsächlich ein Anwesen auf dem Land, nahe einem Dorf namens Summergreen in Wessex. Wäre ich doch bloß niemals hierhergekommen.

Bereits am nächsten Tag hatte ich meine Sachen gepackt und fuhr mit meinem Talbot zu dem Anwesen.

Es diente uns im Sommer als Zuflucht vor der Hitze der Stadt. Im Wald direkt hinter dem Haus war es normalerweise sehr schön, kühl und angenehm. Doch es war bereits Herbst und das Gebäude schlecht zu beheizen. Wir hatten so fernab der Städte keinen Gasanschluss und damit nicht einmal eine Zentralheizung.

Als ich auf den Hof einbog, sah ich, dass sich der Wald bereits herbstlich verfärbt hatte.

Am Eingang erwarteten mich Andrew, der Butler, und Jane, das Dienstmädchen. Es war ein sonniger, milder Tag und ich sog die frische Luft in meine Lungen ein. Als ich aus dem Automobil stieg, begrüßten mich die beiden französischen Schäferhunde Castor und Pollux freudig. Sie bellten wie von Sinnen und sprangen übermütig um mich herum. Mehrmals hätten die beiden großen Hunden mich beinahe umgeworfen. Sie ließen erst von mir ab, als ich sie ausgiebig streichelte.

»Ein Mitglied der Familie Johnson so spät im Jahr hier begrüßen zu dürfen, ist immer ein freudiges Ereignis«, begrüßte mich Andrew und verbeugte sich dabei leicht.

Ich nahm noch einen Schluck von der frischen Luft und bekam sogleich einen heftigen Hustenanfall. Andrew klopfte mir auf den Rücken.

»Danke. Wären Sie so freundlich, mein Gepäck hereinzubringen.«

Andrew war ein kräftiger Mann mittleren Alters, mit einem spitz zulaufenden Kinn. Doch was mich an ihm störte, waren seine zusammengewachsenen Augenbrauen und die lange, gebogene Nase. Es verlieh ihm ein unheimlich abstoßendes Aussehen. Erneut verbeugte er sich und ging zum Automobil.

»Sie sind von der langen Reise bestimmt hungrig«, sagte Jane.

Sie stammte aus Summergreen, wo sie in einer einfachen Arbeiterfamilie aufgewachsen war. Ihr Haar war so rot wie altrömische Kupfermünzen und ihre Augen hatten die grünliche Farbe des Ozeans an einem sonnigen Tag. Jane war mit ihren fünfundzwanzig Jahren noch sehr jung, verrichtete ihre Arbeit aber immer zuverlässig und gut.

»Ich bin so hungrig wie ein Wolf«, antwortete ich und wir betraten das Innere von Black Hall.

Das Anwesen hatte seinen Namen durch die Eingangshalle erhalten. Die Ziegelsteine dort waren durch ein spezielles Brennverfahren schwarz. Im Sommer konnte ich noch gut mit der deprimierenden Atmosphäre der Halle umgehen. Im Herbst aber, wenn das Licht und die Wärme der Sonne immer schwächer wurden, wirkte es nur noch bedrückend. Von einem Gemälde starrte mich ein Urahn von oben herab an. Schnell legte ich Mantel und Hut ab und ging zu Jane in die Küche. In dem großen, verwaisten Speisesaal wollte ich alleine nicht essen. Im Sommer brachten die Kinder meiner Schwester Georgia immer so viel Wärme, Lachen und Spaß in das düstere Gemäuer. Ich vermisste es, mit den Kindern durch die Gänge zu toben. Zum Essen gab es warmen Braten und zum Nachtisch Pudding. Jane machte den besten in ganz Wessex.

Nach dem Essen wanderte ich durch das Haus. Zuerst ging ich in das viel zu große Wohnzimmer. Die Teppiche auf dem Boden dämpften meine Schritte und die Wandteppiche das Geräusch meines Atems. Überall hingen alte Gemälde. Neben dem Kamin standen zwei Ohrensessel und eine Couch. Der Raum strahlte eine lieblose Atmosphäre aus. Es roch alt und muffig.

Ich ging weiter in die Bibliothek. Auch hier ein Kamin und eine schier endlose Reihe aus Regalen mit Büchern. Eine Petroleumlampe hing an einem Gestell über einem blutroten Ohrensessel. Vor dem Sessel lag ein Tigerfell. Die glasigen Augen des Tigers verursachten mir eine Gänsehaut.

Es reichte! Ich hatte wahrlich genug von den düsteren Räumen. In den Speisesaal mit seinem langen Tisch wollte ich nicht mehr und auch nicht in die oberen Etagen. Alles wirkte tot, abgestorben wie ein brackiger See.

Es war früher Nachmittag und der milde Herbsttag zog mich nach draußen. Ich hüllte mich in meinen Mantel und stopfte eine Pfeife.

»Castor, Pollux!« Die beiden Hunden kamen freudig angelaufen.

Der Wald hinter Black Hall, dahin zogen mich meine Schritte. Dort hatte ich als Kind immer Robin Hood gespielt und meine Schwester war die Maid Marianne gewesen. Nie hatte ich Angst vor dem Evergreen Forest gehabt. Doch jetzt erhob er sich düster und unheilverkündend vor mir.

Mit jedem Schritt, den ich dem Wald näher kam, wurden die Hunde unruhiger. Ihr Fell sträubte sich und sie fletschten die Zähne. Sie bellten plötzlich und ich musste sie am Halsband festhalten. So aufgebracht hatte ich die beiden noch nie erlebt, selbst dann nicht, wenn wir auf der Jagd waren.

»Ruhig!«, rief ich. Doch die Hunde zogen nur noch stärker.

Ich ließ meinen Blick durch den Wald schweifen.

Täuschte ich mich oder bewegte sich dort etwas im Unterholz? Etwas Großes, etwas Graues?

Dann entdeckte ich sie. Sie waren direkt vor meiner Nase. Sie waren in den vom Nebel aufgeweichten Boden gedrückt. Ich ging in die Knie. So etwas hatte ich schon einmal gesehen. In Russland, genauer in Sibirien. Damals hatte ich mit einheimischen Jägern einen Wolf gejagt, der die Kühe der Bauern gerissen hatte.

Das war vor dem großen Krieg gewesen. 1910.

Doch dieses Exemplar war um einiges größer und schwerer als das von damals. Die gewaltigen Abstände der Pfoten und die Abdrücke, die regelrecht in den Boden hineingepresst waren. Es musste ein sehr schwerer Wolf sein.

Ganz langsam kam ich wieder hoch, ohne den Wald aus den Augen zu lassen. Die Hunde zerrten noch immer wie verrückt an ihren Halsbändern. Castor entglitt meinen schweißnassen Händen und lief laut bellend auf den Wald zu. Pollux konnte ich gerade noch so mit beiden Händen halten und zog ihn zum Haus zurück. Der Hund war wie von Sinnen. Im Inneren von Black Hall rief ich nach Andrew.

»Sie haben geläutet, Sir?«, fragte er und wie immer schwang Sarkasmus in seiner Stimme mit. Es war seine Art, reiche Leute zu verhöhnen.

»Ein Wolf!«, rief ich aufgebracht. »Im Wald treibt sich ein Wolf herum. Castor ist in den Wald gerannt, ich habe Castor verloren.«

Andrew sah mich an, als wäre ich verrückt geworden.

»Sir, es gibt in Wessex und in ganz England keine freilaufenden Wölfe mehr«, sagte er in einem schulmeisterlichen Ton. »Wollen Sie etwas Starkes zu trinken? Einen Scotch?«

Ärgerlich schüttelte ich den Kopf.

»Ich habe seine Abdrücke gesehen. Im Boden, ganz deutlich. Holen Sie mein Enfield-Gewehr und den Revolver. Danach ziehen Sie sich etwas Passendes an, wir beide gehen auf die Jagd.«

Andrew sah mich stirnrunzelnd an und seine Augenbraue bekam diesen charakteristischen Knick über der Nase. Das passierte immer, wenn er sich aufregte. Doch er holte mein Gewehr. Ich hängte es über die Schulter und gab Andrew den Revolver.

»Wir lassen Pollux im Haus«, sagte ich.

Danach benutzten wir den ausgetreten Feldweg, um uns in das Dickicht des Evergreen Forest zu schlagen. Die Bäume ragten in den Himmel und es wirkte hier – selbst am hellen Tag – noch finsterer als in einer mondlosen Nacht.

Meine Sinne waren auf das Äußerste geschärft, meine Muskeln angespannt und mein Gewehr hielt ich vor mir. Beinahe war es wieder so wie im Krieg. Ich pirschte umher und suchte hier und da Deckung. Nahe an dem kleinen Bach, der den Wald durchfließt, konnte ich einen dunklen Umriss erkennen. Ich bedeutete Andrew, in die Hocke zu gehen und sich still zu verhalten. Der Körper bewegte sich nicht, lag einfach reglos da. Auf dem Bauch kroch ich langsam nach vorne. Als ich näher herangekommen war, erkannte ich, um was es sich handelte. Schnell stand ich auf und lief darauf zu. Über mir klopfte ein Specht, irgendwo kreischte ein Habicht. Dann war ich dort. Es war Castor, mein geliebter Hund. Seine Kehle war aufgerissen und er lag in einer großen Blutlache. Seine glasigen Augen starrten zu mir hoch.

»Andrew, kommen Sie her«, rief ich.

Der Butler kam durch das Gestrüpp auf mich zu. Als er Castor sah, ging er neben dem Tier in die Knie, um es sich genauer anzusehen.

»Glauben Sie mir jetzt, dass es ein Wolf ist?«, fragte ich aufgebracht.

Andrew untersuchte die Wunde von Castor. Er schob das Fell an der Kehle zur Seite und sah sich alles sehr sorgfältig an. Anschließend blickte er unschlüssig zu mir hoch.

»Sir, wie Sie wissen, war ich Sanitäter im großen Krieg. Ich habe sehr viele Stich- und Hiebverletzungen von Bajonetten, Messern und angeschliffenen Spaten gesehen. Auch Angriffe von halb verhungerten Hunden habe ich behandelt. Diese Wunde stammt nicht von einem wilden Tier.« Er zeigte auf den Hals. »Der Schnitt verläuft sauber und gerade. Wenn es ein Wolf gewesen wäre, hätte er die Kehle einfach aufgerissen, zerfetzt. So wie ich es einmal bei einem Soldaten gesehen habe, den ein wilder Hund angriff. Die restlichen Verletzungen, die ich sehe, sind typische Stichverletzungen. Ich persönlich würde auf ein Bajonett tippen. Es ist einfach alles zu gerade, es kann sich unmöglich um einen Wolf handeln. Das hier war ein Mensch.«

Ich schickte Andrew zurück, um einen Spaten zu holen. Wir setzten Castor direkt an dem Bach bei. Hatte ich mich getäuscht und es war tatsächlich ein Mensch in diesem Wald, womöglich ein Wilderer? Doch daran konnte ich nicht glauben. Es hatte seit hundert Jahren keinen Fall von Wilddieberei mehr gegeben. Den letzten Wilddieb hatte mein Urgroßvater an einem Baum ganz in der Nähe aufgehängt.

Es wurde dunkel und mit der Dunkelheit schlich sich auch die Kälte an. Deshalb beschloss ich, ein Feuer im Kamin zu machen. Pollux lag betrübt in der Eingangshalle und hob nicht einmal den Kopf, als ich vorbeilief.

Das Holz wurde in dem früheren Gesindehaus gelagert. Black Hall wurde aber nicht mehr landwirtschaftlich genutzt, seit langem nicht mehr, und deswegen war auch kein Gesinde mehr nötig. Ich nahm meinen Mantel vom Haken und steckte den Revolver in die Tasche. Ohne Waffe Black Hall zu verlassen wäre töricht. Danach sagte ich Andrew, wohin ich ging. Und obwohl er es mir auszureden versuchte, nahm ich den Korb.

»Ich brauche frische Luft und ein wenig Bewegung«, erwiderte ich und ging nach draußen. Meine Schritte verursachten auf dem Kies knirschende Geräusche. Doch ein weiteres Geräusch mischte sich unter das Knirschen. Ich hielt inne und lauschte. Eine Eule schrie und von Summergreen hörte ich das Schlagen der Kirchenglocken zur vollen Stunde. Erneut hörte ich das Geräusch. Es hörte sich an wie ein Knurren. Plötzlich brach mir der Schweiß aus. Ich zog meine Waffe und ging in die Hocke. Der Mond war von einer Wolke verdeckt und ich starrte angestrengt in die Dunkelheit. Meine Sicht war erheblich eingeschränkt und so musste ich mich mehr auf meine anderen Sinne verlassen. Mein Finger krümmte sich um den Abzug. Dieser Wolf verhielt sich ganz anders als der in Sibirien. Dort war es sehr schwer gewesen, das Tier zu jagen, denn dieser Wolf war sehr scheu gewesen und war nur in die Nähe von Menschen gegangen, wenn es unbedingt erforderlich war.

Wieder dieses Knurren. Ich schoss in die Richtung, aus der es kam. Als der letzte Knall meiner Waffe verstummte, hörte ich ein Heulen. Es war so laut, dass es mich in den Ohren schmerzte.

Etwas bewegte sich auf mich zu. Schritte auf dem Kiesweg. Aus welcher Richtung es kam, konnte ich nicht ausmachen. Panisch drehte ich mich nach allen Seiten um. Etwas Großes und Schwarzes kam auf mich zu, etwas ...

»Sir«, hörte ich Andrews Stimme. »Ich habe Schüsse gehört, ist alles in Ordnung?«

Ich lag mit dem Bauch im Dreck und meine Kleidung war durchgeschwitzt.

»Beinahe hätte ich Sie erschossen, Andrew«, sagte ich wütend. »Jetzt helfen Sie mir auf.«

Danach gingen Andrew und ich wieder ins Haus zurück. Dort trank ich einen Scotch. Doch die Kälte und vor allem die Furcht, die sich meiner Gliedmaßen bemächtigt hatte, verschwanden nicht durch die Wärme, die sich in meinem Magen ausbreitete.

Andrew kam nach einer Weile mit dem Korb voller Brennholz und entfachte ein Feuer im Kamin. Noch nie in meinem Leben hatte ich mir eine Zentralheizung mehr gewünscht. Ich bedankte mich bei ihm und entließ ihn zur Nachtruhe.

Als die große Standuhr in der Eingangshalle Mitternacht schlug, saß ich immer noch vor dem Kamin. Das Haus war still, nur der Wind zerrte an den Läden. Mit dem Wind wurde auch ein langgezogenes Heulen heran geweht. Es hörte sich beinahe so an, als würde der Wolf meinen Namen rufen. Immer wieder griff ich nach meinem Revolver und sah dabei nachdenklich in das Feuer. Das Heulen hielt an. Pollux neben mir hob den Kopf und knurrte.

»Ganz ruhig, mein Alter«, sagte ich und streichelte seinen Kopf.

114

Irgendwann schlief ich ein. Es war ein tiefer und traumloser Schlaf voller Stacheldraht.

Nach dem Frühstück begab ich mich auf einen Rundgang um Black Hall. Sorgfältig suchte ich an diesem frühen Morgen den Boden nach Abdrücken ab. Dabei wurde ich schnell fündig. Der Wolf war um das ganze Anwesen herumgeschlichen. Wahrscheinlich suchte er nach Nahrung. Ich sah zum Evergreen Forest hinüber und beschloss, mit Andrew erneut auf die Jagd zu gehen. Vielleicht hatten wir heute mehr Glück als gestern und konnten diese Bestie erledigen.

Sanft stieg der Nebel vom Boden auf. Die Kälte kroch in meine Glieder. Ich zog meinen Mantel enger um mich und ging ins Haus.

»Andrew«, sagte ich, »wir gehen wieder auf die Jagd.«

Er sah mich mit einer Mischung aus Frustration und Resignation an.

»Sir, es gibt hier keine Wölfe. Glauben Sie mir doch endlich«, antwortete er.

Wütend packte ich ihn am Ellenbogen und zog ihn aus dem Haus. Ich zeigte auf die Abdrücke im Boden.

»Was ist dann das! Sagen Sie es mir!« Unbewusst hatte ich geschrien.

Er ging in die Hocke und besah sich den Boden sorgfältig, dann blickte er wieder zu mir auf.

»Sir, das könnte alles Mögliche sein. Ein wilder Hund vielleicht.«

Ich schüttelte den Kopf und ging neben Andrew in die Hocke.

»Zu groß und zu schwer für einen Hund. Sehen Sie sich doch nur einmal den Abstand der Pfoten an.« Mit dem Finger zeigte ich darauf. »Und wie tief sie hineingedrückt sind. Das war kein streunender Hund.«

»Wovon soll sich ein großer Wolf, wie Sie sagen, denn in dieser Gegend ernähren? Die Bewohner von Summergreen sind zwar Bauern, aber sie halten kein Vieh, sondern bauen lediglich Getreide und Gemüse an. Sicherlich, der eine oder andere hat Schweine und auch ein paar Kühe. Wenn im Dorf aber eines gerissenen worden wäre, wäre es herumgegangen wie ein Lauffeuer und dann wären sämtliche Bewohner von Summergreen hinter dem Wolf her. Ansonsten gibt es im Wald Rehe, sogar den einen oder anderen Hirsch habe ich schon gesehen. Aber das ist zu wenig für einen Wolf.«

Widerwillig schüttelte ich den Kopf.

»Und ich sage Ihnen, es war ein großer und schwerer Wolf. Verdammt, ich fantasiere doch nicht.«

Wir standen auf. Andrew legte seine Hand auf meine Schulter. Er sah mich mit dem gleichen Blick an, mit dem die Ärzte mich damals in dem Spital in Frankreich angesehen hatten, als sie mir sagten, dass meine Lungen nie wieder vollständig heilen würden. Neben mir war damals ein junger Mann gelegen, dem beide Beine amputiert worden waren.

»Sir, Sie haben in dem großen Krieg eine Menge schrecklicher Dinge erlebt, so wie ich auch. Ihr Körper ist noch immer mit diesem deutschen Giftgas verunreinigt und ich glaube, Sie haben sich noch nicht ganz von den Schrecken dieses Krieges erholt. Es war ein Krieg, der alles, was wir kannten, in den Schatten stellte. Menschenverachtend und grausam.«

Andrew nahm seine Hand von meiner Schulter.

»Wollen wir nicht wieder hineingehen und Ihre Schwester und Doktor Stuart informieren?«

Es hörte sich nicht an wie eine Frage, sondern es war eine Feststellung.

»Zum Teufel mit Ihnen! Ich sage nein! Ich bin immer noch der Herr in Black Hall und Sie sind mein Butler. Ich sage, wo es langgeht. Es ist ein Wolf im Evergreen Forest.«

Andrew zuckte nur mit den Schultern und stieß gleichzeitig einen Seufzer aus. Danach holte er mein Gewehr und nahm für sich selbst den Webley-Revolver.

Wieder gingen wir auf dem alten und ausgetretenen Pfad auf den Wald zu. Der Weg war vom Nieselregen schlammig. Mehrmals sanken wir mit unseren Schuhen darin ein. Am Waldanfang blieb ich stehen.

»Andrew, wir trennen uns hier«, sagte ich. »Sie gehen in diese Richtung und ich nehme die andere. So haben wir bessere Chancen, das wilde Tier zu erlegen.«

»Wie Sie wünschen, Sir«, antwortete er pflichtschuldig und schlich nach links davon. Ich sah Andrew nach, bis ihn das Dickicht des Evergreen Forest verschluckt hatte. Eine Weile stand ich einfach so da und ging dann selbst los. Aufmerksam schaute ich abwechselnd auf den Boden und wieder nach oben. Irgendwo klopfte wieder der Specht und ich ging weiter durch das Unterholz. Das Rauschen des Baches, an dem wir Castor beigesetzt hatten, war deutlich zu hören. Der andauernde Nieselregen hatte ihn anschwellen lassen und zu einem reißenden Fluss gemacht. Etwas bewegte sich rechts von mir. Mit dem Gewehr im Anschlag wirbelte ich herum. Dort stand er in seiner ganzen Größe. Gegen einen so gigantischen Wolf hatte selbst der in Sibirien wie ein kleiner Welpe gewirkt. Er fletschte die Zähne und ich konnte erkennen, dass sie blutverschmiert waren. Das Blut war frisch, denn es tropfte ihm von den Fängen. Er hatte also vor kurzem etwas erlegt. Seine Augen waren von einer intensiven gelben Färbung und er starrte mich mit einer höhnischen und bösartigen Intelligenz an. Das Fell war von einer dunkelgrauen Färbung, es erinnerte mich an etwas. Natürlich! Die Uniformen der Deutschen.

Ich legte das Gewehr an. Der Wolf knurrte. Langsam krümmte ich den Finger - doch kein Schuss löste sich. Verdammt!

Der Wolf knurrte wieder und sprang in den Wald. Ich lief hinterher. Äste schlugen mir entgegen, als wollten sie mich aufhalten. Ich stolperte über eine Wurzel. Nur mein beherzter Griff an einen Ast bewahrte mich vor einem Fall. Der Wolf war verschwunden.

»Verflucht«, sagte ich. Aus Erfahrung wusste ich, dass sich der Wolf erst einmal irgendwo verstecken und abwarten würde.

Wir jagten noch bis zur Abenddämmerung und gaben dann erschöpft auf. Frierend, frustriert und hungrig kehrten Andrew und ich nach Black Hall zurück. Das ganze Haus war von einem herrlichen Duft durchzogen. Das Abendessen, das Jane für uns zubereitet hatte.

»Hatten Sie beide diesmal Erfolg?«, fragte sie.

Ich schüttelte den Kopf und ließ mich mit meiner schmutzigen Jagdkleidung an dem Tisch nieder. Meine Erschöpfung war zu groß, um mich frisch zu machen.

»Leider nein, aber da draußen ist dieses Tier und ich werde es erlegen«, sagte ich und schlang einen großen Bissen Braten hinunter. Aus den Augenwinkeln bemerkte ich den Blick, den Andrew Jane zuwarf. Es war ein Blick, der sagte: Der Kerl ist übergeschnappt.

Nach dem Essen wollte ich mich in das Wohnzimmer zurückziehen und mich mit einem großen Glas Whiskey von innen wärmen. Doch an der Küchentür blieb ich stehen, weil ich hörte, wie Andrew Jane vertraulich ansprach. Schnell wich ich in die Dunkelheit zwischen Treppenaufgang und Kellertür zurück. Keine Sekunde zu früh. Andrew warf einen Blick nach draußen.

»Jane, ich glaube, wir sollten die Schwester und den Arzt von Colonel Johnson informieren«, sagte er.

»Sind es seine Lungen? Hat er Probleme?«

»Nein. Seine Lungen sind, so weit ich das sagen kann, in Ordnung. Was mir viel mehr Sorgen bereitet, ist sein Geisteszustand. Er sieht einen Wolf, wo keiner ist.«

Das Klirren von Glas drang aus der Küche.

»Au«, hörte ich Jane, »ich habe mich geschnitten. Sind Sie sich ganz sicher, Andrew? Der Colonel wirkte auf mich ganz normal. Vielleicht treibt sich im Evergreen Forest tatsächlich ein Wolf herum. Haben Sie schon einmal daran gedacht?«

Wenigstens hielt Jane zu mir. Ich hörte Andrew trocken lachen.

»Wie soll er hierher gekommen sein? Was soll er fressen? Ich glaube da eher etwas anderes.«

»Vielleicht ist er aus einem Zoo oder einem Zirkus ausgebrochen und hat sich hier im Wald versteckt.«

Andrew lachte erneut auf.

»Wenn das so wäre, hätten wir es in jeder Tageszeitung lesen können und die Behörden und die Anwohner von Summergreen selbst hätten das Tier gejagt und irgendwann sicherlich zur Strecke gebracht. An diese Möglichkeit glaube ich nicht. Es gibt nur eine Alternative, der Colonel ist wahnsinnig geworden.«

Mehr wollte ich nicht hören. Ich zog mich in das Wohnzimmer zurück. Nachdenklich starrte ich in das prasselnde Feuer.

»Sir, bevor ich mich zur Nachtruhe begebe, kann ich noch irgendetwas für Sie tun«, fragte Andrew mich kurze Zeit später.

Ich sah zu ihm nach oben, dann wieder zurück ins Feuer und erneut zu Andrew.

»Seien Sie so freundlich und holen Sie noch etwas Holz. Das Feuer sollte nicht ausgehen«, sagte ich.

Andrew verbeugte sich leicht und ging. Das Pendel der Uhr in der Halle und das Knacken der Holzscheite machten mich schläfrig und mir fielen die Augen zu.

Lautes Geschrei weckte mich. Ich sprang von meinem Sessel und dachte, die Deutschen griffen unseren Graben an. Doch dann erkannte ich Janes Stimme. Schnell lief ich auf die Quelle des Lärms zu, es kam von draußen. Schließlich fand ich Jane vor dem Gesindehaus. Sie stand, beide Hände fest auf den Mund gepresst, stocksteif da und starrte auf etwas, das vor ihr lag. Als ich näher kam, erkannte ich zuerst einen Korb mit Brennholz. Dann eine menschliche Gestalt. Der Himmel hatte eine düstere, graue Farbe. Bei der Gestalt auf dem Boden handelte es sich um Andrew. Sein Kopf lag in einer unnatürlichen Haltung da. Ich ließ mich auf die Knie fallen und hielt Andrew im Arm. Rings um seine Leiche verliefen Abdrücke. Aber es waren nicht die Abdrücke eines Wolfes.

»Jane, gehen Sie ins Haus zurück«, sagte ich. »Trinken Sie etwas Starkes. Ich komme gleich nach.«

Wie eine Aufziehpuppe wandte sich Jane stumm um und ging auf das Haus zu.

Als ich sicher war alleine zu sein, sah ich mir die Spuren genauer an. Etwas daran kam mir seltsam vertraut vor. Das Profil und auch die Größe kannte ich. Dann sah ich auf meine Stiefel, probeweise versuchte ich, ob sie in die Abdrücke passten. Sie passten. Jetzt sah ich mir Andrew an. Seine Kehle war durchgeschnitten worden. Fachmännisch und sauber. Ein schrecklicher Verdacht kam mir, ein furchtbarer!

Ich zog die Leiche in das Gesindehaus und legte sie hinter einem Holzstapel ab.

Anschließend ging ich wieder in das Innere von Black Hall. Jane saß in der Küche und starrte vor sich hin. So etwas hatte ich oft im Krieg gesehen. Meine Kameraden hatten einfach nur dagesessen und gestarrt.

Ich schenkte ihr ein Glas Scotch ein und stellte es vor sie hin.

Dann ging ich hinauf in mein Arbeitszimmer. Ich musste sicher gehen, ganz sicher. Dort suchte ich alles ab und wurde nach einer Weile fündig. Der blutverschmierte Gegenstand blitzte anklagend auf. Draußen heulte der Wolf.

Hatte Andrew recht gehabt mit allem? Schnell ging ich in die Küche zurück.

»Jane, ich werde Sie noch heute nach Summergreen bringen«, sagte ich zu ihr. »Es ist hier nicht mehr sicher. Pollux nehmen Sie mit.«

Sie starrte in das Glas mit der bernsteinfarbenen Flüssigkeit.

»Wir müssen Constaple Freeman rufen, wir müssen das melden«, stammelte sie vor sich hin.

Ich packte Jane an den Schultern und zwang sie, mich anzusehen.

»Nichts dergleichen wird geschehen. Die Polizei kann uns hier nicht helfen. Das muss ich allein machen.«

Ihr Blick ging durch mich hindurch.

»Andrew ist tot. Jemand hat ihn ermordet. Die Polizei kann ...«

»Nein!«, entgegnete ich mit Bestimmtheit. »Das ist eine persönliche Angelegenheit und muss auf die eine oder andere Art ganz allein von mir zu Ende gebracht werden. Nur ich kann mich dem stellen. Haben Sie mich verstanden?«

Janes Blick ging noch immer durch mich hindurch.

»Zu niemandem ein Wort, haben Sie mich verstanden!«

Ich gab ihr eine Ohrfeige. Sie rieb sich die Wange und ihr Gesicht nahm wieder eine gesunde Farbe an.

»Haben Sie mich verstanden?«, fragte ich sie zum dritten Mal.

Jetzt nickte sie und sagte:

»Zu Befehl, Colonel.«

Nun sitze ich ganz allein hier. Mein schrecklicher Bericht ist beinahe zu Ende geschrieben. Es ist bereits dunkel, die Wolkende-
cke ist nun ein wenig aufgebrochen und der Mond leuchtet
schwach. Vor mir liegt das blutige Bajonett. Anklagend. Es
scheint mich zu verurteilen.

Ich kann den Wolf vor Black Hall heulen hören. Ist es wirklich
ein Wolf, der da heult? Oder ist es ein schrecklicher Dämon aus
meinem Innersten? Ist es das Böse, das mich da ruft? Ich weiß
nur, dass es mich ruft.

Es ruft mich zu einem Kampf auf Leben und Tod.

Ein letztes Mal nehme ich einen Schluck vom Scotch.

Ein letztes Mal sehe ich mich in meinem Arbeitszimmer um.
Schließlich nehme ich meinen Revolver und meinen Säbel.

Colonel Edward Johnson meldet sich exakt um Mitternacht
ab.

Späte Rache

Bianca Heidelberg

»Gretl!« Heinrich kratzte die kahle Stelle auf seinem Kopf und steckte den Kopf durch die Tür, die normalerweise in die Küche führte. Dann zog er ihn wieder zurück.

»Gretl!«, rief er barsch, während er die Tür beäugte. Sie sah aus wie immer. Eine schlichte, braune Holztür. Er ging hindurch. Er stand nicht in der Küche, sondern in einer spiegelverkehrten Version seines Wohnzimmers. Als er seinen Blick durch das Zimmer gleiten ließ, bemerkte er weitere Unterschiede. Die Sitzfläche des Sessels, in dem er morgens seine Zeitung las, sah unbenutzt aus. Der Teppich war farbenfroher als der, auf dem er eben noch gestanden hatte. Am auffälligsten war der Fernseher. Sie hatten sich vor ein paar Jahren einen Flachbildfernseher gekauft, hier aber stand der klobige Röhrenfernseher, den sie kurz nach der Hochzeit gekauft und inzwischen längst entsorgt hatten. Als Heinrich leise Geräusche vernahm, ging er durch das Wohnzimmer in den Flur. Die Geräusche wurden deutlicher. Sie kamen aus dem Schlafzimmer. Gemurmelte Worte, unterbrochen von Stöhnen. Vergnügte sich jemand in seinem Schlafzimmer? Heinrich stürmte auf die Tür zu und riss sie auf. In seinem Ehebett lagen ein Mann und eine Frau. Sie schienen ihn nicht gehört zu haben. Der blonde Schopf des Mannes kam ihm vertraut vor. Er ging um das Bett herum und sah nun die Gesichter der beiden. Eine jähe Wut packte ihn.

»Du Schwein, runter von meiner Frau«, schrie er. Er holte aus und wollte dem Mann einen rechten Haken verpassen. Seine Faust traf aber nur auf Luft. Er versuchte, den Mann von seiner Frau herunterzustoßen, aber er griff ins Leere. Was war hier los? Sein verstorbener Bruder vergriff sich an einer jüngeren Version seiner Frau, und er konnte nichts dagegen tun? Wild prügelte er auf diese Erscheinung ein, ohne Effekt. Die beiden Liebenden reagierten nicht, sondern küssten sich innig, streichelten sich gegenseitig über das Gesicht und flüsterten sich Liebesworte zu.

»Das ist ja widerlich.« Keuchend hielt er inne und wandte angewidert seinen Blick ab. Er verließ das Zimmer und schloss die Tür mit einem lauten Knall. Er dachte an die unzähligen Affären, die er während seiner Ehe gehabt hatte. Er hatte Blondinen, Rothaarige, Brünette, Schwarzhaarige gehabt, von jeder Sorte etwas, Hauptsache, es ging zur Sache. Das war wenigstens richtiger Sex gewesen, wohingegen das hier dumme Gefühlsduselei war. Er dachte an Julia, eine Cousine seiner Frau. Sie war aus Frankreich zu seiner und Margaretes Hochzeit angereist. Schon während der Feier hatte er ihr eindeutige Avancen gemacht. Kurz vor ihrer Abreise nach Frankreich hatte er es ihr ordentlich besorgt. Seitdem hatte er sich darauf verlassen können, dass sie bei jedem Besuch in Deutschland wenigstens einmal Zeit für ihn hatte. Julia war eine feurige Liebhaberin und genoss wilden Sex, ganz anders als seine Frau. Margarete war nach anfänglicher Neugierde eher passiv im Bett gewesen.

Im Wohnzimmer lief er hin und her, betrachtete den altbackenen Fernseher und die neu wirkenden Möbel und Tapeten. Es gab nur eine Lösung. Er musste in seiner Vergangenheit sein, und seine Frau hatte ihn offensichtlich mit seinem Bruder Edgar, diesem Versager, betrogen. Dann war Edgars Krebs die Strafe Gottes gewesen. Die Tatsache, dass sein Bruder seinem

Krebs sehr schnell erlegen war, verschaffte Heinrich ein wenig Genugtuung.

»Die Welt ist doch gerecht«, murmelte er. Aber was war mit seiner Frau? Sie hatte ihn betrogen, und ein Weib betrügt seinen Mann nicht, ohne dafür bestraft zu werden. Heinrich beschloss, dass er das selbst in die Hand nehmen würde, und stapfte in Richtung Küche. Vorsichtig spähte er durch den Türrahmen. Ja, hier war sein vertrautes, schon etwas verlebtes Wohnzimmer. Er schritt über die Türschwelle und schloss die Tür hinter sich. Ein leises Klicken hallte durch das Zimmer. Als die Tür sich nur wenige Sekunden später öffnete, wich Heinrich erschrocken einen Schritt zurück. Seine Frau Margarete kam mit einem voll beladenen Tablett herein. Missmutig betrachtete er ihre füllige Gestalt und setzte sich an den Tisch. Sie schlug nervös die Augen nieder, stellte das Tablett ab und verteilte die Teller und Tassen auf dem Tisch. Dann schenkte sie Heinrich seinen Tee ein. Nachdenklich betrachtete er das Messer auf dem Tisch und dachte darüber nach, wie die gerechte Strafe für seine Frau aussehen würde. Sein Blick folgte Margaretes Hand, als diese das Messer ergriff und den Hefezopf aufschnitt. Dann legte sie es in die Mitte des Tisches und reichte ihm ein Stück Hefezopf. Sie setzte sich ihm gegenüber und schenkte sich einen Kaffee ein. Heinrich biss in den Hefezopf.

»Der ist ja furztrocken, hast du die Milch vergessen?«, brummte er.

»Da ist genau so viel Milch drin wie sonst auch«, antwortete seine Frau.

»Er war ja auch schon immer zu trocken, schon an unserem ersten Ehetag, aber du lernst ja nichts dazu. Ohne Tee würde der in meinem Hals stecken bleiben.« Schlecht gelaunt kaute Heinrich weiter und trank immer wieder einen Schluck von seinem Tee.

»Der schmeckt heute auch komisch, viel zu bitter. Bring mir Zucker«, schimpfte er weiter. Seine Frau holte Zucker aus der Küche. Er gab zwei Würfel in seinen Tee und rührte um.

»Gib mir noch ein Stück«, sagte er zu seiner Frau, als sein Teller leer war. Sie gehorchte anstandslos. Immerhin das hatte sie schon immer gekonnt.

»Wann ist mein Bruder nochmal gestorben?«, fragte er. Sie sah ihn verwundert an.

»Vor 36 Jahren«, antwortete sie, ohne lange zu überlegen. »Heute ist sein Todestag.«

»So so, heulst ihm wohl immer noch hinterher. Ich bin heute zu der Erkenntnis gelangt, dass sein Tod die Strafe Gottes war.« Mit zufriedenem Gesichtsausdruck sah er sie an. Sie hielt ihren Blick gesenkt. Mit zitternder Hand führte sie die Tasse zum Mund. Sie trank einen Schluck und setzte sie ab.

»Wie kannst du so etwas sagen. Edgars Krankheit war ein schlimmes Schicksal. Wir können froh sein, dass uns so etwas erspart blieb.«

Heinrich nahm das Messer, das zwischen ihnen gelegen hatte, in die Hand. Seine Frau schaute kurz auf.

»Ja, du kannst froh sein, bei all den Fehlern, die du gemacht hast«, erwiderte er gehässig. Das Messer fühlte sich gut an in seiner Hand. Es war groß genug, um tödliche Verletzungen zuzufügen. Er strich mit dem Daumen über die Schneide. Scharf war es auch. Er blickte an der Klinge entlang; die Spitze zeigte auf seine Frau, die auf ihren Teller starrte. Mit einem Ruck schnitt er seine Scheibe Hefezopf in der Mitte durch und legte das Messer neben seinen Teller. Dann fuhr er fort zu reden.

»Als wir heirateten, dachte ich, ich hätte die perfekte Ehefrau. Anständig, tüchtig, gebärfreudig. Nichts von alldem hat sich bewahrheitet.« Nun wurde er laut. »Nicht einmal Kinder hast du zustande gebracht.« Sie zuckte zusammen. Wie immer, wenn er dieses Thema anschnitt, hielt sie demütig den Kopf gesenkt. Heinrich dachte zurück an den Tag, an dem sie ihm diesen irrwitzigen Vorschlag gemacht hatte.

Es war etwa fünf Jahre nach ihrer Hochzeit gewesen. Als Heinrich von der Arbeit nach Hause kam, saß Margarete auf dem Sofa, die Hände in ihrem Schoß gefaltet.

»Wieso sitzt du herum, anstatt zu arbeiten? Ich verdiene mein Geld auch nicht mit Nichtstun«, sagte er bissig.

»Ich war heute bei meinem Frauenarzt«, sagte sie. Er stellte sich vor sie und sah sie an.

»Und?«, fragte er ungeduldig.

»Ich habe mich untersuchen lassen. Er sagt, bei mir sei alles in Ordnung.« Sie sprach hastig, als hätte sie Angst, unterbrochen zu werden. »Und er empfiehlt, dass du dich auch untersuchen lässt.« Sie knetete ihre Hände. Heinrich starrte sie ungläubig an. Dann nahm sein Gesicht eine dunkelrote Färbung an.

»Dieser Quacksalber!«, schrie er. »Natürlich funktioniert bei mir alles so, wie es gehört. Der soll sich aus unserer Familie heraushalten. Wie kommst du überhaupt dazu, mit ihm darüber zu reden.« Margarete hielt den Blick auf den Boden gerichtet und sank auf dem Sofa zusammen, als wolle sie sich am liebsten darin verkriechen.

»Ich dachte nur, vielleicht kann er uns helfen. Wir wollen doch Kinder haben«, stammelte sie. Verzweifelt rang sie die Hände. Heinrich lief jetzt vor dem Sofa auf und ab.

»Du gehst nie wieder zu diesem Arzt«, schrie er. »Und du redest auch mit niemand anderem darüber. Ich bin vollkommen fähig, Kinder zu zeugen. Bei dir stimmt etwas nicht. Nein, bei dir stimmt gar nichts. Und jetzt will ich mein Abendessen haben.«

Nun saß Margarete genauso zusammengesunken da wie damals. Er blickte auf ihren braunen Scheitel hinunter. Natürlich waren ihre Haare gefärbt. Ihrem Körper war die Farbe schon vor über 20 Jahren ausgegangen. Er spürte Zorn in sich aufsteigen.

»Sieh mich an, wenn ich mit dir rede«, schrie er. Erschrocken sah sie ihn an. Ihre Augen wirkten wässrig. Er verspürte den Drang, sie zu erwürgen. Rhythmisch öffnete und schloss er seine Hände zu Fäusten und atmete so laut wie eine Dampflok. Er stand auf und ging um den Tisch herum auf Margarete zu. Sie rutschte nervös auf dem Stuhl zurück und legte den Kopf in den Nacken, um ihn nicht aus den Augen zu verlieren.

»Du hättest es verdient«, schrie er und rang um seine Fassung. »Ich habe dich mit meinem Bruder gesehen.« Ihre Augen weiteten sich. »Du dachtest wohl, ich würde es nicht merken.« Aus den Augenwinkeln nahm Heinrich das Messer wahr, das immer noch neben seinem Teller lag. Ehe er nachdenken konnte, hielt er es in der Hand. Er lachte laut. Sein Atem ging immer schwerer.

»Du dachtest wohl, du kämst ungeschoren davon.« Seine Brust schmerzte, als läge ein schweres Gewicht darauf. Laut keuchend schnappte er nach Luft. Ihm wurde schwindlig. Ein Klappern verriet, dass ihm das Messer aus der Hand gefallen war. Seine Frau blickte ihn mit einer Mischung aus Angst, Schuld und Verzweiflung an. Heinrich sackte auf seine Knie.

»Gretl, hilf mir«, stöhnte er. Doch seine Frau sah ihn nur weiter an.

»Es tut mir leid«, sagte sie leise. »Ich ertrage dich nicht mehr.« Schwärze fiel wie ein Vorhang vor seine Augen.

Gottes Mühlen

Björn Sünder

In der Finsternis kreischte ein Uhu. In der alten Eiche, die mit ihrer Krone ein Dach über dem Friedhofstor bildete, raschelte es. Sean O'Brian hielt seine Laterne nach oben. Das Rascheln im Baum wurde lauter, während das Licht der Laterne in den dichten Nebel sickerte wie Wasser in einen Kanalschacht.

»Der Nebel ist eine gute Sache für uns, Brutus«, sagte O'Brian. Der schwarze Hund, der dem Mann bis zur Hüfte reichte, hob seinen Kopf und wedelte bei der Erwähnung seines Namens mit dem Schwanz. O'Brian tätschelte dem Hund den kastenförmigen Schädel. Anschließend suchte er in den Taschen seiner braunen Leinenhose nach den Schlüsseln für das Tor. Er hielt die Laterne wieder nach oben und las das Wort *Friedhof*, das in das gusseiserne Tor eingelassen worden war.

»Heute werden wir so richtig fette Beute machen.« Mit einem lauten Lachen holte er den Schlüssel für das Tor aus seiner Hosentasche. Dabei fiel ein besticktes, nach Damenparfüm duftendes Taschentuch auf den Boden. »Die alte, steinreiche Masterson hat der Teufel geholt. Diese Hexe. Die Brüder Miles und David Swanson haben drüben in Frankreich ne Kugel kassiert.« Er steckte den grünlichen Schlüssel in das Schloss und verharrte plötzlich. Schritte waren zu hören. Ein rhythmisches Klappern auf dem Kopfsteinpflaster. Durch den Nebel, der sämtliche Geräusche verzerrte, konnte O'Brian nicht genau sagen, von woher die Schritte kamen. O'Brian leuchtete in alle Richtungen. Doch die Nebelschwaden reflektierten das Licht und warfen es zu ihm zurück. Langsam drang die Nässe durch seinen Ulster, und Panik stieg in ihm auf wie der verdorbene Fisch von seinem Mittagessen. Brutus knurrte, hatte sein Fell aufgestellt. Langsam schälte sich ein Umriss aus dem Nebel.

»He da!«, schrie O'Brian in den Nebel und hielt seinen Hund am Halsband fest. »Wer da!« Jetzt trat die Gestalt in den Lichtkegel der Laterne.

»Sean, alter Knabe, bist du das?«

O'Brian entspannte sich und ließ das Halsband seines Hundes los. Es war Collin Willcox, der Schutzmann des Ortes. Um sein Handgelenk ließ er locker einen Schlagstock kreisen. »Was machst du denn so spät noch hier?«

»Ich habe drei volle Särge hier rumstehen, die morgen in die Erde kommen«, erwiderte O'Brian und dachte an die Frau von Willcox. »Ich will nur nach dem Rechten sehen und eventuelle Grabräuber verscheuchen. Es sind schlimme Zeiten.«

»Das stimmt wohl«, antwortete Willcox. »Deine Aufgabe möchte ich nicht haben. Soll ich mitkommen?« Willcox sah ihn an. O'Brian schob sich eine Zigarette zwischen die Lippen und schüttelte den Kopf.

»Wenn es etwas gibt, schicke ich Brutus los.« Sobald der schwarze Hund seinen Namen hörte, wedelte er mit dem Schwanz. »Der wird mit allem fertig, auch mit Geistern. Außerdem weißt du ja, was für ein harter Bursche ich bin.«

Willcox sah auf die muskelbepackte Gestalt von O'Brian und dachte an das letzte Jahr zurück. Bei einer Kneipenschlägerei hatte O'Brian dem jungen Lafferty mit einem einzigen Fausthieb das Genick gebrochen. Der Kopf von Lafferty hatte so wild herumgebaumelt wie ein Pendel. Natürlich war es wieder um eine Frau gegangen. Doch O'Brian war niemals so dumm, den Streit zu beginnen. Er hatte Lafferty so lange provoziert, bis dieser begonnen hatte. So war O'Brian wieder frei gekommen und Lafferty in einen Sarg. An Körperkraft konnte dem ehemaligen Dorfschmied niemand das Wasser reichen.

»Du bist so kräftig wie ein Pflugpferd«, antwortete Willcox. »Warte, ich gebe dir Feuer.« Der Nachtwächter holte ein Streichholz hervor und zog es mit einer schnellen Bewegung über die Friedhofsmauer. Wie eine Schlange zischte die Flamme kurz auf und erlosch dann. »Verdammt!« Willcox wiederholte den Vorgang mit einem anderen Streichholz. Dieses Mal entflammte das Streichholz und O'Brian beugte sich darüber, um seine Zigarette zu entzünden. O'Brians Gesicht wurde durch die helle Flamme kurz statuenhaft heraus gearbeitet und seine hellblauen Augen blitzten auf. O'Brian nahm einen tiefen Zug und blies den Rauch aus, der sich träge mit dem Nebel verband.

»Ich drehe jetzt weiter meine Runde«, sagte Willcox und gedämpft drang das Schlagen der Kirchenglocken zu ihnen. »Ein Uhr, noch fünf Stunden, bis ich in mein Bett komme. Mal sehen, wo ich einen Tee mit Rum bekomme. Pass auf dich auf, Sean.«

»Immer doch«, antwortete O'Brian und beobachtete Willcox, den langsam der Nebel verschluckte. Als er ihm hinterher sah, dachte er wieder an Willcox' Frau Mary zurück, und daran, wie sie geschrien hatte, als er ihr die Bluse zerrissen hatte. Er verspürte Lust, wieder einmal ihre vollen Brüste zu kneten. »Den wären wir los, Brutus.« Er drehte den Schlüssel im Schloss. Es kreischte wie eine Frau, die man beim Nacktbaden erwischt hatte. Dann drückte er das Tor auf, das noch lauter kreischte. O'Brian betrat den Friedhofsweg und hob seine Laterne. Viel konnte er nicht erkennen. Der Nebel war zu dicht. Aber das war O'Brian egal. Er als Friedhofswärter wusste, wo die Särge mit den Leichen standen. Er hatte alles vorbereitet. Die Löcher gegraben und die Leichen hergerichtet. Der alten Masterson hatte er ein schönes, künstliches Lächeln auf die schlaffen Gesichtszüge gezaubert. Bei den Brüdern war es schwerer gewesen. Die Deutschen hatten Miles die Gedärme aus dem Bauch geschossen, und ein angeschliffener Spaten hatte David die linke Kieferseite weggerissen. Miles' leeren Bauchraum hatte er mit Sägespäne ausgefüllt und Davids Gesicht notdürftig mit Kerzenwachs modelliert. Im Geiste zählte er die Parzellen ab. Beinahe schien es O'Brian so, als ob der Nebel dichter geworden wäre. Jetzt war er bei den Särgen der beiden Brüder. Die Särge waren aus gutem englischen Holz gezimmert worden. Aus dem selben Holz wie auch früher die Schiffe und Bögen der Engländer. So wie die beiden Brüder im Leben gewesen waren, so lagen sie jetzt in stummer Eintracht nebeneinander. O'Brian leuchtete mit seiner Laterne. Vorsichtig näherte er sich den Särgen. Er wollte nicht in sein eigenes, ausgehobenes Loch fallen. Beim Ausheben der Gruben hatte er immer wieder an die Schwester der beiden Brüder denken müssen. Jennifer mit den roten Haaren. Erst siebzehn Jahre war sie. Er holte seinen Hammer aus der Tasche und stellte die Laterne in das feuchte Gras. Dann ging er neben den Särgen in die Knie. Die Nägel hatte er nur lose eingeschlagen. Vorsichtig zog er sie heraus, um sie später wieder zu verwenden. Dann hob er zuerst den einen und anschließend den anderen Deckel ab und stellte beide behutsam zur Seite. Er holte seine Laterne und leuchtete in den ersten Sarg. Davids linke Gesichtshälfte wirkte künstlich. Trotzdem sah er todschick aus in seinem schwarzen Anzug.

»Jetzt sehen wir einmal, mein Hübscher, ob du noch irgendwelche Goldplomben hast«, flüsterte O'Brian und öffnete David vorsichtig den Mund. Gerade so weit, dass er nicht die linke Kieferseite beschädigte. Er leuchtete in die Mundhöhle hinein. Dabei war er bei seiner Arbeit so gründlich wie ein Zahnarzt. Das Licht der Laterne wurde schließlich von zwei Füllungen reflektiert. O'Brian holte die kleine Zange aus der Tasche und setzte an der Plombe an. Bald lief ihm der Schweiß von der Stirn und seine Muskeln zitterten. Schließlich hatte er die Plomben aus Davids Mund in seiner Hand. Er durchsuchte die Taschen der Leiche, fand eine Taschenuhr und den Schattenriss einer Frau. Beides ließ er in die Taschen seines Ulsters gleiten. Währenddessen wurde er aufmerksam von Brutus beobachtet. Der Speichel floss aus dem Maul des Hundes. Auch den zweiten Bruder durchsuchte O'Brian, dabei versuchte er nicht daran zu denken, dass anstelle des Magens nur Sägespäne im Inneren der Leiche war. Er nahm die Armbanduhr vom Handgelenk und schaute auch in den Mund hinein. Doch hier waren keine Plomben mit Goldfüllung zu finden. Danach legte er die Deckel wieder auf die Särge und trieb die Nägel mit gezielten Hammerschlägen hinein. Dieses Mal richtig. Nicht, dass eine der Leichen herausfiele, wie letztes Jahr der alte Trevor Jane. Auch bei ihm hatte O'Brian geplündert, hatte die Nägel nur lose hineingesteckt, und der alte Jane war aus dem Sarg gefallen und über das Gras gerollt. Es hatte einen Aufschrei der Empörung gegeben. Es war der allerletzte Lacher des Reiseclowns gewesen.

»Das bringt uns doch schon eine recht gute Summe beim Pfandleiher ein«, sagte O'Brian. »Jetzt gehen wir zu der alten Masterson, dieser Hexe. Wie die mich immer mit ihren braunen Augen angesehen hatte, so als hätte sie genau gewusst, was ich nachts auf dem Friedhof anstelle. Nachdem wir ihre Leiche geplündert haben, steigen wir in das Haus der Alten ein. Die hat keine Verwandten mehr und niemand wird ihren Schmuck vermissen, von dem sie so viel hatte wie ein Pharao.« O'Brian ging weiter den Weg entlang. Die Feuchtigkeit des Nebels hatte den Boden rutschig werden lassen. Mehrmals trat O'Brian mit seinen Schuhen in eine Pfütze. Am hinteren Ende des Friedhofs lag der Sarg der alten Masterson. Auch hier stellte er die Laterne in das Gras und machte sich am Sarg zu schaffen. Nachdem er den

Deckel des Sarges zur Seite gewuchtet hatte, leuchtete O'Brian in das Innere des Sarges. Er erschrak. Ein Arm war plötzlich nach oben geschossen, und die Augen der alten Masterson starrten in den vom Nebel verhangenen Nachthimmel. Nachdem sich O'Brian wieder beruhigt hatte, beugte er sich über den Sarg.

»Wahrscheinlich nur Leichenaktivität«, sagte er und dachte wieder an den alten Trevor Jane zurück. Stunden nach seinem Tod hatte dieser noch einen Furz gelassen. Der hatte vielleicht gestunken. O'Brian sah auf seine Hand. Sie zitterte. Vorsichtig drückte er den Arm der alten Masterson wieder herunter und schloss ihre Augen. Ansonsten lag sie in ihrem mit Seide ausgekleideten Sarg da wie sie im Leben gewesen war. Hochgewachsen, hager und knochentrocken. Er durchsuchte ihre Taschen und riss die Perlenkette von ihrem Hals. In ihren Taschen fand er zwei goldene Münzen, die das Konterfei von Julius Cäsar zeigten. Man munkelte, dass sie einem heidnischen Glauben und den römischen Göttern zugewandt war. Ihren Mund wollte O'Brian nicht öffnen. Die alte Masterson war Lehrerin gewesen und hatte auch O'Brian das Lesen, Schreiben und Rechnen beigebracht. Er erinnerte sich an ihre laute, alles durchdringende Stimme. Und sie konnte zuschlagen wie ein Pflugpferd. Er erinnerte sich, wie er als Kind immer auf ihre kleinen Brüste gestarrt hatte und wie er seine erste Erektion bekommen hatte. Trotz allem war sie eine typisch irische Schönheit gewesen. In jüngeren Jahren. Nachdem er mit seiner Untersuchung fertig war, verschloss er den Sarg wieder und trieb die Nägel in das Holz.

»Jetzt ist das Haus der alten Hexe dran«, sagte O'Brian und wischte sich mit dem Arm über das Gesicht. Dann stand er auf. Als er weggehen wollte, bemerkte er, wie ihn etwas festhielt. Noch einmal versuchte er loszukommen. Doch es gelang ihm nicht. Etwas hielt ihn fest. Jetzt ging das Licht der Laterne aus. O'Brian schrie in der Dunkelheit. Nur der Uhu antwortete ihm.

Die Sonne hatte den Nebel zur Seite gedrängt. Pfarrer Mallory ging wie jeden Morgen auf dem Friedhof spazieren. Dabei ging er im Geist noch einmal die Reden durch, die er zu den drei Beerdigungen geschrieben hatte. Auch mit 63 Jahren war sein Gedächtnis ausgezeichnet. Zwischen seinen Zähnen hatte er sich eine lange Pfeife – die er liebevoll Fischknochen nannte – geklemmt. Sie sandte den Rauch in den Himmel und damit zu Gott. Locker hatte er seine langen, dürren Arme hinter dem Rücken verschränkt und genoss den milden Herbsttag. Dann fiel ihm etwas auf. Mallory kniff seine hellgrauen Augen zusammen. Etwas lag neben dem Sarg der alten Masterson. Es war groß und schwarz. Mallory nahm seine Pfeife aus dem Mund.

»Großer Gott im Himmel«, entfuhr es ihm und er begann zu rennen. »Das ist doch Brutus.« Als der schwarze Hund seinen Namen hörte, hob er seinen Kopf und wedelte mit dem Schwanz. Neben dem Hund lag Sean O'Brian, der Wärter des Friedhofes. Er lag mit dem Gesicht auf dem Boden, mitten in einer Pfütze.

»O'Brian!« Mallory schüttelte ihn an den Schultern. Es war nicht das erste Mal, dass er das tun musste. O'Brian sprach dem Alkohol zu. Als keine Reaktion kam, drehte er ihn auf den Rücken. Das Gesicht des Wärters war so weiß wie die Schaumkrone einer Welle. Seine Augen waren glasig und starrten in die Leere. Mallory untersuchte O'Brian. Im Großen Krieg hatte er als Feldpfarrer seine Erfahrungen mit Verwundungen sammeln können. Doch er konnte nichts finden. Dann entdeckte er, dass etwas mit seinem Ulster nicht stimmte. Dieser war mit dem Sargdeckel vernagelt.

»Was geht denn hier nur vor?« Plötzlich fiel Mallory wieder das Fiasko mit Trevors Beerdigung vom letzten Jahr ein. Aus unerfindlichen Gründen hatte sich der Sargdeckel gelöst und die Leiche war über das Gras gerollt. Da hatte Mallory schon geahnt, dass etwas mit O'Brian nicht stimmte. Mallory untersuchte die Taschen des Friedhofswärters. Er fand die Uhren der beiden Brüder. Außerdem den Schattenriss von Claire, der Verlobten von David. Dann noch zwei Zähne mit Goldfüllung, einen Hammer und eine kleine Zange, wie sie Zahnärzte zum Ziehen von Zähnen benutzten. Dazu kamen zwei altrömische Münzen. Mallory fuhr sich mit der Hand über den Mund. Schnell nahm er den Hammer, löste die Nägel und öffnete den Sargdeckel. Dort lag Alice Masterson, die über 35 Jahre lang Schulkinder unterrichtet hatte. Mallory löste den Ulster, der sich unter einem Nagel verfangen hatte.

»Gottes Mühlen mahlen langsam, aber gründlich«, sagte Mallory und beinahe schien es so, als ob Alice Mastersons künstliches Lächeln eine Spur breiter geworden wäre.

Der Magier

Bianca Heidelberg

Bin ich tot? Ich weiß es nicht. Ich weiß auch nicht, wo ich bin. Ich weiß nicht, wer ich bin. Ich weiß nicht einmal, wie ich in diese Lage gekommen bin.

Alles begann heute Abend. Vielleicht war es auch gestern Abend oder schon vor einer Woche. Ich stand zu Hause vor dem Spiegel und blickte in ein schmales, bleiches Gesicht, umrahmt von braunen Haaren, die kraftlos bis zum Kinn hängen. Blaue Augen, viel zu groß für dieses schmale Gesicht. Der dunkelblaue Rock umspielte meine knochigen Knie. Die weiße Bluse strahlte blütenrein wie in einer Werbung für Waschmittel. Ich schaute genauer hin, versuchte, mir Mut zu machen. Nein, man sah das wild schlagende Herz unter der Bluse nicht. Niemand würde merken, wie nervös ich war, solange ich mit niemandem redete. Mein Therapeut hatte mir zu diesem Schritt geraten. Er meinte, ich sei soweit. Ich könne die Situation meistern. Ich holte tief Luft, strich die Bluse glatt, dann wandte ich mich von meinem Spiegelbild ab, zog meinen Mantel an und lief zum Bahnhof.

Als sich die Türen der Bahn öffneten, zögerte ich. Menschen standen dicht aneinander gedrängt. Was hatte ich erwartet? Es war Samstagabend. Ein Mann drängte sich an mir vorbei in die Bahn.

»Wenn Sie nicht einsteigen wollen, dann gehen Sie aus dem Weg«, sagte er und klang dabei wie ein bissiger Hund. Ich holte tief Luft und stieg ein. Ich blieb direkt an der Tür stehen und senkte den Blick in der Hoffnung, dass niemand mich bemerken würde.

Eine halbe Stunde später stieg ich aus der Bahn aus. Gehetzt schaute ich mich um. Ich musste einen ruhigen Platz finden. Zu meiner Rechten lag eine dunkle Gasse. Ich lief hinein, bemüht, nicht zu rennen. Ich stellte mich in den Eingang eines heruntergekommenen Mehrfamilienhauses und starrte die leeren Klingelschilder an. Ich lehnte mich mit dem Rücken gegen die Wand. Die Kälte durchdrang meinen Mantel und beruhigte mich. Ich ließ meinen Kopf nach hinten fallen und atmete tief ein und aus. Mein Therapeut Dr. Muth war zu optimistisch gewesen. Sein Vorgänger hatte Recht gehabt mit seinem Urteil, das er in seinem Bericht festgehalten hatte: »Schwerer Fall von sozialer Phobie, geringe Chance auf Therapierbarkeit.« Ich sollte lieber umdrehen. Ich knetete die Eintrittskarte in meinen Händen. Schließlich strich ich sie glatt und schaute sie lange an. »Magie hautnah« war darauf zu lesen, und »Jenseits des Vorstellbaren«. Langsam regte sich Widerwille in mir, die Weigerung, die Verurteilung meines ehemaligen Therapeuten hinzunehmen. Leise murmelte ich mein Mantra vor mich hin, dann nahm ich einen letzten tiefen Atemzug.

»Angst vor Menschen. Nur eine Närrin hat Angst vor anderen Menschen«, flüsterte ich verächtlich in die leere Gasse hinein. Ich straffte meine Schultern und verließ die schützende Nische. Ich war so weit gekommen. Ich würde nicht aufgeben.

In der Eingangshalle des Theaters standen die Menschen fast so dicht gedrängt wie in der Bahn. Panisch schaute ich mich um. Dort musste ich hinein. Mit gesenktem Kopf, jeden Blickkontakt vermeidend, schlängelte ich mich an den Menschengruppen vorbei in den Saal, suchte meinen Platz und setzte mich. Ich nahm den Flyer, den ich mir beim Hineinlaufen geschnappt hatte, und hielt ihn vor meine Nase. Ich tat so, als würde ich ihn lesen, aber meine Augen streiften nur die Bilder. An einem Foto blieb mein Blick hängen. Dunkelbraune Augen blickten direkt in meine. Das war er also. Garrett von der Haar. Der Zauberer, der mir zwar völlig unbekannt war, dessen Show ich aber besuchte.

»Es kommt nicht darauf an, wohin Sie gehen oder was Sie sich anschauen. Wichtig ist, dass Sie es tun. Sie müssen sich unter Menschen wagen, Frau Mellert«, hatte mein Therapeut gesagt. Und daran hatte ich mich gehalten. Nun blickte ich in die Augen des Unbekannten und fühlte leichtes Unbehagen in mir aufsteigen. Der Saal füllte sich. Ein junges Paar setzte sich zu meiner Linken und tuschelte Händchen haltend miteinander. Mein Herzschlag beruhigte sich. Von hier ging keine Gefahr aus, die beiden waren viel zu sehr mit sich selbst beschäftigt. Ein Mann um die vierzig setzte sich neben mich. Er schien allein zu sein. Meine inneren Alarmglocken stimmten einen schrillen Ton an. Ich versuchte, den Mann zu ignorieren, und versteckte mich wieder hinter dem Flyer.

Endlich wurde das Licht gedimmt. Der Saal wurde kurz in völlige Dunkelheit getaucht, dann erschien ein Lichtkegel. Im Schein des Lichtes stand ein einzelner Mann, den Blick nach oben gerichtet, die Arme ausgebreitet. Ohrenbetäubender Applaus brandete auf. Schnell stopfte ich den Flyer in meine Handtasche und klatschte ebenfalls in meine Hände. Musik setzte ein. Licht überflutete die Bühne. Schwungvoll lief von der Haar über die Bühne, zauberte einen Blumenstrauß aus seinem Ärmel, den er einer Dame im Publikum überreichte. Zum Takt der Musik lief er an einer Reihe Tücher vorbei, die er nacheinander durch bloßes Antippen mit seinem Zauberstab in Brand setzte. Er wirbelte herum, verbeugte sich und begrüßte das Publikum.

»Herzlich willkommen in meiner Show. Wer mich bereits kennt, weiß nicht annähernd, was heute auf ihn zukommt, und wer mich noch nicht kennt, wird mich kennen lernen.« Die Worte klangen gleichzeitig wie ein Versprechen und eine Drohung. Fasziniert starrte ich auf die Bühne. Garrett von der Haar war groß und schlank. Blue Jeans lagen eng an Hintern und Schenkeln an, das Sakko betonte seine Schultern. Seine langen, dunklen Haare lagen in einem Zopf auf seinem Rücken. Seine tiefe Stimme vibrierte in meinem Inneren. Seine dunkelbraunen Augen schweiften durch das Publikum, schienen nach mir zu suchen. Ich ließ mich tief in den Stuhl hinein sinken, gleichzeitig hoffend und fürchtend, dass er mich sehen könnte. Ich erkannte den Augenblick, in dem er mich sah, auf mich aufmerksam wurde. Nur kurz huschte sein Blick über mich hinweg, aber das Kribbeln in meinem Bauch verriet es mir.

Hör auf, dir Dinge einzubilden, flüsterte mir meine innere Stimme zu, doch ich wusste es besser. Gebannt verfolgte ich den Beginn der Show. Meine Augen ließen keine Sekunde von dem Magier ab. Plötzlich wurde es still. Das Licht erlosch, der Lichtkegel bewegte sich suchend durch das Publikum. Verwirrt schaute ich mich um. Ich hörte von der Haars verführerische Stimme.

»Verehrtes Publikum, ich werde jetzt meine heutige Assistentin auswählen. Ich weiß, Sie alle würden mir gern assistieren, aber es kann nur eine geben.« Ich stellte mir sein Gesicht mit einem süffisanten Lächeln auf den Lippen vor. Er stand im Dunkeln und auch ich saß in der Finsternis, dennoch fühlte ich seinen Blick auf mir. Ich wusste, dass er mich auswählen würde. Panik stieg in mir auf. So weit war ich noch nicht. Ich sollte hier nur zuschauen, mich unter Menschen wagen. Innerlich sagte ich mein Mantra auf, atmete tief ein und aus. Meine innere Stimme meldete sich zu Wort.

Er wird dich nicht auswählen. Du bildest dir das alles nur ein. Gib es zu, du wünschst es dir, aber wer würde schon dich zu seiner Assistentin machen, raunte sie mir ins Ohr.

Schluss jetzt, zischte ich in Gedanken. Nein, ich würde überhaupt nicht gern im Mittelpunkt dieser Show stehen, vor den Augen hunderter Menschen. Außerdem konnte es nicht sein, ich fiel zwischen den vielen Menschen gar nicht auf. Das hatte mein Therapeut doch gesagt.

»Wenn mehrere hundert Menschen in einem Saal sind, fällt ein einzelner Mensch nicht auf. Stellen Sie sich vor, Sie seien eine Sardine in einem großen Sardinenschwarm. Schwimmen Sie einfach mit.«

Das tat ich. Dennoch fühlte ich es. Fühlte ihn. Der Lichtkegel raste über die Gesichter im Publikum und blieb abrupt bei mir stehen. Ich schluckte. Mein Blick wanderte Richtung Ausgang. Ich hörte, wie die Leute klatschten.

»Kommen Sie. Das ist Ihr Beifall«, hörte ich seine Stimme, die mir Gänsehaut auf den Rücken zauberte. Ich zögerte. Er streckte seine Hand in meine Richtung und bewegte die Finger sachte, als würde er eine Katze locken. Mit zittrigen Knien stand ich auf und nahm die Stufen hinauf zur Bühne. Ich stolperte über die letzte Stufe und wäre fast gestürzt, aber Garrett von der Haar nahm galant meine Hand und stützte mich. In dem Moment, in dem er mich berührte, spürte ich einen elektrischen Schlag. Ich zuckte zusammen. Er lächelte wissend.

»Wie heißen Sie?«, fragte er. Ich erwachte aus meiner Trance und schaffte es, meinen Namen zu flüstern.

»Sarah«, raunte er in sein Headset und küsste meine Hand. »Es ist mir eine Freude, dass du mir heute assistierst. Verehrtes Publikum, bitte einen Applaus für die zauberhafte Sarah.« Er nahm meine Hand und drehte sich mit mir. Lichter huschten über die Bühne, mir wurde schwindlig, Musik pulsierte durch meine Adern. Dann zog er mich mit sich zum anderen Ende der Bühne, wo eine riesige Kreissäge stand.

»Verehrtes Publikum, Sarah wird mich nun in diese Box sperren und anketten, und ich werde versuchen zu entkommen, bevor die Kreissäge mich in zwei Teile zerlegt. Sarah, würdest du bitte testen, ob die Säge echt ist.« Er führte mich direkt vor das Monstrum. Ich streckte meine Hand aus, um das Sägeblatt zu berühren. Von der Haar ergriff meine Hand.

»Vorsicht«, drang seine beunruhigend männliche Stimme an mein Ohr, »ich möchte ungern eine andere Assistentin suchen müssen.« Sein Blick schien mich zu durchbohren. Ich senkte errötend den Blick, er ließ meine Hand frei. Vorsichtig berührte ich die Säge und zuckte leicht zusammen. Sie war echt, und offensichtlich frisch geschärft. Ein Tropfen Blut fiel auf den Boden. Von der Haars Stimme ertönte wieder.

»Sarah, das Publikum ist gespannt. Ist sie echt?« Ich sah zu ihm und nickte. Er lächelte und sah mich seltsam an. Unwillkürlich musste ich an eine Katze denken, die mit ihrer Beute spielt. Er nahm meine Hand und hauchte einen galanten Kuss darauf, bevor er meinen Finger in seinen Mund nahm und das Blut ableckte. Eilig zog ich meine Hand zurück. Von der Haar grinste wie ein Hai. Dann zeigte er mir die Bedienung der Säge und ließ sie hochfahren, bevor er er sich in die Kiste legte und sich von mir Handschellen anlegen und die Füße fesseln ließ. Schließlich kam noch die letzte Anweisung.

»Sarah wird nun die Säge starten, und sobald sie sich auf dem Weg nach unten befindet, habe ich 30 Sekunden Zeit, um mich aus der Kiste zu befreien. Sarah, du darfst auf keinen Fall die Säge anhalten.« Er sah mich durchdringend an. Ich schluckte und nickte gehorsam. Dann ging es los. Das Sägeblatt fuhr herunter und er versuchte, seine Hände aus den Handschellen zu befreien. Doch sie waren zu eng, er bekam sie nicht heraus. Nervös kaute ich auf meiner Unterlippe. War ihm ein Fehler unterlaufen? Die Säge kam viel zu schnell näher. Immer noch zerrte er wirkungslos an den Handschellen. Die Klinge war keinen halben Meter mehr von ihm entfernt, da entrang sich meiner Kehle ein Schrei. Ich stürzte zum Notaus-Schalter und schlug darauf. Nichts passierte. Wild hämmerte ich auf den Schalter ein, aber die Säge fuhr unerbittlich weiter. Dann hatte sie die Kiste erreicht. Starr vor Schreck sah ich zu, wie sie durch die Kiste hindurch fuhr und von der Haar wild mit Armen und Beinen zappelte. Die Säge stieß einen schrillen Ton aus, während sie die Kiste in zwei Hälften teilte. Von der Haars Mund war geöffnet, als würde er schreien, aber die Säge übertönte alles. Fetzen von seinem Sakko flogen durch die Luft. Schließlich hörte von der Haar auf zu zappeln. Alles verstummte. Die Musik, das Publikum, und schließlich auch die Säge. Wie von Geisterhand fuhr sie wieder hinauf. Die beiden Kistenhälften drifteten auseinander. Was sollte ich jetzt tun? Ein Schluchzen entrang sich meiner Kehle. Als die Spannung nicht mehr auszuhalten war, schnellte plötzlich von der Haars Kopf nach oben.

»Bin ich noch am Leben?«, fragte er und sah sich um. Als er in Richtung seiner Beine sah, zappelten diese. Vereinzelt drang Gekicher aus dem Publikum.

»Es scheint so«, sagte er trocken. »Sarah, wärst du bitte so nett, die Kiste wieder zusammenzuschieben und mein Zaubertuch über die Schnittstelle zu legen.« Wie betäubt gehorchte ich. Bunte Lichter wirbelten über die Bühne. Die Musik war nur als Flüstern zu vernehmen, so als käme sie aus weiter Ferne. Von der Haar murmelte seltsame Worte vor sich her. Plötzlich verstummte er und versteifte sich, sein Gesicht angestrengt verspannt. Dann sprengte er mit einem Ruck die Handschellen, zog die Füße aus den Fesseln und sprang munter aus der Kiste heraus. Ich hörte das kollektive Aufatmen des Publikums und war kurz davor, in Ohnmacht zu fallen. Plötzlich stand von der Haar neben mir und umfasste meine Taille.

»Einen Applaus für meine tapfere und mitfühlende Assistentin«, schallte es aus den Lautsprechern. Seine Hand streichelte kurz über meinen Rücken.

Nachdem von der Haar die Pause angekündigt hatte, zog er mich mit sich hinter die Bühne. Er führte mich in einen düster wirkenden Raum. Ich sah mehrere Sessel und einen Schminktisch. Ein paar Leute standen herum und schienen auf Anweisungen zu warten. Er führte mich zu einem der schwarzen Sessel und deutete mir an, mich zu setzen. Mit barscher Stimme erteilte er Befehle.

»Gebt ihr etwas zu essen und zu trinken. Puder wäre nicht schlecht.« Dann verschwand er durch eine weitere Tür. Ich schaute mich unsicher um, trank gehorsam das Glas Champagner und aß die Lachs-Häppchen, die mir gereicht wurden. Eine Frau kitzelte mein Gesicht mit dem Puderpinsel, dann verließen die Leute den Raum und ließen mich allein zurück. Ich schloss meine Augen und atmete tief ein und aus. Ich war weit über den Punkt hinaus, an dem mir mein Mantra helfen würde, und so beschränkte ich mich darauf, weiter zu atmen und mich darüber zu freuen, dass ich es bis hierher überlebt hatte. Als ich die Augen öffnete, stand er vor mir und musterte mich. Ich sah ihn an, musterte ihn genauso wie er mich. In diesem einen Moment war meine Scheu vergessen. Ein seltsames Funkeln trat in seine Augen. Dann ertönte der Gong. Von der Haar streckte mir seine Hand entgegen.

»Komm mit. Die Show geht weiter.« Seine Stimme streichelte mich. Wie in Trance stand ich auf, ergriff seine starke Hand und ließ mich von ihm führen. Er kündigte den nächsten Zaubertrick an.

»Verehrtes Publikum, so etwas haben Sie noch nicht gesehen. Direkt vor Ihren Augen werde ich meine reizende Assistentin verschwinden lassen.« Vor Schreck stolperte ich fast über meine eigenen Füße. Das sollte hoffentlich nur ein Scherz sein. Wie sollte das gehen? Ich wusste doch gar nicht, was ich tun sollte. Beruhigend drückte er meine Hand. Ich sah ihn mit großen Augen an.

»Du musst nichts anderes tun, als hier stehen zu bleiben«, wies er mich an. Panik stieg in mir auf. Viel zu spät spürte ich den Drang wegzulaufen. Seine dunklen Augen sahen mich durchdringend an, nahmen mir die Fähigkeit, mich zu bewegen. Seine Hand verließ meine. Starr wie ein Kaninchen, vor dem sich die Kobra aufgebaut hat, stand ich da und wartete. Hoffte.

Kein Knall ertönte, kein grelles Licht erschien, und dennoch passierte etwas. Nun bin ich hier. Wo ist hier? Bin ich gefesselt? Ich spüre keine Fesseln, dennoch kann ich mich nicht bewegen. Es ist dunkel. Wann holt er mich wieder zurück? Er holt mich doch zurück, oder? Das geräuschvolle Öffnen der Tür reißt mich aus meinen Gedanken. Ein schummriges Licht erleuchtet den Raum schemenhaft. Er steht im Türrahmen. Erleichterung durchflutet mich. Ich suche seinen Blick und mein Herz steht still. Er schließt die Tür hinter sich und kommt langsam und bedrohlich näher. Nur wenige Zentimeter von mir entfernt bleibt er stehen und schaut mich an. Mustert mich hungrig. Ich will schreien, aber kein Laut kommt über meine Lippen. Ich will fliehen, doch ich kann mich nicht bewegen. Ich schaue an mir herunter. Keine Fesseln. Nichts, was mich an einer Bewegung hindert. Ich hänge an keinem Seil, und doch baumeln meine Füße knapp über dem Boden. Panik streckt ihre Krallen nach mir aus. Von der Haar deutet mit dem Kinn zur Seite. Ein Bildschirm erwacht zum Leben. Eine Bühne. Ich sehe Lichter, höre Musik und seine Stimme. Dann sehe ich mich. In der Mitte der Bühne, wo er mich hat verschwinden lassen, erscheine ich wie aus dem Nichts.

»Das ist eine Live-Übertragung«, höre ich von der Haar direkt vor mir sagen. Fasziniert beobachte ich die beiden Personen auf dem Bildschirm. Selbstbewusst lächelt die Frau in die Kamera, lächelt von der Haar aufreizend an und geht hüftschwingend an seiner Seite über die Bühne. Sie sieht aus wie ich, und doch bin ich es nicht. Ich bin schließlich hier. Wie kann ich gleichzeitig dort sein? Ich schaue zu dem Mann neben mir. Auch er ist gleichzeitig hier und auf der Bühne. Ist das nur ein Trick? Ein teuflisches Grinsen legt sich auf sein schönes Gesicht. Ich höre die Stimme meines Therapeuten.

»Glauben Sie mir, Sie werden ein neuer Mensch sein, wenn Sie das gemeistert haben.« Schwindel erfasst mich, aber ich kann nicht fallen, kann mich nicht bewegen und nicht schreien. Von der Haar tritt noch näher an mich heran. Sein Atem streift mein Gesicht. Er hebt die Hand und streicht sanft über meine Wange. Ich sehe in seine Augen und erkenne die Wahrheit.

Bin ich tot? Nein. Noch nicht.

Das Monster

Björn Sünder

Der Rat der Riesen tagt. Die tief stehende Sonne Südkaliforniens poliert die Fenster und Fassaden der acht Hochhäuser, die sich in einem Ring gegenüber stehen, und lässt sie wie tausend Diamanten funkeln. Dieser Hochhaus-Komplex wird der Rat der Rat der Riesen genannt und beherrscht die überwiegend flache Skyline der Hafenstadt Petty Grove. Die Beine ausgestreckt sitze ich auf der Terrasse des Cafés Marlowe. Es liegt in der Pirate Lane, der längsten Straße der Stadt. Hier kommen die Menschen an und über diese Straße verlassen sie die Stadt auch wieder. Einige in einem Sarg in einem Leichenwagen. Mit dem Zeigefinger schiebe ich die Brille mit den randlosen runden Gläsern wieder auf den Rücken meiner Nase zurück, wo sie hergekommen ist. Danach glätte ich meinen leichten Sommeranzug aus hellem Leinen. Im Hintergrund höre ich die Espresso-Maschine zischen. Es hört sich so an, als ob man eine Schlange in die Ecke getrieben hat. Auf der Straße zieht sich der Verkehr so träge dahin wie ein Stück Kaugummi, das man aus den Haaren zieht. Ich höre das Tuckern der Motoren, ab und zu das laute Knallen einer Fehlzündung. Es wird gehupt und anschließend schreit jemand eine Beleidigung. Der ehrenwerte Pirat Petty Grove, der Gründer dieser Stadt von Halsabschneidern und Verbrechern, sieht dem Verkehr gelassen zu und stemmt seine Fäuste in die Hüften. Diese Stadt war vor langer Zeit ein versteckter Ankerplatz für Piraten. Petty Grove war der verwegenste von allen gewesen. Auf der Statue sitzen Tauben, gurren um die Wette und beschmieren das Denkmal mit Scheiße. Ob Petty Grove das vorausgesehen hätte?

»Ihr Milchkaffee«, sagt die Bedienung und stellt eine runde Tasse ohne Henkel vor mir ab. Die Bedienung muss neu im Marlowe sein. Denn bis jetzt ist sie mir nicht aufgefallen und das Marlowe ist mein Stammcafé. In der Sonne glänzt ihr Haar so rötlich wie ein Stück Kupfer. Mein Blick geht automatisch zu ihrer weißen Bluse, die sich straff über ihre Brüste spannt.

»Vielen Dank«, antworte ich und lächle sie an. »Neu hier?« Sie blickt mich aus ihren braunen Augen an.

»Gestern angefangen«, erwidert sie, »und danke nein. Ich bin überhaupt nicht an Ihnen interessiert. Ich stehe nicht auf Typen, die 40 sind und nicht damit fertig werden. Ich habe keinen Vaterkomplex oder sonst etwas in diese Richtung.«

Mit dieser alles vernichtenden Breitseite dreht sie sich um und geht davon. Ihr Hintern hüpft dabei auf und ab wie ein Segelschiff auf dem Meer.

»Alle seid ihr heute Psychologen«, rufe ich ihr hinterher. »Ich gebe jetzt mein Lotterleben auf und werde sesshaft.« Doch dafür liebe ich die Frauen viel zu sehr. Das weiß ich nur zu gut.

»He Diogenes.« Mein bester Freund Stuart Grant hebt die Hand zur Begrüßung. Nachdem er nach rechts und links geschaut hat, kommt er über die Straße gelaufen. Ein gelbes Taxi kann gerade noch vor ihm bremsen. Stuart zeigt dem Fahrer den Mittelfinger. Er trägt ein Spider-Man-T-Shirt, das sich über seinen runden Bauch spannt. Als er bei mir ist, holt er tief Luft und atmet so schwer wie ein Buckelwal, der auf einer Sandbank gestrandet ist.

»Was gibt es denn so Wichtiges? In der Kantine gibt es heute Lasagne. Du weißt, dass ich auf Lasagne stehe.« Stuart fährt mit seiner Hand durch seinen dichten, schwarzen Bart. Er zieht sich einen Stuhl heran und lässt sich darauf fallen. Der Stuhl ächzt bedenklich. Als er sich wieder mit seiner Hand durch den Bart fährt, erinnere ich mich, wie ich Stuart zum ersten Mal begegnet bin. Stuart war mit seiner Mutter nach der schwierigen Scheidung aus Harbor City und der Ostküste nach Südkalifornien gezogen. Nach dem Sport hatten wir uns in der Umkleide unterhalten. Wir hatten dieselben Interessen, waren genauso schlecht im Sport und in der Schule unbeliebt. Die besten Voraussetzungen, um Freunde zu werden.

»Ich rate dringend zu einer Diät und leichtem Sport«, sage ich. »Mann, du atmest so schwer wie ein Schwein, das man aufgespießt hat. Wie packst du deinen Job als Arzt eigentlich?«

Stuart winkt ab.

»Leck mich, Diogenes«, erwidert er. »Lasst dicke Menschen um mich sein. Shakespeares Julius Cäsar. Das sagt er zu Cassius. Was willst du?«

»Siehst du, wegen solcher Dinge waren wir in der Schule so unbeliebt. Genau wegen diesen Sprüchen. Aber bestimmt waren die anderen einfach zu blöd, um unsere Sprüche zu kapieren.« Ich trinke von meinem Kaffee. Dann hole ich aus den Untiefen meiner Tasche ein Blatt Papier heraus. »Diese Mail habe ich gestern bekommen. Das Grauen aus der Petty Grove Highschool ist zurück.«

Stuart greift mit seiner fleischigen Hand nach dem Computerausdruck. Sorgfältig streicht er ihn glatt und liest den Text. Zuerst sieht er zu mir, dann auf das Papier und schließlich wieder zu mir.

»Ist das er? Echt! Tatsächlich! Bruno Gilbert, das größte aller Arschlöcher, das die Petty Grove Highschool hervorgebracht hat.« Stuart schüttelt seinen kastenförmigen Schädel. »Dieses Arschloch hat uns das Leben auf der Schule zur Hölle gemacht. Immer wenn ich an den denke, dann könnte ich kotzen.«

Ich nippe erneut an meinem Kaffee.

»Detective Small, mein alter Freund von der Bisco Bay Police, hat mich vor einer Woche angerufen. Er sagte, dass Bruno letzte Woche aus dem Knast entlassen worden ist. Small sagte, wegen guter Führung und positiver Aussicht auf erfolgreiche Wiedereingliederung in die Gesellschaft. Scheiß Beamtensprache. Wie auch immer, wie du gelesen hast, will sich Bruno mit uns beiden treffen«, sage ich und beuge mich nach vorn. »Vielleicht möchte er sich bei uns entschuldigen. Für all die Jahre der Demütigung und das Hochziehen unserer Unterhosen bis hinauf zu den Arschritzen.«

»Ja klar, und morgen scheiße ich Eiswürfel in Scotchgläser. Beides wird wohl nicht passieren«, erwidert Stuart. »Mann, und ich habe gedacht, dass der Irre für die Ewigkeit und drei Tage einfährt. Der hat den kleinen James abgestochen. Manchmal träume ich noch davon, wie das Blut aus der Halsschlagader schießt wie Wasser aus einem kaputten Gartenschlauch. Wegen dieser Sache wurde ich Arzt, Diogenes. Wegen unserer Aussage damals bei Gericht ist der Bastard in den Bau gewandert. Der will sich an uns rächen und uns so kaltmachen wie Iglu seine Fischstäbchen. Wir sollten sofort zur Polizei.«

»Die werden nicht das Geringste unternehmen«, sage ich. »Das da ist keine Drohung. Nur du und ich wissen, dass uns der Irre um die Ecke bringen will. Für die Cops ist das zu wenig.«

»Du weißt, dass ich auf die Bullen scheiße. Das sind Faschisten, bessere Nazis. Allerdings bezahle ich diese Nazis mit meinen Steuergeldern. Deswegen sollen die sich auch um Bruno kümmern. Das ist deren verdammter Job!«

»Stuart, noch einmal zum Mitschreiben«, sage ich in schulmeisterlichem Ton, »die Bullen werden nichts unternehmen. Noch ist nichts passiert. Die bewegen sich erst aus ihren Löchern, wenn sie unsere steifen Körper aus dem Rinnstein ziehen.

Vorher nicht.« Jetzt greife ich in meine linke Hosentasche. »Deswegen habe ich auch dieses Ding vom Schwarzmarkt unten am Hafen geholt.« Vorsichtig lege ich den Gegenstand auf den Tisch.

»Ach du große Scheiße«, ruft Stuart und rückt vom Tisch zurück. »Ein Revolver! Echt jetzt! Mann, das ist viel zu viel. Wir können das Arschloch doch nicht mit Blei ausstopfen. Ich bin Arzt.«

Ich lächle.

»Keine Sorge. Der Serbe am Hafen hat mir gesagt, das ist eine Smith and Wesson. Chief Special Kaliber 38. Was immer das auch heißen mag. Ich kenne mich da nicht aus. Der Serbe hat mich eingewiesen und mich damit einige Konservendosen abknallen lassen. Das Ding ist idiotensicher. Fünf Schuss und keine Ladehemmungen. Der Serbe meinte, es wäre die beste Wahl für einen blutigen Anfänger wie mich.« Ich stoße den schwarz lackierten Revolver an. »Außerdem will ich ja damit niemanden kaltmachen. Die Wumme dient uns als Schutz, und sie passt so gut in den Hosenbund.« Nachdenklich sehe ich einer jungen blonden Joggerin hinterher, deren Brüste auf und ab hüpfen.

»Das haben die auch von der Atombombe gesagt, und was ist dann passiert? Lass uns zur Polizei gehen«, sagt Stuart und reibt sich die Stirn. »Mir geht dabei der Arsch auf Grundeis und zwar mehr als mächtig. Gleich dort drüben ist die Polizeiwache, komm schon, lass uns rübergehen.«

»Erde an Stuart, Erde an Stuart. Hörst du eigentlich zu? Die Bullen werden nichts tun«, erwidere ich und schüttle den Kopf. »Das hier müssen wir selbst regeln. Wir jagen Bruno einen solchen Schrecken ein, dass er meint, er hätte keine Eier.«

»Eine Waffe!« Unbemerkt ist die neue Kellnerin an unseren Tisch getreten. Beschwichtigend hebe ich die Hände.

»Das ist nur eine Spielzeugwaffe für meinen Neffen«, sage ich. »Der steht einfach darauf, Detektiv zu spielen.«

Die Kellnerin legt eine Hand auf ihre große Brust.

»Jetzt habe ich mich aber ganz schön erschreckt.« Sie entlässt zischend die angestaute Luft aus ihren Lungen und sieht dann zu Stuart. »Möchten Sie etwas?«

Stuart winkt die Bedienung mit einer ärgerlichen Handbewegung wieder weg.

»Mann, wir können Bruno trotzdem nicht killen, auch wenn er das größte Arschloch dieses Planeten sein sollte«, sagt er. Ich nehme den Revolver und lassen ihn wieder in die Tiefen meiner Hosentasche gleiten.

»Wie oft eigentlich noch? Ich will ihn nicht erschießen. Im Bau will ich nicht unbedingt landen.« Ich wedele mit der Hand vor Stuarts Gesicht. »Die Knarre dient uns als Lebensversicherung.« In der Jackentasche klingelt mein Mobiltelefon. Es ist ein langgezogener Laut und hört sich so an, als ob irgendwo ein Hund qualvoll eingehen würde. Ich krame in meiner Tasche, schiebe eine Taschenuhr zur Seite und finde endlich mein Mobiltelefon. Ich hole es heraus und blicke auf das hell blinkende Anzeigedisplay. Dann klappe ich es auf.

»Mindy?« Am anderen Ende der Leitung höre ich nur ein lustvolles Stöhnen. Dann sagt eine Stimme in lüsternem Ton:

»Meine Hand wandert gerade zwischen meine Beine. Ich kann nur an dich denken und habe nichts an als meine Haut.« Immer wieder wird ihre Stimme von einem Stöhnen begleitet. »Wenn du nicht bald kommst, dann komme ich allein. Komm schnell zu unserem Liebesnest.« Ein kurzer spitzer Schrei. Dann ist nur noch ein langgezogenes Tuten zu hören. In meinem Kopf blitzt das Bild von Mindy auf. Der schlanke Körper und die großen Brüste. In meiner Hose wird es unangenehm eng. Schnell versuche ich an etwas anderes zu denken. Was mir aber nicht gelingt. Immer wieder holt mein Gehirn das Bild von Mindy hervor.

»Was wollte die denn?« Stuart streicht sich durch seinen dichten schwarzen Bart und sieht dabei aus wie eine Statue von Jesus und Buddha gleichzeitig.

»Dieses Weib bringt mich um den Verstand«, antworte ich. »Die braucht es zweimal am Tag und in der Praxis hat sie mich mit einem kurzen, engen schwarzen Rock verführt. Die ist irrer als alle meine Klienten.«

»Die ist doch mit diesem Richard verlobt. Diesem reichen Börsenmakler. Du wirst dir an ihr nicht nur deine Finger verbrennen, sondern auch noch deinen Schwanz.«

»An Mindy würde sich jeder gern den Schwanz verbrennen.« Ich leere eilig meinen Kaffee. »Wen ich bumse, ist meine Sache.«

»Dort wo dein Kopf ist, ist da eigentlich ein Kapitän, der den Kahn steuert, oder wird vom Maschinenraum aus gefahren?«, sagt Stuart und wedelt mit seiner Hand vor meinem Gesicht. »Was ist mit Bruno?«

Mindy und ihr nackter Körper schleichen sich wieder in meine Gedanken. Sie räkelt sich nackt auf einem weißen Laken. So schnell es geht muss ich zu ihr in das Hotel Lovecraft.

»Gib mir vierzig Minuten«, antworte ich und stehe auf. »Die macht Ernst und kommt ohne mich.«

Stuart legt seine Hand auf den Tisch.

»Du kannst doch jetzt nicht abhauen. Wir müssen uns noch um Bruno kümmern. Der macht Ernst und schickt uns unsere Eier in einem Einmachglas nach Hause.«

»Nach der Nummer rufe ich dich gleich an. Es wird nicht lange dauern, versprochen. Zahl für mich, okay.« Zum Abschied winke ich.

»Du bist irrer als deine Patienten!«, höre ich ihn noch rufen.

Die Pirate Lane ist zu dieser Nachmittagsstunde belebt. Menschen strömen in die zahlreichen Geschäfte und kommen mit Einkaufstüten und Taschen schwer beladen wieder heraus. Das Läuten der Stadtbahn bildet die hektische Filmmusik der Pirate Lane. Dazu kommt noch die Overtüre der laut schreienden Taxifahrer. Für die Schaufenster und Auslagen habe ich nur flüchtige Blicke übrig. Denn ich kann nur an Mindy denken. Vor mir erhebt sich der langgezogene Kasten des St. Elisabeth Hospitals. Eines der besten und modernsten Krankenhäuser in ganz Kalifornien. Im Schaufenster von *Mister Baker Herrenbekleidung* entdecke ich ein schwarzes Sportsakko. Es klebt wie eine kleine Ehefrau am Körper der Schaufensterpuppe. Ich bleibe stehen, um es mir genauer anzusehen. Eine Wolke schiebt sich vor die Sonne. Die gegenüberliegende Seite der Straße spiegelt sich in der Scheibe. Auf der anderen Seite gehen Menschen vorbei, einige laufen in die Geschäfte. Andere bewegen sich auf der Straße. Doch sie haben alle etwas gemeinsam. Sie sind in Bewegung. Doch ich kann einen Mann in der Scheibe sehen. Er unterscheidet sich von allen anderen. Er steht einfach da und sieht zu mir. Dabei gibt er sich lässig und versucht nicht aufzufallen. Doch genauso gut hätte er dort mit einer Zeitung stehen können, in die zwei Gucklöcher geschnitten wurden. Er beobachtet mich. Ich habe diesen Mann schon einmal irgendwo gesehen. Mein Verstand versucht verzweifelt, ihn in irgendeiner Schublade oder Schrankablage zu finden. Doch das gelingt ihm nicht. Langsam gehe ich meinen Weg weiter. Woher kenne ich ihn? Meinen Schatten beobachte ich aus den Augenwinkeln. Er folgt mir auf Schritt und Tritt. Der Kerl ist ein Riese. Ich schätze ihn auf 1,92 Meter und ich bin verdammt gut im Schätzen. Es ist an der Zeit, meinen Schatten loszuwerden. An der nächsten Haltestelle bleibe ich kurz stehen. Das Bimmeln der Bahn kommt näher und näher. Sie fährt vor und bleibt mit einem Quietschen stehen, das sich so anhört, als ob eine Ratte unter die Schienen gekommen wäre. Die Tritthilfen fahren aus einem verborgenen Kasten. Der Sichtkontakt meines Verfolgers ist unterbrochen. Durch die Scheiben der Bahn kann ich ihn beobachten, wie er aufgeregt auf und ab geht. Er kann mich nicht mehr sehen und denkt bestimmt, dass ich in die Bahn gestiegen bin. Mit einem Warnsignal fährt die Bahn wieder an. Wie ein Lachs auf Wanderschaft tauche ich im Strom der Passanten unter. Ein kurzer Blick über meine Schulter, verschafft mir Gewissheit. Ich bin ihn los. So gestatte ich mir ein Grinsen.

Vor mir erhebt sich die graue und abgetragene Fassade des Lovecraft Hotels. Wind und Wetter haben daran gearbeitet. Nun sieht es wie das Gesicht einer Nutte aus, die die 40 weit hinter sich gelassen und ihre tausend Freier voll gemacht hat. Hier und dort hat man versucht, die Fassade zu richten. Doch zu dem alten Glanz wird das Hotel nie wieder zurückfinden. Vor der Drehtür, dessen Holz abgesplittert ist, steht Albert und raucht seine geliebte Meerschaumpfeife. Albert ist ein deutscher Immigrant und steht immer so gerade und aufrecht wie der Ladestock einer Muskete. Er trägt wie immer seine Uniform. Ich denke, dass er ohne das rote Jackett und die schwarze Hose mit den goldenen Seitenstreifen einfach in sich zusammenfallen würde wie Pudding.

»Einen guten Tag, Doktor Miller«, begrüßt mich Albert mit seinem gebrochenen Englisch. »Die Dame wartet wie üblich in Zimmer 16. Alles ist vorbereitet.« Seine breiten Lippen bleiben ausdruckslos. Das ist ein weiterer Grund, warum ich Albert und dieses Hotel so mag. Hier kann man noch mit Diskretion rechnen. Ich nicke und gehe durch die Drehtür. Ein kalter Strom Luft greift mir ins Genick und trocknet den Schweiß auf meinem Rücken. Von dem blauen Teppich, der in der ganzen Lobby ausgelegt ist, werde ich seekrank. Über mir schwankt der gewaltige Kronleuchter aus dem Jahre 1923. Ich komme mir vor wie Damokles unter seinem Schwert, aufgehängt an einem Seil aus Pferdehaar. In der Lobby selbst ist noch eine kleine Bar mit verschiedenen Sitzmöglichkeiten. Doch das einzige, was man hier trinken kann, ist sein eigener Schweiß. Vor mir erhebt sich der wuchtige Empfangstisch. Dieser ist aus schwarzem Teakholz gezimmert. Die Legenden sagen, dass das Holz, aus dem der Tisch gezimmert worden war, eine Planke der legendären Bonny Hill gewesen war. Dem Schiff des Piraten Petty Grove. Der Bereich hinter dem Tresen ist so verwaist wie eine ausgetrocknete Wüstenoase.

»Vorsicht!«, ruft eine Stimme hinter mir. Gerade noch kann ich einen Schritt zur Seite machen. Dann schießt Kelly an mir vorbei. Auf ihrer Handfläche jongliert sie ein Tablett voller Cocktails. »Sorry, hab's eilig.«

Ich frage mich, für wen diese Cocktails sind. Denn die ganze Lobby ist leer. Dann sehe ich ihn. Er sitzt in einem Ohrensessel, dessen Stoff sich bereits auflöst. Seine Position hat er gut gewählt. Jeden, der das Hotel betritt, kann er sofort sehen. Wird selbst aber nicht gesehen. Der Mann in dem Sessel trägt einen schwarzen Anzug ohne Krawatte. Er hat sich eines Tricks bedient. Er hat sich nur abhängen lassen, um mich in Sicherheit zu wiegen. Gar nicht dumm. Der Mann steht auf. Ich glaube zu sehen, wie sich seine Muskeln unter dem Anzug bewegen. Er hat mich gefunden. Ich weiß nicht wie, aber er hat mich gefunden. Jetzt will er mich umbringen. Ich sehe mich nach allen Seiten um. Doch die Lobby ist leer. Wie ich ihn auf mich zukommen sehe, erinnere ich mich wieder.

Die Sonne stand an diesem Herbsttag tief. Die öden Flure aus grauem Linoleum waren in ein freundliches Licht getaucht. Selbst die immer so abweisenden Spinde lächelten freundlich.

Doch das alles war nur ein Lüge. Ein schöner Schein an der Oberfläche, dreckige Dunkelheit in der Tiefe. James lag auf dem Boden. Das Blut floss aus seinem Hals und seine Augen starrten in die Unendlichkeit. Doch ich glaube nicht, dass er dort Gott sah. Bruno beugte sich über James und blickte in die Augen seines Opfers. Er schien es zu genießen, dabei zuzusehen, wie das Licht des Lebens aus den Augen verschwand. Die Seele entfloh. In Brunos Gesicht lag ein abartiges Grinsen. Das große Bowie-Messer in der rechten Hand. Von dessen Klinge tropfte das Blut. Dann sah er mich an. Von diesem Tag an wusste ich, dass es den Teufel gab.

Der Mann kommt weiter auf mich zu. Die Panik steigt in mir hoch wie eine Leiche aus den Abwasserkanälen. Ich gehe immer weiter zurück und weiß doch, dass es keinen Ort auf der Welt gibt, an den ich fliehen könnte. Immer wieder sehe ich mich nach allen Seiten um. Meine Kehle ist trocken. Meine Hand gleitet wie von selbst in meine rechte Hosentasche. Hilfesuchend umklammern meine Finger den Holzgriff des Revolvers. Der Schweiß läuft mir trotz der Klimaanlage den Rücken hinunter. Mein Rücken stößt gegen die Empfangstheke. Ich ziehe den Revolver und richte den kurzen Lauf gegen die Brust des Mannes. Langsam ziehe ich den Abzug durch. Es vergehen Sekunden. Durch den lauten Knall bin ich zuerst erschreckt. Automatisch hatte ich die Augen zugemacht. Davor hatte mich der Serbe gewarnt, dass das passieren würde. Als ich die Augen wieder öffne, sehe ich, dass auf dem weißen Hemd des Mannes ein roter Fleck entstanden ist. Der Fleck wird rasch größer und breitet sich aus. Der Mann sinkt langsam in die Knie und spuckt Blut.

»Friss Blei, Bruno«, höre ich mich selbst wie aus weiter Entfernung schreien. Dann drücke ich noch einmal ab und noch einmal. So lange bis sich die Trommel leer dreht und ich nur noch das trockene Klicken des Hahns höre. »Das war für den kleinen James, Bruno, du Schwein!« Aus den Augenwinkeln kann ich einen Mann sehen, der durch die Drehtür kommt. Er trägt ein schwarzes T-Shirt und einen weißen Kragen. Priester, die habe ich noch nie gemocht. Mit einem lauten Ping öffnen sich die Türen des Fahrstuhls. Der große Mann legt seine Hände auf meine Schultern. Auf den Knöcheln seiner rechten Hand ist das Wort »Gott« tätowiert.

»Mein Sohn«, sagt der Priester, »ich bin Bruno. Bruno Gilbert.«

Langsam drehe ich mich zu ihm herum. Seine Haare sind kurz geschnitten und die Oberarme sind ebenfalls tätowiert. Die Tätowierungen sind von schlechter Qualität und sehen aus, als wären sie von einem Picker. Einem Amateur. Ich sehe wieder zu dem Mann, den ich niedergeschossen habe. Dann wieder zu Bruno. In der Ferne kann ich Polizeisirenen hören.

»Was?« Mir wird schlecht und ich sinke auf die Knie.

»Ich kenne dich, mein Sohn«, sagt Bruno. »Du bist Diogenes Miller.«

Ich sage nichts. Versuche, das, was ich heute zum Frühstück hatte, in meinem Magen zu behalten. Aus dem Aufzug kommt Mindy. Sie bleibt stehen und sieht sich um. Dann brüllt sie:

»Richard!« Sie rennt zu ihm und geht neben ihm auf die Knie. Vorsichtig legt sie seinen Kopf in ihren Schoss. Natürlich! Jetzt findet mein Gehirn die Verknüpfung, die es vorher nicht gefunden hatte. Dieser Mann ist Mindys Verlobter. Richard. Er hatte sie letzte Woche von der Praxis abgeholt. Dort hatte er mir gewisse Andeutungen gemacht, dass er von meinem Verhältnis mit Mindy wisse. Daher kannte ich ihn. Mein Blick geht zu Bruno. Dann auf den Revolver in meiner Hand. Ich stecke den Lauf der Waffe in meinen Mund und drücke ab. Alles, was ich höre, ist nur ein trockenes Klicken.

Unterwerfung

Bianca Heidelberg

»Es tut mir so leid!«

Bärbel drückte ihre Freundin fest an sich. Mehr fiel ihr nicht ein. Was gab es schon Sinnvolles zu sagen, wenn der Ehemann gestorben war, noch dazu unter solch seltsamen Umständen?

»Danke«, schluchzte Annette und ließ sich von Bärbel ins Haus ziehen und an den Küchentisch setzen.

»Du weißt ja, wie es die letzten Wochen zwischen uns war, aber dass ich jetzt plötzlich alleine sein soll, will nicht so recht in meinen Kopf.« Annette nahm ein Taschentuch von Bärbel entgegen, tupfte sich damit die Augen und schnäuzte sich. Dann holte sie tief Luft.

»Ich weiß noch gar nicht, wie ich alles alleine meistern soll. Um vieles hat Michael sich gekümmert. Und dann noch die Beerdigung, die ganzen Formalitäten und die Polizei. Die wollen doch tatsächlich, dass ich auf das Revier komme und meine Aussage zu Protokoll gebe. Als sie da waren, habe ich ihnen doch schon alles gesagt, was ich weiß.«

Bärbel legte ihren Arm um Annette.

»Wenn du Hilfe brauchst, sag Bescheid. Ich bin immer für dich da, und Alex wird dir auch helfen, wo er kann.«

Annette sah ihre Freundin an. Äußerlich könnten sie nicht unterschiedlicher sein. Annette war groß und hatte kurze, blonde Haare. Bärbel dagegen war klein und hatte langes, seidig schwarz glänzendes Haar, das ihr immer wieder neidische Blicke von anderen Frauen einbrachte. Beide waren leidenschaftliche Läuferinnen und trafen sich mindestens einmal die Woche, um gemeinsam zu trainieren. Annette sah ihre Freundin forschend an, suchte in ihrem Blick Bestätigung dafür, dass sie wirklich alles von ihr verlangen konnte.

»Es gibt tatsächlich etwas, das du für mich tun kannst«, sagte Annette leise und sah in Bärbels blaue, ehrliche Augen. »Mein Alibi ist nicht wasserdicht. Ich war beim Friseur und danach noch eine ganze Weile shoppen, bevor ich nach Hause fuhr. Ich kann es aber nicht beweisen. Ich habe niemanden getroffen, der mich kennt, habe nirgends etwas gekauft. Ich habe Angst, dass die Polizei mich verdächtigt und ich nicht beweisen kann, dass ich es gar nicht gewesen sein kann.« Sie hatte immer schneller gesprochen, nun brach sie abrupt ab. Sie musste ihre Freundin nicht danach fragen. Sie wusste auch so, was sie wollte. Bärbel senkte den Blick auf den Tisch.

»Ich weiß nicht«, begann sie unsicher. »Ich bin eine schlechte Lügnerin, das weißt du. Und was ist, wenn ich unter Eid aussagen muss?«

»Bärbel, bitte! Ich stehe das nicht durch, wenn ich in die Mühlen gerate. Wahrscheinlich musst du das Alibi gar nicht bestätigen. Bestimmt stellt sich heraus, dass es ein Unfall war, dass er zu weit gegangen ist mit seinen Sexspielchen. Mein Gott, sich am Bettpfosten aufzuhängen, welcher normale Mensch tut sowas?« Sie schluchzte. »Bitte, Bärbel, ich brauche dich! Hilf mir!« Sie suchte den Blick ihrer Freundin, doch diese wich aus. Sie wartete. Bärbel seufzte.

»Also gut. Falls es nötig sein sollte, werde ich bestätigen, dass du hier warst. Alex darf nichts erfahren, ich möchte ihn nicht hineinziehen. Er war am Samstag nicht hier, also muss er mir glauben, dass du bei mir warst.« Sie fuhr mit ihrer zierlichen

Hand durch ihr Haar, als wollte sie es am liebsten raufen. Sie legte ihre Hand auf die von Annette.

»Mach dir keine Sorgen, ich helfe dir.« Das Öffnen der Küchentür ließ die beiden schuldbewusst aufschrecken. Bärbels Mann Alex musterte die zwei Frauen leicht amüsiert.

»Man könnte meinen, ich habe euch dabei ertappt, wie ihr unsere letzten Schokoladen-Reserven gemampft habt«, sagte er mit seiner sanften Stimme. Dann veränderte sich seine Miene. »Mein Beileid, Annette. Ruf uns an, wann immer du etwas brauchst.« Er legte ihr seine Hand auf die Schulter, beugte sich zu ihr herunter und gab ihr einen Kuss auf die Wange. Wie so oft in letzter Zeit verharrten seine Lippen für Annettes Geschmack zu lange auf ihrer Wange. Als er sich von ihr löste, trafen sich ihre Blicke für einen kurzen Moment. Intensiv musterten seine braunen Augen sie. Sie wandte den Blick ab. Alex legte seine Hand nun auf Bärbels Schulter und küsste sie auf den Mund.

»Ich lasse euch beide wieder alleine«, raunte er seiner Frau zu, streichelte kurz über ihren Arm und verschwand wieder.

Der Kommissar nahm ihr gegenüber Platz und stellte ein Diktiergerät auf. »Stört es Sie, wenn ich unser Gespräch aufzeichne?« Annette schüttelte den Kopf.

»Nun, Frau Neumann, bisher gibt es keine Hinweise auf Gewalt, es deutet aber auch nichts darauf hin, dass Ihr Mann Selbstmord begangen haben könnte. Wir müssen also in alle Richtungen ermitteln.« Aufmerksam beobachtete Annette Kommissar Winter, während er sprach. Er war jünger als sie und etwa genauso groß. Mit seinem kräftigen Körperbau erinnerte er sie ein wenig an eine Bulldogge. Dazu das kantige Gesicht und das kurz rasierte Haar. Annette stellte sich vor, wie er in einem Boxring stand.

»Was wir sicher wissen, ist, dass Ihr Mann erstickt ist. Verursachender Gegenstand war die Krawatte, die um seinen Hals gebunden war. Noch dazu war er gefesselt, und er befand sich in einem Raum im Keller Ihres gemeinsamen Hauses, der einem Sadomaso-Studio gleicht. Was ist Ihre Theorie?« Der Kommissar lehnte sich zurück und fixierte Annette mit seinen Blicken. Annette schaute überall hin, auf den Tisch, auf die nackten Wände, nur nicht auf den Kommissar.

»Ich ...«, stammelte sie, »woher soll ich das wissen? Mein Gott, ja, er hatte spezielle sexuelle Vorlieben, deshalb hatte er sich dieses Zimmer eingerichtet.« Abrupt unterbrach der Kommissar sie.

»Er hat sich ein eigenes Zimmer eingerichtet und nicht Ihr gemeinsames Schlafzimmer dafür verwendet. Ging Ihr Mann fremd?« Wieder dieser forschende Blick.

»Mein Mann und ich führten eine offene Beziehung«, entgegnete Annette kühl. Der Kommissar erwiderte nichts, blickte sie nur an. Die Stille wurde unerträglich. Annette redete weiter.

»Es erregte ihn, zu dominieren und Schmerzen zuzufügen. Da er diese Seite nicht mit mir ausleben konnte, erteilten wir uns gegenseitig einen Freischein.«

»Den er offensichtlich ausnutzte«, unterbrach Kommissar Winter sie barsch. Annette schwieg. »Wie war es bei Ihnen?«

Annette lehnte sich nach vorne, stützte die Arme auf dem Tisch ab.

»Was hat denn das mit seinem Tod zu tun?«, fragte sie aufgebracht.

»Das kann ich Ihnen sagen. Liebe und Eifersucht sind die stärksten Motive. Wo waren Sie vergangenen Samstag zwischen 14 und 18 Uhr?« Winter starrte ihr in die Augen. Annette sank zurück in ihren Stuhl, verschränkte die Arme.

»Ich war von 14 bis 15 Uhr beim Friseur und bin dann direkt zu meiner Freundin gefahren.« Sie versuchte, seinem Blick standzuhalten, schaute aber nach wenigen Sekunden zur Seite. Er reichte ihr Stift und Papier.

»Das werden wir natürlich überprüfen. Schreiben Sie hier Namen, Adresse und Telefonnummer Ihres Friseurs und Ihrer Freundin auf.«

Erschöpft betrat Annette ihr Haus. Sie war nach dem Verhör laufen gegangen. Das hatte sein müssen. Eine Stunde an nichts denken. Sie stützte sich mit einer Hand am Esstisch ab und dehnte ihre Waden. Jetzt kamen sie wieder, die Erinnerungen. Das Gefühl der Demütigung, weil sie ihrem Mann nicht genug gewesen war. Sie war kein bisschen devot, dennoch hatte sie versucht, sich für Michael zu verstellen. Er hatte sie sogar geschlagen, nur um seine Lust weiter zu steigern. Sie erinnerte sich an den Tag, an dem sie ihm gesagt hatte, dass sie sich auf keines seiner Sexspielchen mehr einlassen würde. Er hatte verständnisvoll reagiert. Und dann hatte er ihr eröffnet, dass er seine Neigung mit anderen Frauen ausleben würde. Er könne das nicht unterdrücken und sie müsse das verstehen. Eines Tages war sie in das Kellerzimmer gegangen, in dem er seine Eisenbahn aufgebaut hatte. Er hatte riesige Landschaften erstellt und dann stundenlang dabei zugesehen, wie die kleinen Loks hindurchfuhren. Kaum hatte sie die Tür geöffnet, war sie erstarrt. Da war keine Eisenbahn mehr. Stattdessen stand ein riesiges Bett in der Mitte des Raums, eines mit Drahtgestell, an das man jemanden fesseln konnte. An den Wänden hingen Peitschen und andere Gegenstände, von denen sie gar nicht wissen wollte, wozu sie dienten. Leise hatte sie das Kellerzimmer geschlossen und dieses Wissen in den hintersten Winkel ihres Gehirns verbannt, ebenso wie die Tatsache, dass Michael und sie kaum noch

Sex hatten. »Ich stehe nunmal nicht auf Blümchensex«, hatte er gesagt und sie seitdem kaum berührt.

Dann war da noch diese andere Erinnerung. Die Erinnerung an vergangenen Samstag. Sie hatte nach dem Friseur in die Stadt gehen wollen zum Einkaufen. Doch dann hatten sie Kopfschmerzen geplagt und sie war direkt nach Hause gefahren. Michael hatte frühestens um 19 Uhr mit ihr gerechnet. Nun war sie hier, über drei Stunden zu früh. Auf dem Weg durch den Keller hörte sie ein Röcheln aus seinem Zimmer kommen. Zögerlich ging sie auf die Tür zu. Sie stand offen. Sie hatte Angst, was sie erblicken würde. Es war das eine zu wissen, dass Ihr Mann sie betrog. Wenn Sie es sehen würde, würde es immer schwerer werden, ihre Augen davor zu verschließen. Die Fassade für die Nachbarn aufrecht zu erhalten. Sie setzte einen Fuß ins Zimmer. Da lag er, neben dem Bett, gefesselt und halb erhängt. Sein Atem kam röchelnd. Schnell lief sie zu ihm, lockerte die Krawatte.

»Michael, was ist passiert?« Er sah sie mit einem schwachsinnigen Grinsen an, das sie erst einmal bei ihm gesehen hatte. Danach hatte sie sich geweigert, sich noch einmal von ihm misshandeln zu lassen.

»Geil ... war kurz weg ... wo ist Ina?« Ohne Vorwarnung wurde sie von eiskalter Wut gepackt. Sie dachte nicht darüber nach, was sie tat. Mit einem Ruck zog sie den Knoten der Krawatte wieder zu. Sein Körper bäumte sich auf. Sie flüchtete aus dem Zimmer nach oben. Saß eine Ewigkeit im Wohnzimmer. Schließlich rief sie die Polizei an und meldete den Fund ihres toten Ehemannes.

Wieder saß sie dem Kommissar gegenüber. Wieder fühlte sie sich von seinen Blicken durchbohrt. Er hielt sie für eine Mörderin, das konnte sie spüren. Diesmal stand kein Diktiergerät auf dem Tisch. Kommissar Winter räusperte sich.

»Frau Neumann, so wie es aussieht, haben wir den Täter.« Sie zuckte zusammen. Schaute kurz zu ihm, dann zur Seite. Er konnte es nicht wissen. Bärbel hatte ihr versichert, dass sie ihr Alibi der Polizei gegenüber bestätigt habe. Der Kommissar fuhr fort.

»Es handelt sich um eine junge Frau, die seit einigen Wochen eine sexuelle Beziehung mit ihrem Mann hatte.« Wieder dieser forschende Blick. Annette versuchte, keine Reaktion zu zeigen. »Bei Würgespielen sei er plötzlich ohnmächtig geworden und sie habe daraufhin Panik bekommen und sei aus dem Haus geflüchtet. Das Ganze wird natürlich zunächst geprüft, aber wenn es sich als wahr herausstellt, wird sich die Dame wegen fahrlässiger Tötung und unterlassener Hilfeleistung verantworten müssen. Es tut mir sehr leid, Frau Neumann.« Wortlos nickte Annette, verließ das Gebäude und fuhr nach Hause.

Seit zwei Stunden saß sie nun schon auf dem Sofa, ohne sich zu regen. Sie hatte es gewusst, aber es zu hören war trotzdem schwer gewesen. Zum hundertsten Male versuchte sie sich mit dem Gedanken abzulenken, dass sie es geschafft hatte. Sie hatte ein Alibi, noch dazu gab es eine Geständige, die tatsächlich dachte, sie hätte Michael umgebracht. Sie brauchte sich keine Sorgen mehr zu machen. Dennoch ließ sich ein ungutes Gefühl nicht abschütteln. Die Türklingel ließ sie aufschrecken. Erst versuchte sie diese zu ignorieren, aber sie schrillte aufdringlich immer wieder, bis sie schließlich aufstand und die Tür öffnete. Sie erstarrte. Vor ihr stand Alex, Bärbels Mann. Er schob sich an ihr vorbei ins Haus. Sie folgte ihm ins Wohnzimmer. Er drehte sich um und musterte sie. Annette kam sich vor wie eine Kuh auf dem Viehmarkt, die kurz davor war, gekauft zu werden.

»Ich könnte Bärbel dazu bringen, der Polizei zu sagen, dass sie für dich gelogen hat. Ich könnte das tun, ohne dass sie mitbekommt, dass ich überhaupt davon weiß. Du weißt, wie leicht sie sich von mir beeinflussen lässt.«

Annette starrte ihn an.

»Ich war es nicht. Die Polizei hat ihren Mörder«, sagte sie schließlich tonlos.

Er lachte. »Wir wissen beide, dass du es warst. Du strahlst ein schlechtes Gewissen aus. Was meinst du, was die Polizei davon hält, wenn dein Alibi plötzlich platzt? Sie werden sich fragen, warum du gelogen hast. Sie werden es herausfinden.« Er ging auf sie zu und legte seine Hände auf ihre Schultern.

»Ich kenne dich, Annette. Du willst nicht ins Gefängnis. Das wäre das Schlimmste für dich.« Seine Daumen kreisten über ihre Haut, knapp über ihrem Dekolletee.

»Was willst du?«, flüsterte sie.

»Michael hat mir einmal von seinem Kellerzimmer erzählt. Er geriet richtig ins Schwärmen. Wie er darin stundenlang spielt und am liebsten gar nicht aufhören würde.« Er unterbrach sich und strich mit der Hand über ihren Busen, dann zwickte er in ihre Brustwarze. Sie zuckte zusammen. »Ich fand dich schon immer attraktiv, das weißt du.«

»Du bist der Mann meiner besten Freundin«, stieß Annette hervor.

»Und wenn du artig bist, bleibt das auch so. Dass sie deine beste Freundin ist.« Er lachte. »Sie wird nicht erfahren, wie sehr du ihre Gutgläubigkeit ausgenutzt hast. Und jetzt sei brav und komm mit mir nach unten. Du warst ein böses Mädchen und hast Strafe verdient.«

Annette presste die Lippen aufeinander. Spielerisch schlug Alex auf ihren Hintern. Wütend erhob Annette ihre Hand. Als sie in seine Augen blickte, ließ sie die Hand sinken. Mit gesenktem Kopf setzte sie einen Fuß vor den anderen und stieg gefolgt von Alex die Treppe hinab.

Das Böse im Spiegel

Björn Sünder

Die Neonröhre im Badezimmer flackerte. Tim starrte in den Spiegel. Das Gesicht, das er im Spiegel sah, war nicht sein eigenes. Ein ganz anderer sah ihm aus dem Spiegel entgegen. Tim drehte sich herum und blickte in das Bad. Sogar den Schrank mit den Handtüchern schob er zur Seite. Er bückte sich auch unter das Waschbecken. Doch es war niemand zu finden. Er wandte sich wieder dem Spiegelbild zu. Es hatte sogar dieselbe Narbe an der Unterlippe. Tim hatte sich mit dem Rasiermesser seines Vaters bei der ersten Rasur geschnitten. Unbewusst fuhr Tim über seine Narbe. Der Fremde tat das gleiche, genau das gleiche. Tim wusste, dass ihn der andere nur hereinlegen wollte. Es war genauso wie in einem Bugs Bunny Cartoon. Tim fing an, schnelle, plötzliche Bewegungen und Verrenkungen zu machen. Er wedelte mit den Armen und schnitt Grimassen. Der andere wiederholte alles exakt genauso und zur selben Zeit wie Tim. So als wäre er tatsächlich sein Spiegelbild. Doch es gab nur einen Unterschied: die blauen Augen auf der anderen Seite waren kalt wie Eisberge.

»Wer bist du?«, fragte Tim und beugte sich nach vorne. Der Mann auf der anderen Seite grinste.

»Weißt du das nicht mehr?«, erwiderte der Fremde und ein spöttischer Unterton lag in seiner Stimme. »Das enttäuscht mich. All den Spaß und Unsinn, den wir beide angestellt haben. Fenster einwerfen. Autos anzünden, Katzen quälen. Oder wie wir deine Eltern umbrachten. Schon vergessen, wie wir deine Mutter in der Wanne unter Strom setzten? Mann, die hat vielleicht gezappelt. Haben die Seelenklempner wirklich so gute Arbeit geleistet, dass du deinen alten Freund nicht mehr erkennst?«

Tim riss die Tür des Spiegelschranks auf.

»Du warst ein ganz schlimmer Junge und hast vergessen, deine Tabletten zu nehmen. Oder vielleicht wolltest du sie gar nicht mehr nehmen?«

Tim hörte die Stimme immer noch. Gedämpft kam sie hinter der geöffneten Tür des Arzneischrankes hervor.

»Jetzt kannst du mich nicht mehr leugnen, mich abschieben. In all den Jahren, in denen du brav deine Medizin genommen und gedacht hast, du würdest dein Leben leben, war ich da. Ich war immer da. Wir sind eine Einheit. Hast du wirklich geglaubt, ich lasse dich so schnell los?«

Tim schloss die Tür wieder. Er wollte die volle Packung Tabletten nicht sehen. Nach all diesen Jahren war er wieder ausgebrochen. Imt war wieder da. Tim spürte, wie sich sein Mittagessen vom Magen nach oben drückte. Er übergab sich in das Waschbecken. Es klopfte an der Badezimmertür.

»Tim, mach schnell, ich muss dringend pinkeln!« Seit ihrer Schwangerschaft rannte Molly zig Mal am Tag und in der Nacht auf die Toilette. Warum musste sie ausgerechnet jetzt auftauchen? Tim sah, wie Imt die Tür böse anstarrte. Das fahle Neonlicht riss die Konturen seines Gesichtes scharf nach.

»Tim«, sagte Imt in einem ruhigen und sachlichen Tonfall, »bring die Kleine um. Die habe ich noch nie gemocht, diese dumme Schlampe.«

Tims Hände verkrampften sich um das Waschbecken. Er schüttelte den Kopf.

»Bitte zwing mich nicht dazu, Imt! Sie ist meine Frau.«

»Aus dir ist ein Waschlappen geworden, ein Pantoffelheld. All die langen Jahre habe ich dich beobachtet. Habe dir dabei zugesehen, wie du dich von einer Therapie zur nächsten geschleppt hast. Du hast mich in Ketten gelegt und mich tief in den Kerker gesperrt. Hast geheiratet und mit der süßen Molly ein Kind gemacht. Mann, was für ein Spießbürger! Jetzt bin ich wieder da und du machst, was ich dir sage!«

Tims Hand zitterte, als er zu dem Rasiermesser seines Vaters griff.

»So ist es recht«, sagte Imt. »Lass auch warmes Wasser in die Badewanne. Wir lassen es wie Selbstmord aussehen, wie bei deinem Vater.«

»Sprichst du mit mir?«, fragte Molly.

»Mit niemandem, mein Schatz.« Tim schielte zum Spiegelbild. Er öffnete den silbernen Hahn an den Armaturen der Badewanne. Wasser schoss dampfend heraus. Tim schaute auf die Rasierklinge in seiner Hand und dann wieder zu den glänzenden Armaturen. Auch dort spiegelte sich Imts Gesicht.

»Schön heiß muss es sein, damit das Blut schnell aus den Adern fließt. Sie wird schnell verbluten und wird nicht leiden. Nicht so sehr wie deine Mutter, als das Radio am Badewannenrand ins Wasser fiel. Die Behörden glaubten wirklich an einen Unfall.«

Tim streckte die Hand nach der Badezimmertür aus. Schweiß rann ihm über das Gesicht und er ballte mehrmals die Hände zu Fäusten. Doch schließlich umfasste er den Griff der Tür. Durch seinen Schweiß wurde der Griff ganz rutschig. Nach zehn Sekunden, die sich für Tim wie eine Ewigkeit hinzogen, hatte er den Kampf verloren. Er riss die Tür auf.

»Willst du ein Bad nehmen?«, fragte Molly und kam in das Badezimmer. Hinter ihr verriegelte Tim die Tür. »He! Raus hier.

Ich muss pinkeln und lass dich dabei bestimmt nicht zusehen. Und was hast du denn da ins Waschbecken ...«

Er packte Molly an den Handgelenken. Sie begann zu schreien und wehrte sich. Tim zog sie zur Badewanne.

»Und denk daran, einen Abschiedsbrief von ihr zu verfassen. Das übliche, oh ich halte das alles nicht mehr aus und so etwas«, sagte Imt.

Hinter der Tür drangen nur noch das Schwappen des Wassers und gedämpfte Schreie hervor. Dann wurde es ganz still und ein schrilles Lachen war zu hören.

Ein heißer Auftrag

Bianca Heidelberg

Aus dem Café drang das Brummen der Kaffeemaschine. Die Füße vieler Tauben klackerten über den Asphalt, die Schnäbel pickten nach herumliegenden Krümeln. Eine einzelne Dame saß gebeugt auf der Terrasse des Cafés und starrte auf die Zeitung, die vor ihr lag. Ihre schwarze Bluse hing schlaff um ihre dürren Schultern. Der schwarze Hut saß schief auf ihren kinnlangen, schwarzen Haaren. In ihren Augenwinkeln verzweigten sich Falten zu einem feinen Netz.

Eine pummelige Frau mit knallroter Igelfrisur und viel zu großer Sonnenbrille näherte sich mit forschen Schritten und setzte sich auf den freien Stuhl gegenüber.

»Mein Beileid, Ingrid Siedenburg«, sagte die Rothaarige in ironischem Tonfall. Der Blick der Angesprochenen hob sich langsam.

»Kennen wir uns?«

Der Kellner kam und stellte eine Tasse Kaffee auf den Tisch.

»Was darf ich Ihnen bringen?«, fragte er an die Rothaarige gewandt. Diese wedelte mit der Hand, als wollte sie ein lästiges Insekt vertreiben.

»Zisch ab«, sagte sie. Der Kellner verschwand mit pikiertem Blick im Café. Die Rothaarige schnippte einen nicht vorhandenen Krümel vom breit gezogenen Gesicht der Minnie Mouse, die auf ihrem pinkfarbenen Top prangte. Dann ergriff sie wieder das Wort.

»Ich wusste, dass du mich nicht erkennen würdest. Du saßt schon immer auf einem zu hohen Ross. Hast mich wohl schon lange vergessen. Aber dein hohes Ross hat dich abgeworfen, nicht wahr? Dein letzter Saunabesuch hat schlimm geendet. Wenn du wüsstest, wie schlimm! Aber ich will dich nicht dumm sterben lassen.« Die Rothaarige lachte, bevor sie fortfuhr. »Ich war auch in der Sauna an diesem Tag. Wir haben uns sogar zusammen von diesem Tarzan-Verschnitt mit seinem Handtuch vor der Nase rumwedeln lassen. Ein Jammer, dass er ein Handtuch um seine Lenden gewickelt hatte. Ich hätte zu gern mal gesehen, ob er untenrum auch so gut gebaut ist.«

Die Rothaarige nahm den Kaffee der anderen zur Hand, trank einen Schluck daraus und verzog das Gesicht.

»Der ist ja zum Einschlafen«, sagte sie.

Ingrid Siedenburg runzelte die Augenbrauen.

»Sie waren also in der Sauna und haben an einem Aufguss partizipiert«, sagte sie ungeduldig. Die Rothaarige lachte.

»Partizipiert«, sagte die Rothaarige mit affektierter Stimme. »Du redest also immer noch so bescheuert wie früher. Jetzt hör zu und unterbrich mich nicht dauernd.« Sie zündete sich eine Zigarette an. Ingrid Siedenburg zog die Nase kraus und hüstelte. Die Rothaarige sprach ungerührt weiter.

»Hast du aus der Sauna heraus auch den Latin Lover mit seiner Puta schäkern sehen? Ach nee, das konntest du ja gar nicht von deinem Platz aus. Die Schlampe hat 'ne Show abgezogen, weil die Dusche kalt war. Da hat er seine Arme um sie gelegt, so dass sein Schwanz sich an ihrem Arsch gerieben hat, und hat sie unter die Dusche gezogen. Die hat gequiekt wie'n Schwein. Ich dachte schon, der Typ kriegt dabei 'nen Steifen.«

Ingrid Siedenburg machte den Mund auf und zu wie ein Fisch auf dem Trockenen. Die Rothaarige sprach unbeirrt weiter.

»Hättest du nicht auch gern mal wieder so 'nen jungen Hengst zwischen deinen Beinen? Immer nur die alten Böcke, bei denen man sich 'nen Tennisarm rubbeln muss, bevor es losgehen kann, die bringen's doch nicht mehr!«

Ingrid Siedenburg stand mit hochrotem Gesicht auf. »Also, das höre ich mir nicht länger an«, sagte sie, nahm ihre Handtasche und wandte sich zum Gehen.

»Du willst doch wissen, warum deine Tochter sterben musste«, sagte die Rothaarige ruhig und blickte die andere herausfordernd an. Wie in Trance legte diese ihre Handtasche ab und setzte sich wieder an den Tisch, die Füße nebeneinander gestellt wie eine artige Erstklässlerin. Die Rothaarige nahm einen tiefen Zug von ihrer Zigarette und fuhr fort zu reden.

»Deine tolle Kim! Vielleicht wär sie mal so geworden wie diese alte Kuh in der Sauna, mit Ringen durch die Nippel und in der Ritze.«

Ingrid Siedenburg starrte stumpf vor sich hin. »Zur Sache bitte, sonst verlasse ich diesen Ort.«

Die Rothaarige schaute sie grinsend an, dann seufzte sie gespielt.

»Du bist aber auch kein bisschen belastbarer geworden, Schätzchen. Ich hab euch in der Sauna beobachtet. Dich, deine dich hassende Tochter und die unfreiwillige Anstandsdame. Oder hast du etwa gedacht, deine Tochter lädt dich und deine alte Freundin zum Spaß in die Sauna ein? Nein, sie brauchte einen Zeugen. Jemanden, der bestätigen konnte, dass sie keine Möglichkeit hatte, sich an deinem Wasser zu schaffen zu machen.«

»Das ist eine Unverschämtheit! Hören Sie sofort mit Ihren Unterstellungen auf!«, rief Ingrid Siedenburg. Die Rothaarige warf ihren glühenden Stummel auf den Boden. Zwei Tauben rannten darauf zu, drehten aber ab, als sie merkten, dass es nichts Essbares war.

»Ist es nicht so, dass sie unbedingt wollte, dass deine Freundin mitkommt? Und das, obwohl sie sonst immer genervt war von ihr? Das kleine Biest hat dir eine Profikillerin auf den Hals gehetzt. Eine verdammt gute noch dazu.« Stolz schwang in ihrer Stimme mit.

»Ich glaube Ihnen kein Wort«, sagte Ingrid Siedenburg tonlos, machte aber keine Anstalten zu gehen.

»Ich hab dich sofort erkannt auf dem Foto, das sie mitgebracht hatte. Und als du mich in der Sauna in deiner Ignoranz nicht erkannt hast, stand für mich fest, dass ein einfacher Tod nicht Strafe genug ist für dich. Der Blutdrucksenker landete nicht in deiner Wasserflasche, sondern in ihrer. Die Hälfte des Geldes hab ich ohnehin als Anzahlung bekommen, und auf den Rest hab ich gern verzichtet. Nur um dein Gesicht zu sehen, genau in diesem Augenblick, in dem du erfährst, dass deine geliebte Tochter nicht nur tot, sondern eine Mörderin ist.« Sie lehnte sich in ihrem Stuhl zurück und studierte zufrieden das Gesicht der anderen.

»Wer sind Sie?«, flüsterte Ingrid Siedenburg mit erstickter Stimme. Die Rothaarige nahm ihre Sonnenbrille ab. Jadegrüne Augen kamen zum Vorschein, die sich zu Schlitzen verengten. Ingrid Siedenburg beugte sich ein Stück vor und betrachtete das Gesicht gründlich.

»Blonde, lange Haare«, ergänzte die Rothaarige. »Hab die Schule nach der neunten verlassen.« Ingrid Siedenburgs Augen weiteten sich vor Überraschung.

»Susanne?«, fragte sie ungläubig. Die andere klatschte betont langsam in die Hände.

»Glückwunsch! Du hast die Frau erkannt, der du zu Schulzeiten nicht nur einen, nein, gleich zwei Freunde ausgespannt hast.«

»Aber ... wir waren doch Kinder!«

Die Rothaarige schnaubte.

»Ich war schon lange keine Jungfrau mehr. Dass du so prüde warst, habe ich erst hinterher erfahren.« Sie lachte. »Ja, ich habe beide wieder in mein Bett gekriegt, und danach habe ich sie abserviert.«

Der Kellner warf gerade einen Blick aus dem Café. Die Rothaarige hob den Arm und rief:

»Zwei Cognac, aber zackig!« Der Kellner nickte, verschwand im Gebäude und erschien kurz darauf mit zwei Gläsern auf einem Tablett.

»Bitte sehr, die Damen«, sagte er, während er die Gläser abstellte.

»Ja ja, schon gut«, erwiderte die Rothaarige ungeduldig. Während der Kellner sich Richtung Café entfernte, holte sie ein Fläschchen aus ihrer Hosentasche und leerte den Inhalt in das Glas der anderen. Sie erhob ihres, als wolle sie anstoßen, aber Ingrid Siedenburg starrte regungslos auf die wabernde Flüssigkeit. Die Rothaarige lachte.

»Nimm es wie eine Dame. Schon Cleopatra hat sich vergiftet, als sie das Leben nicht mehr ertrug. Cheerio!«, sagte sie gutgelaunt und kippte den Inhalt ihres Glases in einem Zug in ihre Kehle.

Ingrid Siedenburg griff mit zitternder Hand nach ihrem Glas, verharrte aber auf halbem Weg.

»Du schaffst das schon, Schätzchen«, sagte die Rothaarige, zwinkerte ihr zu und verließ ihren Platz.

Tauben flatterten auf, als ein Glas auf dem Boden zerbarst und eine Dame mit schwarzem Hut von ihrem Stuhl kippte.

Nora

Björn Sünder

Es stank. Es stank nach fauligem Fisch, zerbrochenen Träumen und Einsamkeit. Über diesen allgegenwärtigen Gestank des Hafens hatte sich der süßliche Geruch des Opiums gelegt, der aus den unzähligen Drogenhöhlen der Chinesen drang. Maximilian Fox saß im Café Royal und hatte die Beine locker übereinander geschlagen. Eine indische Zigarette klemmte zwischen seinen langen, dünnen Fingern. Auf dem runden Tisch vor ihm stand eine Tasse mit Earl Grey. Eine Ausgabe der Times lag ausgebreitet vor ihm. Maximilian überflog die Ergebnisse der letzten Pferderennen.

»Verdammt!«, sagte er und faltete die Zeitung wieder zusammen. In letzter Zeit hatte er zu oft auf das falsche Pferd gesetzt. Er lehnte sich in seinem Stuhl zurück, schloss die Augen und lauschte auf die hektischen Schritte der Kellner, die hin und her gingen. Trotz des späten Herbstnachmittags war das Café gut besucht. Die Gespräche der Gäste waren laut und übertönten beinahe das Branden der Wellen, die gegen die Kaimauern schlugen. Der Geruch nach Salzwasser und Versagen war allgegenwärtig. Seit dem Ende des Ersten Weltkrieges ging es mit der einst so stolzen Hafenstadt Kings Sword bergab. Hierher kam man nur, um zu sterben, aufzugeben oder in einer der Drogenhöhlen das Vergessen zu suchen. Aber nicht um zu leben. Maximilian öffnete wieder die Augen. Der Hafen bot ein heruntergekommenes Bild. Ein Dampfschiff, das nur noch vom Rost und vom guten Willen des Besitzers zusammengehalten wurde, lehnte sich schutzbedürftig an zwei Lastensegler. Zwei Matrosen sprachen mit einer Prostituierten und andere verschwanden in den Opiumhöhlen der Chinesen. Nach dem Gespräch würde er auch in eine solche Höhle gehen und das süße Vergessen suchen. Doch alles Opium dieser Welt würde nicht helfen, jene schreckliche Nacht vor fünf Jahren aus seinem Gedächtnis zu tilgen. Die Erinnerung kam immer wieder, wie ein treuer Hund. Er nahm noch einen langen Zug von seiner Zigarette und griff nach der Teetasse. Plötzlich durchzuckte ein heftiger Schmerz seine rechte Schulter, wie ein Blitz, der ganz kurz das Dunkel der Nacht zerriss. Maximilian hielt seinen Arm ruhig ausgestreckt, wie es die Ärzte ihm gezeigt hatten. Während das Pochen langsam abnahm, erinnerte er sich wieder. Es war an einem Tag während der Somme-Offensive geschehen, als ihm eine deutsche Kugel die rechte Schulter durchschlagen hatte. Das friedliche Gesicht des jungen Deutschen tauchte wieder in seinem Geist auf. Es hatte so friedlich ausgesehen wie das Gesicht eines Engels. Bevor dann die Dunkelheit nach ihm gegriffen hatte, hatte er noch die Worte von den Lippen des Deutschen abgelesen, die Worte, die er niemals vergessen würde: *Fahr zur Hölle!*

Maximilian kontrollierte sein Aussehen im gegenüber hängenden Wandspiegel. Ein dürres, mageres Gesicht starrte aus tief eingesunkenen Augen zu ihm zurück. Die Haut spannte sich wie altes Pergament über seine Gesichtsknochen. Doch Anzug und Krawatte saßen perfekt, und als er sich über die glatt rasierten Wangen strich, war er zufrieden. Von seiner dunkelgrauen Hose strich er einige Tabakflocken. Dann sah er wieder nach oben, durch das gegenüberliegende Fenster. Eine elegante, von zwei Pferden gezogene Kutsche hielt. *Das ist typisch für Nora Winter*, dachte Maximilian. Obwohl die Zeiten des Automobils schon lange angebrochen waren und es motorisierte Mietdroschken, sogenannte Taxis, gab, kam sie mit einer Kutsche. Es war ein Zeichen ihres Reichtums und ihrer Arroganz, sich dem neuen Zeitgeist zu widersetzen. Sie stieg aus, gekleidet in helle Reithose und Stiefel. Ihr Haar war so rot wie ein irischer Sonnenuntergang und ihre Haut weiß wie ein Leichentuch. Gegen die Kühle des frühen Herbstes trug sie einen eng anliegenden Mantel. Sie sprach kurz mit dem Kutscher, der dick eingepackt auf dem Bock saß. Die beiden lachten über einen Scherz und Nora lächelte ihn an wie nur sie es konnte. Dann ging sie über das Kopfsteinpflaster des Hafens auf das Café zu. Sie bewegte sich mit der natürlichen Anmut einer Raubkatze, einer Tigerin, die in ihrem Revier war, in ihrem Dschungel die Königin. Dabei stieg sie über einen betrunkenen Matrosen und ging zielstrebig ihren Weg. Nora stieß die Flügeltüren auf, die sich hinter ihr andächtig schlossen. Kurz sah sie sich um und entdeckte Maximilian. Er stand auf, als sie auf ihn zukam.

»Guten Tag Mrs. Winter«, sagte Maximilian zur Begrüßung und küsste ihren Handrücken. »Vielen Dank, dass Sie auf meine Nachricht reagiert haben und mich hier treffen konnten.«

Nora lächelte ihn an. Ihr Lächeln ließ Maximilians Blut zu Eiswasser gefrieren.

»Schon gut«, erwiderte sie, zog ihre ledernen Handschuhe aus und warf sie auf den Tisch. »Sie sagten, es ginge um die Angelegenheit vor fünf Jahren. Eine unangenehme Sache, trotzdem haben Sie mich neugierig gemacht.« Maximilian nickte, half ihr aus dem Mantel und rückte ihren Stuhl zurecht. Dann setzte er sich ihr gegenüber und bot ihr von seinen indischen Zigaretten an. Elegant fischte sie eine heraus und klemmte sie sich zwischen die roten Lippen. Maximilian gab ihr mit einem flammenden Streichholz Feuer und beobachtete sie. Sie sah viel jünger aus als 32 Jahre, doch eine gewisse Härte in ihren Zügen ließ sie alt wirken. Als Maximilian wieder auf ihr rotes Haar blickte, dachte er an jene schreckliche Nacht zurück, die er nie vergessen würde. Es war ein kalter und nasser Novemberabend gewesen. Seine rechte Schulter war in Flammen gestanden, als er das blutverschmierte Zimmer in der Prince Albert Street betreten hatte. Die Leichen der Frau und des achtjährigen Sohnes hatten in der Mitte des Orientteppichs mit den ineinander verschlungenen Formen gelegen. Von den Köpfen der beiden Opfer hatte ein massiver Schmiedehammer nichts als eine rotgraue Brühe übrig gelassen. Dann diese blutigen Fingerabdrücke auf der fröhlichen Kindertapete und die roten Abdrücke von nackten Füßen vor dem offenen Fenster.

»Also, Inspector Fox, warum wollten Sie mich sprechen?« Nora zog an ihrer Zigarette. Maximilian schüttelte sich, dann schlug er die Zeitung auf und suchte einen bestimmten Artikel. Als er ihn gefunden hatte, schob er die Zeitung in Noras Reichweite.

»Dieser Artikel dort«, sagte Maximilian und tippte mit seinem langen Finger darauf, »hat mich wieder an Sie und die niemals aufgeklärte Tragödie der Familie Winter denken lassen. Wie dort steht, ist ihre Stieftochter Georgia, das einzige noch lebende Kind von John Winter, bei einem Segelausflug über Bord gegangen. Ihre Leiche wurde drei Tage später hier am Strand gefunden, vom Wasser ganz aufgedunsen und von Fischen angefressen. Ich möchte Ihnen die Details ersparen, aber mein Kollege von Kings Sword sagte mir, dass es wahrlich kein schöner Anblick gewesen sein soll.«

Nora beugte sich über die Times und überflog den Artikel.

»Ich war auf der Beerdigung, Inspector«, antwortete Nora. »Also, was wollen Sie von mir? Wie gesagt bin ich neugierig.«

Maximilian ließ einen Arm locker über die Stuhllehne fallen.

»Nun, wie bereits schon gesagt, als ich diesen Artikel las, musste ich wieder an jene Novembernacht vor fünf Jahren denken. Jene schreckliche Mordnacht, in der ich in das Haus von John Winter gerufen wurde, in den Winterpalast. Den Anblick der beiden Leichen, die mit einem Schmiedehammer bearbeitet wurden, die gespaltenen Schädel, werde ich mein ganzes Leben nicht vergessen. Ebenso wenig wie die blutigen Handabdrücke auf der fröhlichen Tapete des Kinderzimmers, wo sich der Täter abgestützt hat, oder die roten Fußspuren auf dem Orientteppich.« Während er seinen Tee trank, beobachtete er sie über den Rand seiner Tasse. Nora saß da wie eine griechische Statue. Keinerlei Regung war in ihrem Gesicht abzulesen.

»Ich kann mich noch sehr gut an jene Nacht erinnern. Wie Sie wissen, Inspector, war ich für die Erziehung des Sohnes und der älteren Tochter verantwortlich. Der Mord hat mich furchtbar getroffen. Sie haben mich damals befragt und auch Sie wissen, ich habe zur Tatzeit ein Alibi.«

Maximilian winkte ab, drückte seine Zigarette in den Aschenbecher und steckte sich eine neue in den Mund.

»Ich weiß. Sie waren als Anstandsdame für die Tochter Georgia bei einer Tanzveranstaltung im Crystal Garden. Mehrere Zeugen haben Sie dort gesehen. Der Weg zum Winterpalast zurück wäre viel zu weit gewesen, als dass sie ihn zu Fuß hätten bewältigen können. Außerdem hatten Sie ein ziemlich dünnes Abendkleid an und unpassende Schuhe. Und die Kutscher hätten sich an einen so bezaubernden Fahrgast, wie Sie einer ohne Zweifel sind, erinnert.«

Ein Ober mit einem weißen Dinnerjacket trat an den Tisch.

»Meine Dame, darf ich Ihnen etwas zu trinken bringen?«, fragte er. Nora blickte auf.

»Ich nehme auch einen Earl Grey«, antwortete sie und richtete ihre Aufmerksamkeit wieder auf Maximilian. Der Ober ging. »Warum wühlen Sie in dieser alten Wunde herum, Inspector? Das alles ist lange vorbei und wie Sie sicherlich wissen, bin ich jetzt mit John Winter verheiratet. Wir haben uns von dieser schrecklichen Nacht erholt und uns ein neues Leben aufgebaut.«

»Das habe ich nicht vergessen«, erwiderte Maximilian. »Sie haben sich ziemlich schnell in das noch nicht kalte Ehebett von John Winter bugsiert, dem Mann, der sich mit seinem Stahl ein Vermögen verdient hat und auch nicht davor zurückschreckte, während des Krieges mehrere Parteien zu beliefern.« Nora holte aus und gab Maximilian eine Ohrfeige. »Diese Nacht, Mrs. Winter, hat mich nie wieder losgelassen. Sie hat mich wie ein altes Gespenst in meinen Träumen verfolgt. Der Mörder hat auf dem linken Fuß gehinkt und es war ein Mann, was ich an der Höhe der blutigen Handabdrücke auf der Tapete erkennen konnte. Zudem hatte er sehr große Füße, die Spuren waren überall auf dem Orientteppich zu sehen. Zudem braucht man enorme Kraft, um so einen Schmiedehammer zu schwingen und die Schädel zum Platzen zu bringen als wären es zwei rohe Eier. Ich hatte Sie nie im Verdacht, irgendetwas mit den Morden zu tun zu haben. Bis ich vor zwei Jahren von Ihrer Hochzeit mit John Winter las. Da wurde mir schlagartig einiges klar, doch ich hatte keinerlei Beweise. Erst ein Besucher vor zwei Tagen konnte die letzten Unklarheiten der Tat beseitigen.«

Jetzt lächelte Nora leicht. Es war das Lächeln eines weißen Hais.

»Ich habe mich in dieser schweren Zeit um John gekümmert und war ihm Stütze und Trost. Dass wir uns verliebten, wer hätte das ahnen können?« Nora zog an ihrer Zigarette und blies den Rauch in das Gesicht von Maximilian. Dieser richtete sich auf.

»Vor zwei Wochen las ich dann in der Times etwas sehr Interessantes. Georgia hatte sich mit einem reichen Anwalt aus unseren ehemaligen Kolonien verlobt«, sagte Maximilian. »Sagen Sie es bitte, wenn ich mich irre, aber wäre nicht eine ziemlich hohe Summe in die Mitgift von Georgia geflossen?«

Nora lächelte wieder. Der Ober kam zurück und brachte eine dampfende Tasse Tee und dazu eine kleine Kanne mit Milch. Als er alles vor Nora abgestellt hatte, ging er wieder so schnell davon wie ein Pinguin, der vor einem Killerwal flüchtet.

»Wollen Sie mir etwa unterstellen, dass ich meine Stieftochter ins Wasser geworfen hätte, oder etwa, dass ich etwas mit dem Mord an Jennifer und dem kleinen Malone zu tun hatte?« Sie blies in ihre Tasse mit Tee. »Vor fünf Jahren war ich mit Georgia im Crystal Garden zum Tanzen aus. Vor zwei Wochen war ich nicht einmal an Bord der Iokaste, dem Segelschiff meines Mannes. Ich war mit meinem Gatten John in Seaport, um mich von einer schweren Grippe zu erholen. Das kann Ihnen mein Ehemann gerne bestätigen, und in der Mordnacht vor fünf Jahren, dafür gibt es wohl genug Zeugen. Sie sehen also, Inspector, ich bin unschuldig.«

Diese Frau ist so glatt wie ein Zitteraal, dachte Maximilian und zog wieder an seiner Zigarette. Die Spitze glühte auf wie die Positionslichter eines Schiffes.

»Wie ich Ihnen bereits sagte, war vor zwei Tagen ein Besucher bei mir. Jemand, den Sie sehr gut kennen. Dieser gemeinsame Freund hat auf dem linken Bein gehinkt, das habe ich gleich bemerkt, und seine Armmuskeln waren ziemlich stark. Außerdem hatte er den breitbeinigen Stand und Gang eines Matrosen.«

Noras weiße Gesichtshaut schien noch um eine Nuance heller zu werden. Sie stellte die Teetasse, die sie eben erst in die Hand genommen hatte, so abrupt wieder ab, dass der Tee auf die Untertasse schwappte. Maximilian fuhr fort.

»Ich weiß jetzt, dass Sie einen Halbbruder namens James Baker haben. Er war Ihr Komplize vor fünf Jahren und auch vor zwei Wochen. Er war der Kapitän de Iokaste. Er hat Ihre Stieftochter in das eiskalte Wasser gestoßen und half Ihnen auch, Jennifer und ihren achtjährigen Sohn umzubringen, damit Sie sich neben John Winter ins Bett legen konnten. Habe ich recht?«

Nora schnaubte verächtlich und schlug die Beine übereinander.

»James«, sagte sie und schüttelte den Kopf. »James war schon immer ein Versager gewesen. Er ist der Sohn einer wilden indischen Liebesnacht zwischen meinem Vater Colonel Baker und einer indischen Dienerin, als er dort in der British Indian Army gedient hatte. Eines Tages stand mein Vater mit James vor der Tür und sagte: ›Tochter, du hast jetzt einen Bruder und bist nicht mehr allein auf der Welt.‹ Ich habe James niemals gemocht. Seine dunkle Haut und diesen leicht asiatischen Einschlag in seinem Gesicht verabscheue ich. Er war für mich immer nur das Mittel zum Zweck. Seine Spielschulden, die er auf der Pferderennbahn anhäufte, zwangen ihn schließlich, in die Handelsmarine einzutreten, und so konnte er seinen Gläubigern entkommen. Doch auch im Ausland konnte er seine Finger nicht vom Wetten lassen und so stand er vor fünf Jahren wieder vor mir. Damals, als er wieder auftauchte, war ich bereits im Haushalt der Winters beschäftigt und so kam mir eine wunderbare Idee. Mit der Aussicht auf eine Menge Geld konnte ich meinen Bruder dazu überreden. Das Kinderzimmer dieses kleinen Balgs lag im ersten Stock. Ich ließ das Fenster dort in jener Nacht nur angelehnt und stellte eine Leiter daneben. Den Hammer brachte James mit und er erledigte die Tat. Jennifer war ganz allein mit ihrem Sohn im Haus. John war auf dem Festland. Nach dieser Nacht gab ich James das Geld und er verschwand wieder auf den Weiten des Ozeans, was mir nur Recht sein konnte.« Sie machte eine Pause und trank von ihrem Tee. »Vor vier Wochen dann stand er wieder vor meiner Tür. Er hatte in einer Zeitung von meiner Hochzeit gelesen und wollte ein Stück vom großen Kuchen haben. Also überredete ich meinen Mann, ihn als Kapitän der Iokaste anzuheuern. Sie glauben doch nicht etwa, dass ich das Erbe meines Gatten mit dem kleinen Miststück und ihrem Anwalt teile? Also habe ich James auf die süße Georgia angesetzt.«

Maximilian drückte seine Zigarette im Aschenbecher aus. Ein einsamer Rauchfaden ringelte sich nach oben an die Decke.

»Dafür werden Sie hängen«, sagte er. »James ist bereit, gegen Sie auszusagen, auch wenn ihm das selber den Strick einbringt. Er kann diese Taten nicht mehr mit seinem Gewissen vereinbaren. Doch auch Sie werden hängen. Bei Gott, ich freue mich schon darauf, Sie baumeln zu sehen und Ihnen dabei in die Augen zu sehen.«

Nora lachte laut schallend auf. Die Gäste des Café Royal sahen kurz von ihren Tischen auf.

»Inspector, Sie glauben doch nicht allen Ernstes, dass James noch lebt?«, fragte Nora und in ihren Augen blitzte es kurz auf. »Er ist mit einem rauchenden Loch in der Brust in die Weiten des Ozeans gegangen. Sie sehen also, heute haben Sie verloren.« Nora stand auf und nahm ihre Handschuhe. Dann beugte sie sich zu Maximilian und gab ihm einen langen, zärtlichen Kuss auf die Lippen. »Aber das muss Ihnen ja nicht gefallen.« Mit diesen letzten Worten ging Nora nach draußen. Noch einmal sah sie durch das Fenster zu Maximilian zurück und warf ihm einen Luftkuss zu. Dann verschwand sie in den heraufziehenden Nebelschwaden wie ein Schiff im Dunkel der Nacht. Maximilian barg sein Gesicht in den Händen.

»Mir bleibt immer noch das Opium«, sagte er und eine einzelne Träne rollte ihm langsam über die Wange.

Krimi ohne Ende

Bianca Heidelberg

»Das gibt es doch nicht!« Zacharias ließ das Fernglas sinken und winkte seine Frau ans Fenster. »Jeany, schnell, das musst du dir ansehen!«

Janine verdrehte die Augen, legte das Spültuch beiseite und schlenderte zum Fenster. Als sie neben ihrem Mann stand, spähte sie hinaus.

»Ich seh nichts«, sagte sie und wollte sich gerade umdrehen. Zacharias legte ihr die Hand auf den Arm und hielt ihr das Fernglas vor die Nase.

»Hier. Du musst in die Garage vom Bertsch schauen.« Janine entriss ihrem Mann das Fernglas, schaute kurz hindurch und gab es ihm zurück.

»Er bastelt. Das macht er dauernd«, sagte sie, während sie zur Spüle zurückging.

»Aber hast du nicht gesehen, womit er hantiert? Da liegt ein komischer Metallklumpen, daneben Akkus und er rührt irgendwas in einem Becher an. Und die vielen Kabel ...«

»Zacharias, was willst du damit sagen?«

»Er baut eine Bombe«, sagte Zacharias. Seine Frau stieß einen Seufzer aus.

»Zachi, er ist Modellbauer, das weißt du doch. Sicher bastelt er nur an einem Flugzeug.«

»Alles Tarnung«, sagte Zacharias überzeugt und hob wieder das Fernglas an.

»Was gibt es denn heute Gutes zu essen?« Zacharias beugte sich über den Topf, hob den Deckel an und sog die Luft ein. Seine Frau drückte den Deckel wieder auf den Topf und schob Zacharias zur Seite.

»Du isst doch sowieso alles«, sagte sie. »Aber wenn du es unbedingt wissen willst: es gibt Gulasch.«

»Das klingt gut«, sagte Zacharias und bezog wieder seinen Posten am Fenster. »Weißt du noch, der Pilzauflauf?«, fragte er, den Blick auf die Straße vor dem Haus gerichtet.

»Jetzt fang doch nicht mit dem alten Mist an«, schimpfte seine Frau und rührte wild im Topf herum.

»Immerhin kann ich jetzt überall erzählen, dass ich deine Kochkünste nur wegen meines robusten Magens überlebt habe«, sagte Zacharias und lachte.

»Mach dich nur lustig«, erwiderte seine Frau in gekränktem Tonfall. »Ich habe dir doch erklärt, dass ich für den Garten einen Fliegenpilz-Sud gegen die vermaledeiten Läuse ausprobieren wollte. Irgendwie muss sich ein Fliegenpilz in den Auflauf verirrt haben.«

»Du mit deinen verrückten Ideen!« Er lachte und Janine lief hochrot an. Beleidigt murmelte sie vor sich hin. Zacharias grinste.

Plötzlich erlosch sein Grinsen. Er stützte die Hände auf dem Fensterbrett ab und lehnte sich nach vorne.

»Da brat mir doch einer 'nen Gaul«, rief er. »Der Kehrer schlägt seinen Sohn.« Janines Kopf schnellte hoch.

»Was?« Eilig lief sie zum Fenster und schaute hinaus. »Wo ist er? Ich sehe nur seinen Sohn.«

»Siehst du nicht das blaue Auge von dem Knilch?«

»Doch, schon. Aber das kann er sich überall geholt haben. Sowas macht der Bernd doch nicht.« Zacharias drehte sich zu seiner Frau.

»Wenn du wüsstest, was ich im Polizeidienst schon alles erlebt habe. Da denkst du, in dieser Familie ist alles perfekt, und einen Moment später siehst du, wie der Vater seinen Sohn grün und blau geschlagen hat.« Janine verdrehte die Augen und entfernte sich vom Fenster.

»Und andere heiraten einen ganz normalen Mann und merken im Rentenalter, dass er nicht mehr richtig tickt. Unsere Kinder wollen uns schon gar nicht mehr besuchen, aber das fällt dir ja nicht auf.« Zacharias folgte ihr und legte einen Arm um ihre Taille.

»Ach, Jeany, jetzt schmoll doch nicht, nur weil ich wieder mit der Pilz-Geschichte angefangen habe. Du bist eine begnadete Köchin und außerdem immer noch genauso schlank und hübsch wie an dem Tag, an dem wir uns trafen. Und unsere Kinder haben eben ihr eigenes Leben.« Sie schob ihn von sich.

»Hör auf, dich rauszureden«, sagte sie und wandte sich wieder dem Topf auf dem Herd zu.

Im Wohnzimmer war es still bis auf das Schnarchen, das in unregelmäßigen Abständen von Zacharias kam. Janine lag mit offenen Augen auf dem Sofa und ließ ihre Daumen umeinander kreisen. Nach einer Weile setzte sie sich auf, nahm einen dicken Katalog vom Tisch und ließ ihn auf den Boden fallen. Ein lauter Knall ertönte. Zacharias schreckte mit einem Grunzen hoch und sah sich um. Janine hob den Katalog auf und blätterte darin herum.

»Ich werde dann mal die Steckdose austauschen, an der du mit dem Staubsauger hängengeblieben bist«, sagte Zacharias und erhob sich. Janine legte den Katalog beiseite und folgte ihrem Mann. Er ging zunächst in das Bügelzimmer und besah sich die Steckdose, deren Kunststoff zersplittert war. Dann öffnete er den Sicherungskasten, der gleich nebenan im Flur hing, und stellte nach kurzer Suche einen Schalter um. Janine schaute ihm dabei über die Schulter. Als er sich umdrehte, warf er einen kurzen Blick aus dem Fenster. Er verharrte.

»Bei uns werdet ihr kein Glück haben«, murmelte er.

»Was siehst du denn jetzt schon wieder?«, fragte seine Frau. Zacharias deutete auf ein Auto, das langsam an ihrem Haus vorbeifuhr.

»Diebe beim Ausspionieren der Lage«, flüsterte er. Janine seufzte.

»Das ist ein Pärchen, die sind bestimmt auf Verwandtschaftsbesuch und suchen die richtige Hausnummer.«

»Als Pärchen aufzutreten ist immer eine gute Tarnung. Bei dir wirkt es ja, wie man sieht«, sagte Zacharias. Seine Frau und er beobachteten das Pärchen noch eine Weile, bis das Auto schräg gegenüber hielt und die Insassen von Meiers herzlich begrüßt wurden. Janine schaute ihren Mann mit hochgezogenen Augenbrauen an.

»Und jetzt kümmere dich lieber um die Steckdose«, sagte sie in unfreundlichem Ton.

»Meiers könnten mit ihnen unter einer Decke stecken«, murmelte Zacharias, bevor er sich eilig entfernte. Janine hantierte am Sicherungskasten.

Wenig später kam Zacharias mit einem Werkzeugkoffer und einer neuen Steckdose in der Hand zurück. Er stellte den Koffer ab, nahm einen Schraubenzieher heraus und kniete vor der beschädigten Steckdose nieder. Janine ging an das andere Ende des Zimmers und beobachtete ihn erwartungsvoll. Zacharias' Hand mit dem Schraubenzieher näherte sich der Steckdose. Kurz bevor der Schraubenzieher die Steckdose erreichte, zog Zacharias die Hand zurück und kratzte sich am Kopf.

»Habe ich die Sicherung herausgedreht?«, fragte er mehr sich selbst als Janine. Seine Frau nickte eifrig.

»Natürlich hast du das, ich habe es gesehen.« Zacharias zögerte, dann erhob er sich.

»Vorsicht ist besser als Nachsicht, nicht wahr?«, sagte er fröhlich und ging zum Sicherungskasten. »Na sowas, ich hatte die Sicherung doch vergessen. Das hätte ins Auge gehen können«, sagte er, als er zurückkam. Er kniete sich wieder auf den Boden und begann mit der Arbeit.

»Zum Glück hast du nochmal nachgeschaut«, sagte seine Frau und verließ den Raum.

»Du glaubst doch selbst nicht, dass das alles Zufälle sind«, sagte Zacharias' alter Freund und Kollege Markus. Die beiden saßen wie jeden Montagabend an der Bar in ihrer Stammkneipe. Beide hatten ein Bier vor sich stehen und beobachteten unauffällig die neue Kellnerin.

»Ich weiß nicht, was du meinst«, sagte Zacharias und trank einen Schluck.

»Mir machst du nichts vor«, sagte Markus. »Nach 23 Jahren gemeinsamen Polizeidiensts kenne ich dich besser als meine Frau.«

»Exfrau«, sagte Zacharias.

»Exfrau«, brummte Markus und prostete Zacharias zu. »Diese zwei Buchstaben haben mich verdammt viel Kohle gekostet.«

»Dein Gejammer ist mir nicht entgangen«, sagte Zacharias und grinste seinen Freund an, dessen Blick nach wie vor an der Bedienung hing.

»Darum weißt du auch, was dich erwarten würde, wenn du dich von deiner Frau trennen würdest. Und da du deine Janine kennst, weißt du, dass sie sich niemals von dir trennen wird, denn dann würde sie nur die Hälfte bekommen. Sie will alles.«

»Ich habe keine Ahnung, worauf du hinaus willst.«

Markus drehte sich nun zu seinem Freund um und sah ihn eindringlich an.

»Du hattest auf dem Revier nicht umsonst den Spitznamen ›Die Nase‹. Du hast ein Gespür für Menschen und weißt sofort, wenn etwas faul ist. Nie liegst du daneben. Und jetzt tust du so, als würdest du nicht merken, dass deine Frau dich unauffällig beseitigen will. Du glaubst, dein guter Riecher schützt dich, bis sie den entscheidenden Fehler macht und sie hinter Gittern landet. Pass auf, dass dein Spielchen nicht nach hinten losgeht.«

Zacharias schnaubte. »Janine ist zwar manchmal ein Drache, aber sie würde mich nie umbringen.«

Markus lachte. »Ich bin nicht blind, Zacharias. Sie denkt, es ist ihr Wunsch, aber in Wirklichkeit tut sie das, was du willst. Denkst du etwa, ich habe nicht bemerkt, dass du ihr gegenüber den Spinner mimst? Ich stelle mich dir nicht in den Weg, aber pass auf mit dem, was du tust!«

Zacharias winkte der Bedienung und legte einen Schein auf die Theke. »Tut mir leid, Markus, aber ich muss los. Ich habe Janine versprochen, heute Abend auf dem Speicher nachzuschauen. Angeblich kommen von dort seit einigen Tagen seltsame Geräusche, die sie am Schlafen hindern. Bete für mich, dass der Boden stabil ist«, sagte er, zwinkerte seinem Freund zu und verließ die Kneipe.

Anmerkung der Autorin:
Ich liebe Kurzgeschichten mit offenem Ende, denn sie können sich in alle möglichen und unmöglichen Richtungen entwickeln. Jeder kann sich das für ihn passende Ende »zurechtspinnen«. Hat Markus Recht mit seiner Vermutung? Falls ja, wer wird das Spiel gewinnen? Zacharias? Janine? Beide? Keiner? Oder ein Dritter? Ist alles vielleicht ganz anders als es im Moment erscheint?

Ich lade euch, meine Leser, dazu ein, die Geschichte nach eurem Geschmack weiterzuentwickeln. Schickt mir eure Fortsetzung an kontakt@biancaheidelberg.de und teilt mir mit, ob ich sie auf meiner Homepage veröffentlichen darf. Die Ideen der anderen Leser und meine Vorstellung, wie es weitergeht, findet ihr unter www.biancaheidelberg.de/krimi-ohne-ende.

Hinter dem Spiegel

Björn Sünder

»Es sind schreckliche Albträume, die mich quälen.« Während ich das sage, kann ich kaum glauben, dass ich auf einer weiß bezogenen Couch liege. Und dass diese Couch ausgerechnet in dem Behandlungszimmer einer Psychologin steht. Typen, die zu solchen Ärzten rennen, habe ich immer für durchgeknallte Idioten gehalten, die selbst nicht mit ihrem Leben klarkommen. Jetzt bin ich selbst solch ein Idiot. »Und jede Nacht wird es schlimmer und schlimmer.« Unter meinem Rücken hat der Stoff der Couch Falten geworfen. Bei jeder noch so kleinen Bewegung, die ich mache, werden immer mehr und mehr Falten aufgeworfen, so als ob sich die Erdplatten verschieben und ganz neue Gebirge entstehen.

»Wann haben diese Albträume angefangen, Mister Morning?«, fragt mich die Psychologin Jessica Sands. Das klingt wie der Name einer Comicfigur aus dem samstäglichen Kinderfernsehen. Gott, wie habe ich diese Samstage geliebt. Der Name Jessica Sands steht auch in kursiv geschwungenen Lettern auf der Glastür. Eben diese Glastür wird von der Rückseite von einer tief stehenden Sonne beleuchtet. Der Schatten der Schrift kriecht wie ein verwundeter Soldat über den Boden, nur um dann am hinteren Ende der Wand zu sterben. Langsam drehe ich meinen Kopf zu Jessica. Ohne eine Regung in ihrem Gesicht erkennen zu lassen, blickt sie mich aus ihren hellgrünen Augen an. Wie alt sie ist, kann ich nicht sagen. Auf mich wirkt sie sehr jung. Jünger als ich mich mit meinen 42 Jahren fühle. Jessica sieht zu jung aus, um kompetent zu sein. Sie trägt einen grauen Bleistiftrock, der sich eng an ihren Körper presst. Helle, seidene Strumpfhosen bedecken ihre langen und sportlichen Beine. Sie sieht schlank und verdammt sexy aus. Sie anzugraben ist nicht der Grund, warum ich in ihre Praxis gekommen bin. Es war Zufall. Mein Büro liegt im selben Stockwerk und ich gehe jeden Morgen an ihrer Praxis vorbei. Als ich damals von meiner Dienstreise zurückgekommen war, ließ ich mir spontan einen Termin geben. Ich drehe meinen Kopf wieder in seine ursprüngliche Position zurück und starre erneut an die gelb gestrichene Decke, die mich an ein Heer von Eierschalen denken lässt. Oben kann ich eine schwarze Spinne ausmachen, die gemütlich zum Lüftungsschacht der Klimaanlage kriecht. Es scheint so, als hätte diese Spinne alle Zeit der Welt. Im Moment würde ich gerne mit der Spinne tauschen.

»Haben Sie sich schon einmal überlegt, sich ein oder zwei graue Strähnen ins Haar zu färben?«, frage ich Jessica.

»Weshalb fragen Sie mich das, Mister Morning?«

Das frage ich mich selbst und kann keine Antwort darauf finden. Es muss wohl daran liegen, dass sie sehr jung aussieht.

»Vergessen Sie, was ich gerade gesagt habe. Es ist nicht wichtig«, sage ich und überlege, wo ich am besten mit meiner Geschichte beginne. »Alles begann in Kanada, in der Stadt Trinton.« Ich bringe mich in eine aufrechte Position. Dabei versinke ich tiefer in das Sofa, so als ob ich in eine Grube mit Treibsand geraten bin. Jetzt thront Jessica vor mir wie eine Königin. Solchen faulen Zauber habe ich schon damals in der Kirche gehasst. Damals war ich Messdiener. Der Priester war ein verdammt guter Schauspieler. So ein guter, dass er eigentlich einen Oscar verdient hätte. Selbst unsere Eltern ahnten nicht das geringste von seiner Veranlagung. Damals vergaß ich in der Sakristei meinen

Rucksack und ich ging noch einmal zurück. Da erwischte ich den Priester. Johnny, einer meiner besten Freunde von damals, kniete vor dem Priester, der seine schwarze Stoffhose heruntergelassen hatte. Heute ist der Pfarrer nicht mehr am Leben. Ein grauer Ford erfasste den Priester vor zwei Jahren beim Überqueren der Straße und tötete ihn. Meinen grauen Ford habe ich vor zwei Jahren zum Schrotthändler gegeben. Was für ein Zufall.

Jessica beginnt mit ihrem Fuß zu wippen. So etwas finde ich sexy. Das Ticken der Wanduhr ist überdeutlich zu hören. *Ticktack, ticktack.* Ich stehe auf und beginne mit meiner Wanderung über den blauen Teppich. Dabei komme ich mir so verloren vor wie Odysseus auf dem Meer. Der Kugelschreiber von Jessica kratzt über den Notizblock. Ich frage mich, was genau sie dort notiert. In der rechten Ecke steht ein Meditationsbrunnen. Als ich das Rauschen des Wassers höre, verspüre ich Harndrang.

»Wenn Sie können, dann erzählen Sie von Anfang an«, sagt Jessica und streicht sich eine Strähne ihres schwarzen Haares aus dem Gesicht. Ihr Haar ist so perfekt getönt, dass es im richtigen Licht der Sonne violett schimmert. Die ganze Zeit stelle ich sie mir in türkisfarbener Unterwäsche vor. Ich trete an das große Fenster. Durch die Scheibe sehe ich nachdenklich auf die Pirate Lane hinab. Auf der längsten Straße von Petty Grove tummeln sich Autos wie Plankenboote auf einem chinesischen Fluss. In der Ferne kann ich das Café Marlowe ausmachen. So beginne ich.

Alles begann vor fünf Monaten. Meine Aufgabe in Trinton war es, bei einer großen Konferenz die Sicherheit aller Teilnehmer zu gewährleisten. Bei Global System Powers bin ich als Sicherheitschef tätig. Vor zwei Jahren hatte man mir diese Stelle angeboten. Vorher war ich als Detective bei der Mordkommission in

Harbor City. Ich war verdammt gut. Diesen Job machte ich zwölf Jahre. Dabei habe ich so viel gesehen und erlebt. Da ist irgendwann der Griff zur Flasche vorprogrammiert. Also setzte ich mich mit meiner Frau Megara zusammen und wir beschlossen, das Angebot von Global System Powers anzunehmen und von der kühlen Ostküste an die sonnige Westküste zu ziehen. Bei der Konferenz waren viele führende Politiker aus dem In- und Ausland angekündigt. Viele der Politiker wollten sich die neuste Generation von Brennstoffzellen ansehen, die meine Firma entwickelt und herstellt. Nun waren sie reif, in Autos eingesetzt zu werden. Die Konferenz war ein großer Erfolg. Wir hatten eine Bombenwarnung, die sich als falsch herausstellte, und zwei Teilnehmer von ölfördernden Staaten mussten des Hotels verwiesen werden. Im Rahmen der Sicherheitsvorbereitungen arbeitete ich eng mit der Managerin des Hotels zusammen. Ihr Name war Tatiana Romanoff. Sie war eine Exil-Russin und ihr Haar war so schwarz wie das Gefieder eines Raben. Und wie sie beim Sprechen immer das R rollte, so etwas finde ich unglaublich attraktiv. Sie lachte sehr oft über meine dummen Witze, suchte meine Nähe und nahm Körperkontakt auf. Durch ein Fenster sah ich, dass sich die Nacht bereits über die Stadt gesenkt hatte. Die lange Tagung war endlich zu Ende. Elvis – wie man bei uns in der Mordkommission so schön sagte – hatte das Gebäude verlassen. Tatiana kam auf mich zu. Sie trug einen eleganten schwarzen Rock und einen Blazer. Schnell hantierte ich an meinem Ehering herum. Gerade noch rechtzeitig bekam ich ihn von meinem Finger und ließ ihn in meiner Hosentasche verschwinden. Doch dann sah ich die auffällig weiße Stelle an meinem Ringfinger und fragte mich, was das jetzt gebracht hatte.

»He Tom«, sagte sie und lächelte mich an. Ihre Stimme und dieses Lächeln machten mich an. »Die Japaner wollen unten in der Lobby noch einen Sake trinken und dazu Karaoke schmettern. Hast du Lust mitzukommen?« Sie hakte sich vertraulich bei mir unter. Dabei kam sie mir so nahe, dass ich ihr Parfüm riechen konnten. Es war eine Mischung aus Versprechen und Verlangen. Das alles war so deutlich, dass ich es auf meiner Zunge schmecken konnte.

»Klar komme ich mit«, antwortete ich und verfluchte mich gleichzeitig dafür. »Ich bleibe bei Wasser.«

Sie dürfen das jetzt nicht falsch verstehen. Ich liebe meine Frau und unsere kleine Tochter. Doch bei solchen Konferenzen ist man wochenlang allein und dann genießt man jede Art von Gesellschaft. Die Japaner waren - wenn sie getrunken hatten - ein recht lustiges Volk. Irgendwie erinnerten mich die Japaner an die Deutschen. In meiner Jugend hatte ich ein halbes Jahr in Baden-Württemberg verbracht, in der Nähe von Ulm. Dort waren mir am Anfang alle so ernst vorgekommen. Bis ich dann auf eines der berühmt-berüchtigten Oktoberfeste mitgenommen wurde.

»Na sdorówje!«, sagte Tatiana und lallte dabei leicht. Ihre Wangen glühten rötlich. Sie lachte und kam näher und näher. Bis sich unsere Lippen berührten. Ich konnte ihre Zunge spüren, die sich einen Weg in meinen Mund bahnte. Während ihre Hand gierig zwischen meine Beine fuhr, versuchte ich unter ihren Rock zu kommen. Im Hintergrund konnte ich die Japaner lachen hören, als sie versuchten, »Like a Virgin« von Madonna anzustimmen. Nur langsam löste sich Tatiana von mir. Als ich sie ansah, schienen ihre Wangen eine Spur röter geworden zu sein. Ihre Lippen wanderten von meinen Lippen zu meinem Ohr.

»Gott, ich will dich haben«, flüsterte sie und nahm noch einen Schluck Sake. Die Japaner fingen wieder an zu singen. Gott, wie ich Karaoke hasse. Erwachsene Männer und Frauen geben sich dem Gespött preis. Tatianas Hand wanderte zu meiner und wieder kam ihr Mund dicht an mein Ohr.

»Ich will mit dir ins Bett.« Sie begann an meinem Ohrläppchen zu saugen. Dann stand sie auf. »Komm mit.« Ihrem sanften Zug folgend erhob ich mich ebenfalls. Hand in Hand gingen wir aus der Lobby. Der Kronleuchter hing so tief, dass er bedrohlich wirkte. Gemeinsam gingen wir zum Fahrstuhl. Die ganze Zeit lächelte sie mich an. Am Lift angekommen drückte sie den Rufknopf und wischte unsichtbare Staubflocken von meinem dunkelblauen Sakko. Mit einem metallischen Geräusch glitten die Türen auseinander und gaben den Weg in die Kabine frei. Wir traten hinein. Kaum waren die Türen geschlossen, sprang sie mich an wie eine Tigerin ihre Beute. Ich fing sie auf, während ich mit einem Auge und einer Hand nach dem richtigen Etagenknopf suchte. Nach etlichen Fehlversuchen fand ich den richtigen Knopf. Jetzt galt meine ganze Aufmerksamkeit ihr. Meine Hände fuhren zu ihrem strammen Po und ich presste sie gegen die hintere Wand der Kabine. Während der Lift in die Höhe fuhr, küssten wir uns wild. Als der Aufzug hielt und sich die Türen öffneten, taumelten wir auf den Flur hinaus, der mit einem roten Läufer ausgelegt war. Sie klebte immer noch an mir. Nur mit Mühe konnte ich sie in die richtige Richtung lenken. An meinem Hotelzimmer angekommen setzte ich sie für einen Moment ab und suchte in meiner rechten Hosentasche nach der Codekarte. Währenddessen küsste mich Tatiana weiter.

»Mach schnell«, sagte sie immer wieder. Gerade noch konnte ich die Tür öffnen und wir fielen auf den Boden. Tatiana trat mit dem rechten Fuß die Tür zu. Wir zogen uns aus und fanden den Weg in das Schlafzimmer.

Nachdem wir miteinander geschlafen hatten, streckte ich mich gemütlich unter der Bettdecke aus. Ich lauschte auf die gleichmäßigen Atemzüge meiner Geliebten. Dabei fielen mir die Augen zu und ich konnte nur noch einen Teil ihrer nackten Schulter sehen, die unter der Decke hervor schimmerte. Dann geschah es zum ersten Mal. Es war ein seltsames Gefühl. Ein Gefühl der Irrealität. Von hinten sah ich auf eine Bartheke. Direkt über die Schulter eines Barmannes hinweg. Er schien mich nicht zu bemerken. Er warf einen Mixbecher nach oben und schenkte Gläser voll. Das alles war seltsam. Von dieser Warte aus hatte ich noch nie eine Bartheke gesehen. Einmal war ich am Boden gelegen und konnte sie mir von unten aus ansehen und ein anderes Mal hatte mich jemand über die Theke geworfen. Doch diese Perspektive war völlig neu für mich. An der gegenüberliegenden Wand fiel mir eine Schrift auf. Diese war aber auf den Kopf gestellt und völlig verdreht. Ich konnte sie nicht lesen. Nach einer Weile wurde mir auch klar, weshalb nicht. Sie war spiegelverkehrt. Nachdem mir das klar geworden war, fiel mir auf, dass sich die Gespräche der Gäste ebenfalls seltsam anhörten. Es hörte sich so an, als ob sie rückwärts sprechen würden.

An der Theke saßen zwei Frauen. Die eine war eine kleine, hübsche Blondine und die andere eine große, dominant wirkende Schwarzhaarige. Die mit den kurzen, schwarzen Haaren flüsterte der Blondine etwas ins Ohr. Woraufhin die Blondine lachen musste und dann so rot wurde wie der Hintern eines Pavians. Die Schwarzhaarige legte der anderen die Hand auf den Oberschenkel. Ganz langsam schob sie ihr den sowieso schon kurzen Rock Stück für Stück nach oben.

Plötzlich wurde mir bewusst, dass alles seitenverkehrt war. Mir wurde klar, dass ich mich in einem Spiegel befand. In einem Spiegel, der über der Bar hing. Ich war auf der anderen Seite des Spiegels. Es fühlte sich nicht wie ein Traum an. Obwohl, ich weiß nicht, wie man sich in einem Traum fühlt.

Die Schwarzhaarige küsste die Blondine lang und intensiv. Die beiden Frauen standen auf und gingen weg.

Meine Sicht änderte sich plötzlich und ich befand mich irgendwo anders. Es dauerte zwei Minuten, bis ich mich wieder orientieren konnte. Jetzt sah ich auf eine Straße und die beiden Frauen standen vor mir. Sie hielten sich eng umschlungen. Die beiden trugen eng anliegende Wintermäntel. Ein gelbes Taxi hielt und die beiden stiegen ein. Das Taxi fuhr davon. Nachdenklich beobachtete ich die roten Rücklichter, die langsam im Nebel verschwanden.

Plötzlich war ich wieder woanders. Ich sah auf ein dunkelbraunes Gesicht. Der Mann trug einen blauen Turban und hatte einen roten Punkt auf der Stirn. Ich sah, wie sich die beiden Frauen auf der Rückbank wild küssten. Die Augen des Fahrers verirrten sich ständig zu den beiden. Als die Schwarzhaarige das bemerkte, schrie sie den Fahrer an und gestikulierte mit den Armen. Der Fahrer zuckte zusammen und richtete den Blick starr nach vorne. Nach ungefähr zehn Minuten Fahrt hielt der Taxifahrer vor einem Stundenmotel. Aus dem Augenwinkel konnte ich eine blinkende Anzeigetafel ausmachen. Die Schwarzhaarige bezahlte den Fahrer und gab ihm dann eine Ohrfeige. Der Pakistani rieb sich die Wange, schüttelte den Kopf und fuhr dann weiter.

Erneut änderte sich meine Perspektive. Von meiner Seite des Spiegels konnte ich auf ein Bett sehen. Die beiden Frauen kamen herein. Die Schwarzhaarige warf die kleine Blonde auf das Bett. Anschließend setzte sie sich rittlings auf die blonde Frau und schob ihr das Shirt nach oben. Die Schwarzhaarige knetete der Blondine die kleinen festen Brüste. Anschließend zog die Schwarzhaarige die Blondine in eine aufrechte Position und setzte sich hinter sie. Aufreizend langsam zog sie ihre Strumpfhose aus. Erst die linke und dann die rechte. Sie ließ ihre

Strumpfhose durch die Finger gleiten und straffte sie dann mit beiden Händen. Schließlich schlang sie die schwarze Strumpfhose um den Hals der Blonden. Zuerst lachte diese und hielt es für einen Spaß. Sie sagte etwas. Dann zog die Schwarzhaarige mit einem Ruck an. Ich konnte sehen, wie sich ihre kleinen festen Muskeln anspannten. Die Blondine griff nach ihrem Hals und schlug um sich. Zuerst waren die schlagenden Bewegungen wild, doch gingen sie ins Leere und trafen Luft. Nach und nach wurden die Hiebe immer schwächer und schwächer. Schließlich sackte die Blondine in sich zusammen. Ihr Brustkorb hob und senkte sich nicht mehr. Die Schwarzhaarige zog weiter an der Strumpfhose. Ich begann gegen die Innenseite des Spiegels zu schlagen. Doch es gab kein Geräusch, nicht einmal einen Riss im Spiegel. Ich musste zusehen und die Zeit dehnte sich für mich zu einer Ewigkeit. Mit einem Schrei wachte ich auf. Ich fühlte das Bettlaken an meinem Rücken kleben. Als ich zur Seite sah, konnte ich die Konturen meiner Geliebten unter der Decke ausmachen. War das alles nur ein Traum gewesen? Ich stand auf. Vom Boden hob ich meine gelben Boxershorts auf und zog sie an. Danach ging ich in die Küche und trank ein Glas Wasser. Eiskalt rann es mir die Kehle hinunter und verwandelte meine Gedärme in einen Eissee.

Nur langsam kann ich wieder zurückfinden. In das Hier und Jetzt. Ich drehe mich herum und gehe wieder zu der weiß bezogenen Couch.

»Ich dachte, das Ganze wäre nur ein einmaliger Vorfall. Alles nur ein Traum«, sage ich und lasse mich auf der Couch nieder. »Dass das alles nicht echt ist. Doch dann las ich in der Event Post von mehreren erwürgten Frauen, die man alle in einem Motelzimmer gefunden hat. Diese Morde decken sich mit den Träumen, die ich habe. Es passt alles zusammen. Laut Zeitung geht die Polizei von ein und demselben Mörder aus. Und bei jedem Mord bin ich dabei, ich bin hinter dem Spiegel. Verstehen Sie mich?« Während ich das erzähle, beobachte ich die Reaktion von Jessica. Doch sie sitzt nur da, wie eine alte Steinstatue aus »Der Herr der Ringe«. »Ich weiß nicht, was ich davon halten soll«, mache ich weiter. »Stimmt etwas nicht, Doktor Sands?« Während ich das frage, kann ich kaum noch ein Grinsen unterdrücken. Ich kann spüren, wie es sich in mein Gesicht schleichen will. »Sie sind auf einmal so bleich. Ist wirklich alles in Ordnung?« Sie greift nach einem Glas Wasser, das auf dem Schreibtisch neben dem Laptop steht. Während sie das macht, kann ich sehen, dass ihre Finger zittern. Es ist nur ganz leicht. Trotzdem ist das Beben da. Es erschüttert die Wasseroberfläche. Sie räuspert sich.

»Ich schreibe Ihnen die Adresse eines Kollegen auf. Der kann Ihnen ein starkes Schlafmittel verschreiben«, sagt sie und öffnet eine Schublade an ihrem Schreibtisch. Dort holt sie einen gelben Block heraus und nimmt sich einen blau lackierten Stift. Ihre Schrift ist genauso unleserlich wie die aller Ärzte. Ich frage mich immer wieder, wie man so etwas entziffern kann.

»Dann würde ich Ihnen raten, mich jeden Monat aufzusuchen. Legen Sie ein Traumtagebuch an. Nach dem Aufwachen schreiben Sie alles auf, an das Sie sich noch erinnern können. Dann können wir darüber sprechen. In Ordnung?«

Ganz langsam stemme ich mich von meiner eingesunkenen Position nach oben.

»Wenn Sie schon beim Schreiben sind, dann schreiben Sie auch gleich Ihren Abschiedsbrief, in dem Sie die Morde gestehen.« In meiner Hand halte ich meine Waffe. Ein deutsches Modell, das ich sehr zu schätzen weiß. Bei der Harbor City Police hatte ich eine Smith and Wesson als Dienstwaffe. Ziemlich unzuverlässig. Bei einer Drogenrazzia in der Bay Area hatte dieses

Ding Ladehemmungen und ich bekam von einem Chinesen einen Schulterdurchschuss und einen Monat Krankenhaus mit anschließender Therapie. Aber das Zittern in meiner rechten Hand ist weg. Sie blickt mich aus ihren großen, grünen Augen an. Beinahe sieht sie so aus wie ein Hundewelpe kurz vor der Hinrichtung. Sie blinzelt und der Zauber ist vorbei.

»Denn wenn Sie gleich Selbstmord begehen, soll es echt wirken. Kein oder ein mit Schreibmaschine oder Computer geschriebenes Geständnis wirft bei der Polizei so viele Fragen auf. Hinterher werden die ermitteln und das will ich, nun, vermeiden.« Ich lasse Jessica nicht eine Minute aus den Augen.

»Was soll denn das?« Sie klingt beinahe so ängstlich, dass ich es ihr abkaufe. »Verschwinden Sie oder ich rufe die Polizei!« Ich bleibe so ruhig stehen wie ein Tiger vor einem unbewaffneten Menschen.

»In meinen Träumen, da habe ich Ihr Gesicht gesehen. Sie waren es, die diese fünf Frauen erwürgt hat. Hinter dem Spiegel, da habe ich es gesehen. Vor mir können Sie es nicht leugnen.« Ihre Hand wandert zu dem schwarzen Mobiltelefon. Ich schüttle den Kopf. »Ich persönlich denke, es hat Sie geil gemacht. Es war diese Macht, die Sie über andere ausgeübt haben. Sie werden nicht damit aufhören. Das weiß ich genau.«

»Sie sind doch komplett verrückt und brauchen Hilfe. Medizinische Hilfe.«

»Schreiben Sie den Abschiedsbrief oder ich schwöre ...« Ganz nahe gehe ich an sie heran und drücke ihr den Lauf der Waffe gegen das rechte Knie. Ihre Augen weiten sich. »Vor Ihrem Tod werden Sie wahre Höllenqualen leiden. Möchten Sie das? Jetzt schreiben Sie das Übliche: ›Ich kann mit der Schuld nicht mehr leben.‹ Und so weiter und so weiter.« Sie sieht mich an. Für ein paar Sekunden denke ich, dass sie nicht tun wird, was ich ihr befohlen habe. Was ich dann machen werde, weiß ich nicht. Doch schließlich greift sie mit zitternden Händen nach dem Block. Sie nimmt ihren blauen Kugelschreiber und beginnt zu schreiben. Mein Blick fällt auf die Wanduhr. In das Holz sind kunstvolle, ineinander verschlungene Schnitzereien gearbeitet worden. Nach zehn Minuten ist für mich genug Zeit vergangen.

»Das reicht jetzt«, sage ich. »Kommen Sie zu einem schönen Schluss und vergessen Sie ja nicht zu unterschreiben. Eine fehlende Unterschrift wirft bei den Cops ebenfalls Fragen auf.« Sie sieht mich wieder mit ihrem Blick an.

»Sie sind ja völlig wahnsinnig«, erwidert sie. Dann wendet sie sich wieder ihrem Papier zu und kritzelt ihre Unterschrift. Ihre Hand macht elegante, kreisende Handbewegungen. Langsam gehe ich auf die Rückseite ihres Schreibtisches und lese über ihre Schulter das Geschriebene. Ich möchte nicht mehr Fingerabdrücke hinterlassen, als ich es bis jetzt getan habe. Denn wenn die Polizei alles überprüft, werden sie feststellen, dass ich ihr letzter Patient gewesen bin. Das wird mich auf jeden Fall in den Fokus der Ermittlungen rücken. So zumindest hätte ich es damals als Detective gemacht.

»Nicht schlecht.« Ich drücke ihr den Lauf der Waffe gegen den Rücken. »Stehen Sie auf. Langsam.« Als sie aufsteht, strafft sie ihren Rock und streicht sich noch einmal durch die Haare. Es ist bedauerlich, solch ein Geschöpf fliegen zu lassen.

»Was haben Sie eigentlich vor, Sie Irrer?«

»Sagen wir es so: Sie werden einen schönen Ausflug machen und sich für Ihre Taten vor einem höheren Gericht verantworten. Jetzt gehen Sie voran.« Wir gehen aus der Praxis. Dabei presse ich ihr den Lauf meiner Waffe gegen den Rücken. Langsam gehen wir über einen einsamen Korridor, in dem nur das Summen der Neonröhren zu hören ist. Früher habe ich mich oft gefragt, warum sie sich nie wehren. Die Geiseln, meine ich. Bei meiner Ausbildung zum Detective in Harbor City hatte ich einen

Dozenten. Er erinnerte mich immer an eine alte, weiße Eule, mit seiner großen, kreisrunden Brille. Dieser Ausbilder sagte einen Satz zu mir. Einen Satz, den ich nie vergessen habe: »Sie denken, dass sie überleben könnten, und würden alles dafür tun. Obwohl sie tief in ihrem Inneren spüren, dass sie wandelnde Leichen sind.«

Vom Flur gehen links und rechts Türen ab. Ich komme mir vor wie Alice im Wunderland. Ganz tief im Bau des Kaninchens. Hinter einigen Türen kann ich das Klappern von Computertastaturen hören. Einmal höre ich den Lustschrei einer Frau. Am Ende des Ganges ist der Fahrstuhl. Dessen Türen sind verchromt und ich kann uns beide in der Spieglung erkennen. Vielleicht sollte ich mir doch einmal den Bart rasieren. Vor dem Aufzug bleiben wir stehen.

»Drücken Sie den Rufknopf«, weise ich Jessica an.

»Was haben Sie eigentlich vor?«, fragt sie mich erneut, während wir darauf warten, dass der Aufzug herunterfährt.

»Wir werden auf das Dach des guten, alten Morrison Tower fahren. Die Aussicht dort oben ist fantastisch«, antworte ich und es entsteht ein Schweigen.

»Sie haben doch nicht vor, mich ...« Ein lautes, metallisches *Ping* unterbricht sie. Die Türen öffnen sich und ich schiebe sie in die Kabine. Der Morrison Tower ist alt. Er wurde in den Zwanzigerjahren erbaut. Das letzte Mal wurde das Gebäude 1968 renoviert. Deshalb weiß ich genau, dass im Gegensatz zu anderen modernen Hochhäusern sich im Innern der Kabine keine Kamera befindet. Ich schiebe meine Waffe unter der Achsel von Jessica hindurch und drücke mit dem Lauf den Knopf für die oberste Etage. Als der Lift anfährt, verspüre ich einen Druck auf meinen Ohren. Ich schlucke und der Druck ist weg. Schweigend werden wir in die Höhe befördert. Im Geiste zähle ich die Sekunden und rieche das schwere Parfüm von Jessica. Es duftet nach Rosen.

Der Aufzug hält an. Erneut geben die Türen den Blick auf einen verlassenen Korridor frei. Nur Geräusche hinter den Türen sind zu hören. So langsam fühle ich mich wie eine Drohne in einem Bienenstock. Eine Drohne, die für andere Honig sammelt. Mit meiner Geisel gehe ich auf eine große, rot gestrichene Tür zu. Auf dieser Tür steht in großen, schwarzen Lettern das Wort *Exit*. Ich ziehe den Ärmel von meinem Sakko über die Hand und drücke den großen Bügel nach unten. Auch hier weiß ich, dass die Feuerwehr von Petty Grove nicht über die geöffnete Tür elektronisch informiert wird. Der Wind peitscht mir in das Gesicht und fährt mir unter die Kleidung wie die kalten Hände eines Arztes. Die Sonne versinkt als glühender Ball hinter den weit entfernten Hügeln.

»Gehen Sie zum Rand des Daches«, sage ich und drohe mit meiner Waffe. Die Dachkante weist nur ein hüfthohes Geländer auf. Sie blickt mich an und tut dann das, was ich ihr gesagt habe. Es ist genauso wie mein Ausbilder gesagt hat: sie wird alles tun, um zu überleben. Wie elegant sie über das große H des Hubschrauberlandeplatzes geht. Am Geländer bleibt sie stehen, dreht sich zu mir herum und sieht mich unbeeindruckt an.

»Drehen Sie sich herum«, sage ich. »Sehen Sie sich die Skyline von Petty Grove an.« Sie sieht mich weiter an. Im Moment sieht es nicht so aus, als ob sie tun würde, was ich zu ihr gesagt habe. Körperliche Gewalt kann ich nicht anwenden. Blutergüsse würden verdächtig aussehen. Ich schieße in die Luft. Einige Tauben flattern aufgeschreckt davon. Jessica zuckt zusammen. Nachdem der Schuss verhallt ist, dreht sie sich herum. Einige Sekunden warte ich. Dann gehe ich leise zu ihr und stoße sie. Jessica schreit und fällt wie eine Barbiepuppe über das Geländer. Vorsichtig lehne ich mich nach vorne und sehe ihr hinterher. Im Fallen hat sie ihre Pumps verloren, die wild in der Luft umherwirbeln. Bevor sie und ihre Schuhe aufschlagen, wende ich mich ab.

»Eine Irre weniger«, sage ich. »Doch da draußen gibt es noch so viele.« Ich hebe die ausgeworfene Patronenhülse auf, die von den letzten Strahlen der Sonne glänzt. Dann gehe ich vom Dach.

Schlechtes Timing

Bianca Heidelberg

Der Plan war einfach: meine Noch-Ehefrau umbringen, bevor sie mich enterben konnte. Dumm nur, dass es anders kam als geplant.

Es war vor etwa einem halben Jahr. Mein Kumpel Jens und ich saßen nach der Sauna bei unserem Lieblings-Spanier. Die Bedienungen waren hübsch, und das Essen war gut. Außerdem gab es hier den besten Daiquiri. Ich nippte an meinem, als Jens mal wieder mit seinem Gejammer anfing.

»Du hast es gut. Du hast eine hübsche Frau, die dazu noch schlau ist und beruflich erfolgreich. Warum treffe ich nicht so eine Frau? Schau dich um, lauter hübsche Frauen, aber keine schaut auch nur annähernd in meine Richtung.«

Ich sah Jens an. Er war wirklich keine Schönheit. Er ging zwar häufig ins Fitnessstudio, aber bei seiner geringen Körpergröße bewirkte das viele Training nur, dass er stämmig wirkte. Seine Nase war zu groß, und seine Ohren standen ab. Neben mir wirkte er wie eine Comicfigur.

»Jens, du wirst deine Traumfrau schon noch finden. Dann brauchst du mich nicht mehr um Carola zu beneiden.« In Wirklichkeit dachte ich, dass er dann schon sehen würde, dass nicht alles Gold ist, was glänzt. Sicher, Carola war sexy, und noch dazu eine Granate im Bett. Sie verdiente das Geld für uns beide, damit ich mich auf meine Kunst konzentrieren konnte. Leider brachte ich nur ab und zu ein Gemälde an den Mann. Aber Carola hatte eben auch ihre Nachteile. Jens riss mich aus meinen Gedanken.

»So, für mich ist Feierabend. Morgen muss ich wieder früh raus. Wir sehen uns.« Er ging an die Bar und bezahlte. Ich blieb vor meinem Daiquiri sitzen. Zu Hause wartete sowieso nur eine ewig unzufriedene Ehefrau. Ich setzte gerade mein Glas an die Lippen, da kam sie herein. Lange blonde Haare, Stupsnase, Schmollmund. Ihr kleiner Hintern steckte in einer engen Blue Jeans. Sie wurde begleitet von zwei Freundinnen, mit denen sie sich angeregt unterhielt und lachte. Sie setzten sich ein paar Tische entfernt und bestellten. Kurz darauf brachte die Bedienung drei Mojitos. Ich beobachtete, wie die drei sich unterhielten und an ihren Cocktails nippten. Als ihre Gläser fast leer waren, winkte ich meine Lieblings-Bedienung heran. Moni hatte lange dunkle Haare, ein süßes Gesicht, und sie war die schnellste, wenn es darum ging, eine Bestellung auszuführen.

»Bring bitte vier Mojitos an den Tisch dort drüben.«

»Gerne.« Sie nickte und eilte an die Bar. Als sie die Cocktails zu Blondie und ihren Freundinnen gebracht hatte, stand ich auf. Die drei schauten sich suchend um, und als sie mich erblickten, ging ich langsam an ihren Tisch. Ich nahm eines der vier Gläser und erhob es.

»Salud, mi guapas.« Die drei kicherten, hoben artig ihre Gläser und tranken einen Schluck. Ohne zu fragen zog ich einen Stuhl vom Nachbartisch heran und setzte mich neben Blondie.

»Ich heiße Chris. Und wie lauten eure sicherlich bezaubernden Namen?«

Carola war mal wieder in Höchstform.

»Ich habe dir doch gesagt, du sollst die Wäsche aufhängen. Ich rackere mich ab bei der Arbeit, und du pinselst ein bisschen auf deiner Leinwand herum und meinst, du müsstest sonst nichts tun. So läuft das nicht, Christian!« Während sie ihre Schimpftirade auf mich regnen ließ, lief sie hektisch zwischen Bad und Schlafzimmer hin und her, zog sich um und frischte ihr Make-up auf. Das beigefarbene Etuikleid betonte ihre schmale Silhouette. Ihre braunen Haare hatte sie zu einem Dutt hochgesteckt, wie immer, wenn sie zu Geschäftsterminen ging. Nachdem sie sich Luft gemacht hatte, seufzte sie.

»Ich muss los, sonst komme ich zu spät zum Essen mit unserem Klienten. Bitte kümmere dich um die Wäsche.« Ein kurzer Schmatz auf die Lippen, schon schloss sich die Haustür hinter ihr. Ich wartete ein paar Minuten, dann zog ich meine Lederjacke über und verließ ebenfalls das Haus. Ich stieg in die nächste Straßenbahn und versank in Gedanken. Zu Beginn war die Beziehung mit Carola heiß gewesen. Sie hatte ihre dominante Seite vor allem im Bett ausgelebt, wogegen ich nichts hatte. Nach und nach hatten die Nörgeleien angefangen. Sie fand immer wieder einen Anlass. Weil ich den Klodeckel nicht zuklappte. Weil ich die Milch leer gemacht und keine neue geholt hatte. Weil ich nicht wie Carola jeden Morgen in ein Büro rannte und mich dort versklaven ließ. Sex und Zärtlichkeiten ließen nach. Ich ging immer öfter abends aus, um ihrem Gemecker zu entgehen. Carola erzählte ich, dass ich Inspiration brauchte. Wäre mein Leben ohne sie nicht besser? Finanziell auf keinen Fall, so viel war klar. Und solange ich ihr aus dem Weg gehen konnte, nahm ich lieber das warme Nest und holte mir Anerkennung von Menschen, die meinen wahren Wert kannten.

»Dammerstock.« Die Durchsage schreckte mich aus meinen Gedanken. Schnell stand ich auf und stieg aus. Es waren nur wenige hundert Meter, dann stand ich vor einem Mehrfamilienhaus und drückte auf den Klingelknopf. Sofort summte es und ich stieg die Treppe nach oben. Die Wohnungstür war angelehnt. Ich trat hindurch, warf meine Jacke in die Ecke und ging direkt ins Schlafzimmer. Da war sie. Blond, schön, sexy. Und absolut verliebt. Das rote Spitzenkorsett drückte ihre Brüste zusammen. Der Tanga ließ den Blick auf ihre strammen Pobacken frei. Lasziv lag sie auf dem Bett und lächelte mich an. Keine Sekunde später war ich bei ihr.

»Wann können wir endlich richtig zusammen sein?« Nora lag an mich gekuschelt und streichelte über meinen Bauch. Meine Hand lag auf ihrer Hüfte.

»Wenn ich den Durchbruch als Künstler geschafft habe, trenne ich mich von meiner Frau«, versprach ich ihr zum wiederholten Male. »Du weißt doch, dass ich Zeit für meine Kunst benötige, und die habe ich nicht, wenn ich arbeiten gehen muss.«

»Ich weiß. Aber ich will dich endlich für mich haben. Wenn ich mir vorstelle, dass du mit ihr in einem Bett schläfst ...« Ihre Lippen verzogen sich zu einem süßen Schmollmund, der mich an anderes denken ließ als an Arbeit oder meine Frau.

»Da läuft schon lange nichts mehr, das weißt du doch. Hab noch ein wenig Geduld, unsere Zeit wird kommen«, versprach ich ihr und schob sie sanft hinunter.

»Also gut, ich warte«, murmelte sie und rutschte nach unten, um meinem unausgesprochenen Wunsch Folge zu leisten.

»Wenn du keine Affäre hast, wie kommt dann der Lippenstift an deinen Kragen?«, schrie Carola.

»Ich sage dir doch, der muss von dir sein. Ab und zu küssen wir uns noch, auch wenn wir verheiratet sind«, antwortete ich in dem Versuch, ihren Humor zu wecken.

»Wage es nicht, mich anzulügen! Ich weiß genau, dass dieser Fleck nicht von mir ist. Überhaupt riechst du in letzter Zeit manchmal verdächtig. Nach billigem, weiblichem Parfum. Und du bist dauernd weg.«

»Wundert es dich, dass ich so oft wie möglich weggehe, wenn du immer nur am Meckern bist?«, hielt ich dagegen.

»Wenn du mir auch so viel Grund zu meckern gibst«, schrie Carola. Erregt lief sie zwischen Wohnzimmer und Küche hin und her. Ihre Wangen waren rot, ihr Dutt löste sich langsam auf. Ihre Stöckelschuhe klapperten auf den Fliesen. In dem Moment wirkte sie verdammt sexy. Ich liebte es, wenn sie beim Sex ihre Schuhe und ihre Bürokleidung trug. Im Büro trug sie meistens enge Röcke, die streng wirkten, aber ihren kleinen Hintern und die langen Beine betonten. Ich riss sie in meine Arme, knetete ihren Po und knabberte an ihrem Hals.

»Schatz, ich verspreche dir, dass ich dich nicht betrüge. Lass uns den Streit vergessen und uns ordentlich versöhnen«, raunte ich in ihr Ohr. Carola machte einen halbherzigen Versuch, mich mit ihren Händen wegzudrücken, aber ihr Kopf fiel in den Nacken und sie seufzte. Ich hatte gewonnen.

Carola lag dicht an mich geschmiegt, ihr Kopf ruhte auf meiner Brust.

»Lass uns mal wieder über das Wochenende wegfahren. Wir brauchen mehr Zeit für uns«, murmelte sie träge.

»Alles, was du willst, mein Schatz«, flüsterte ich und küsste sie auf die Stirn. Ihre Hand umkreiste meine Brustwarze.

»Ich möchte in die Berge.«

Schon am nächsten Samstag stiefelte ich hinter Carola einen steilen Trampelpfad hinauf. Nora war sehr enttäuscht gewesen, dass ich unsere Verabredung abgesagt hatte. Ich hatte ihr dafür ein Wochenende versprochen, an dem ich mit ihr wegfahren würde. Irgendwann, wenn ich mein Auskommen als Künstler haben würde. Carolas Hintern bewegte sich vor mir hin und her. Ich kniff schnell hinein und sagte in verführerischem Ton:

»Lass uns nicht zu spät in die Ferienwohnung zurückkehren. Ich möchte nicht, dass du dich am Berg total verausgabst.«

Carola schaute über ihre Schulter zurück, und ich zwinkerte ihr zu. Sie lachte und ging weiter.

»Von uns beiden habe ich wohl die bessere Kondition, Schatz«, sagte sie neckend.

In der Ferienwohnung sah ich auf mein Handy. Nora hatte eine SMS geschrieben. Schnell tippte ich eine Antwort.

»Wem schreibst du, Schatz?«, wollte Carola wissen, die gerade aus dem Bad kam.

»Ach, das war Jens, der wissen wollte, wie es uns gefällt.« Ich steckte mein Handy in meine Hosentasche.

»So, und jetzt koche ich meine berühmten Spaghetti Carbonara«, kündigte ich an. Carola liebte Spaghetti. Mit einem breiten Lächeln machte sie es sich auf dem Sofa bequem und schaute mir beim Kochen zu.

»Wie lange haben wir das nicht mehr gemacht?« Sie seufzte.

»Was meinst du?«

»So viel Zeit miteinander verbracht, ohne den ganzen Alltagskram und Ärger.« Ich nickte. Hier in der Ferienwohnung war alles einfacher. Keine Wäsche, kein Haushalt, keine Gedanken an die Arbeit. Hier war Carola wieder so wie früher. Trotzdem schweiften meine Gedanken immer wieder zu Nora. Sie würde nie so werden, wie Carola zu Hause war. So herrisch und fordernd. Carola war selbst schuld, dass ich sie betrog.

Am nächsten Morgen wachte ich auf, weil Carola sich an meinen Rücken drückte und mit ihren Händen meinen Bauch hinunter glitt. Eine Weile genoss ich ihre Zärtlichkeiten, dann drehte ich mich um und legte mich zwischen ihre gespreizten Beine.

Später am Frühstückstisch machte Carola Pläne für den heutigen Tag.

»Lass uns heute die Schlösser-Runde machen, die ist nicht so lang. Wir brauchen ja noch Zeit für die Rückfahrt.«

Ich nickte und biss von meinem Wurstbrot ab. Da klingelte mein Handy. Eine SMS. Ich schaute in die Richtung, aus welcher der Ton gekommen war. Mein Handy lag immer noch in meiner Hosentasche, und die Hose lag seit gestern Abend neben dem Bett. Carola sprang auf.

»Ich bin schneller«, rief sie neckend und stürzte sich auf die Hose, um das Handy herauszukramen. Ich eilte hinterher und wollte es ihr aus der Hand nehmen. Sie lachte und lief mit dem Handy hinter den Tisch.

»Gib es mir bitte. Das ist bestimmt eine Antwort von Jens«, bat ich betont ruhig. Mein Herz schlug bis zum Hals.

»Ich les sie dir vor«, meinte Carola und schaute auf das Display, erst neugierig, dann fassungslos.

Ich fuhr allein mit dem Zug nach Hause. Die Schlösser-Runde hatten wir nicht gemacht. Zum hundertsten Mal las ich die SMS, die alles verändert hatte.

Ich vermisse dich! Bin schon ganz heiß auf unser Treffen morgen ... Nora

Scheidung. Das Wort hallte dumpf in meinem Kopf. Ich würde Carolas finanzielle Unterstützung verlieren. Ich müsste aus dem Haus ausziehen, das ihr gehörte. Ich müsste mir Arbeit suchen, und damit wäre der Traum, von meiner Kunst zu leben, geplatzt. Wie sollte ich neben einem stressigen Job noch kreativ arbeiten können? Würde ich Carola davon überzeugen können, dass Nora nur eine kurze, belanglose Affäre war? Würde sie mir verzeihen, wenn ich mich von Nora trennen würde? Aber ich wollte mich nicht von Nora trennen. Wie lange würde es gut gehen, bis Carola merken würde, dass ich weiterhin mit Nora zusammen war? Mein Kopf wollte platzen. Ich nahm eine Zeitschrift aus dem Netz am Sitz vor mir und blätterte ziellos darin herum. Plötzlich erstarrte ich, blätterte zurück. Eine Überschrift hatte meine Aufmerksamkeit erregt.

Erbrecht - Was Sie bei Ihrem Testament beachten müssen

Erben. Ich würde alles erben, wenn Carola etwas zustieße, dafür hatte sie gesorgt. Aber nur, solange wir verheiratet waren, und sicher würde sie ihr Testament noch vor der Scheidung ändern. Carola dachte immer an alles. Erben. Carola war vermögend. Ich sah aus dem Fenster und ließ den Gedanken durch meinen Kopf kreisen, bis ich müde wurde und einschlief.

Hand in Hand gingen Nora und ich durch den Oberwald. Wir steuerten unseren Lieblingsplatz am Erlachsee an, die Schutzhütte mit Ausguck auf den See. Ich setzte mich auf die Holzbank, Nora auf meinen Schoß, und eine Weile blickten wir schweigend auf den See und lauschten den Vögeln.

»Was ist jetzt mit deiner Künstler-Karriere?«, fragte Nora kleinlaut. Ich schüttelte den Kopf.

»Ich weiß es nicht. Carola hat mir den Geldhahn zugedreht. Sie will die Scheidung.« Nora sah kurz in meine Augen und dann zu Boden.

»Ich bin froh, dass du nicht mehr mit ihr zusammen bist, aber ich will auch, dass du weiter malen kannst. Vielleicht finde ich eine besser bezahlte Arbeit.« Ich stieß ein kurzes Lachen aus. Nora arbeitete als Verkäuferin in einer Boutique. Wie wollte sie genug Geld verdienen, um meinen gewohnten Standard finanzieren zu können? Gekränkt verzog Nora den Mund.

»Sei nicht beleidigt. Ich will nur nicht, dass du für mich mit arbeitest«, versuchte ich sie zu versöhnen. Nora lehnte ihren Kopf an meine Schulter und seufzte.

»Das Beste wäre, wenn ich sie beerben würde«, sagte ich. Mit großen Augen sah Nora mich an.

»Sie wird ja wohl kaum plötzlich sterben«, entgegnete sie.

»Das nicht ...«, stimmte ich zu. Plötzlich klingelte mein Handy. Ich schaute auf das Display. Carola. Nora sah mich fragend an. Ich zuckte mit den Schultern und nahm ab.

»Ja?«

»Chris, können wir reden?« So freundlich hatte Carola seit zwei Wochen nicht mehr mit mir geredet.

»Was gibt's?«

»Nicht am Telefon. Wie wär's, wenn du zu mir kommst? Morgen Abend?« Ich zögerte, sah Nora an. Eine Idee begann in mir zu reifen.

»Klar, ich komme so gegen sieben. Bis dann!« Ich steckte mein Handy zurück in meine Jackentasche und überlegte. Nora schaute mich abwartend an.

»Schatz, was ist?«

»Ich habe einen Plan. Aber ich brauche deine Hilfe, Liebling.«

»Nein, das kann ich nicht tun!« Entsetzt schaute Nora mich an, nachdem ich ihr den Plan erläutert hatte.

»Liebling, das ist ganz einfach«, begann ich. »Ich habe noch eine Pistole von meinem Vater, die ist nirgends registriert. Dir kann nichts passieren. Ich bin da und unterstütze dich. Bei der Polizei sage ich hinterher, dass Carola und ich überfallen wurden, und dass der Einbrecher Panik bekam, als sie auf ihn losging. Wir legen ihr den Schürhaken in die Hand. Stell dir nur vor, wie unser Leben bald aussehen könnte. Wir könnten zusammen ein Haus kaufen, ich könnte weiter als Künstler tätig sein.« Immer noch zweifelnd sah Nora mich an. Ich setzte noch einen drauf.

»Du bist es mir schuldig, schließlich ist sie uns durch deine SMS auf die Schliche gekommen.« Unglücklich blickte Nora mich mit ihren großen, blauen Augen an. Ich hielt ihrem Blick stand und wartete.

Am nächsten Tag klingelte ich pünktlich um 19 Uhr an Carolas Haustür. Noch vor kurzem hätte ich nicht klingeln müssen, sondern ich hätte einen Schlüssel gehabt. Die Haustür schwang auf, und ich musterte Carola. Sie trug einen knappen, engen Rock und eine schmal geschnittene, weiße Bluse, die oben offen stand. Ich sah rote Spitze aus dem Ausschnitt blitzen. Eigentlich war es schade um sie, schoss es mir durch den Kopf. Aber ihr Schicksal stand fest. In einer halben Stunde würde Nora durch das Kellerfenster einbrechen. Den Weg ins Wohnzimmer hatte ich ihr genau erklärt. Carola deutete mir an einzutreten. Ich hängte meine Jacke an die Garderobe und folgte ihr ins Wohnzimmer. Ihr Hintern schien sich die ganze Zeit in mein Blickfeld zu drängen. Mitten im Zimmer blieb Carola abrupt stehen und drehte sich um. Ich stand kaum einen Meter von ihr entfernt.

»Chris ...«, begann sie und brach dann ab, um sich in meine Arme zu werfen. Sie schlang ihre Arme um meinen Hals und küsste mich so wild wie beim ersten Mal. Ihr Bein umschlang meine Hüfte. Automatisch griff meine Hand nach ihrem Bein, strich den Oberschenkel entlang, unter den Rock, umfasste ihren Po. Mir wurde heiß. Sie war nackt unter dem Rock. Mein Gott, sie wusste, was mich antörnte. Ich griff nach ihrem Busen, öffnete die Bluse, küsste ihren Hals. Ich fühlte, wie sie meinen Hintern knetete und sich gegen mich presste. Ich verstand kaum, was sie zwischen den Küssen murmelte.

»Ich liebe dich, Chris ... Lass uns neu anfangen ... alles vergessen ...«

Ich packte ihren Po mit beiden Händen und hob sie hoch. Sie schlang ihre langen Beine um mich, krallte ihre Hände in meine Haare und küsste meinen Hals. Ich fegte die Blumenvase vom

Tisch, legte Carola auf den Tisch und schob ihren Rock weiter hoch. Ich strich mit der Zunge über ihr Dekolletee, knetete ihren Hintern und versuchte gleichzeitig, mit der anderen Hand meine Hose zu öffnen. Mit einem leisen Fluch richtete ich mich schließlich auf, knöpfte die Hose auf und ließ sie zusammen mit den Boxershorts zu Boden gleiten. Carolas Fersen pressten sich in meinen Hintern. Augenblicklich war ich in ihr. Wir stöhnten gemeinsam auf. Aufreizend langsam bewegte ich mich in ihr. Mit Worten und ihren Fersen spornte sie mich zu einem schnelleren Rhythmus an. Plötzlich ein Geräusch. Wir fuhren herum. Ich schaute auf und sah ... Nora. Ihre großen, blauen Augen blickten mich entsetzt aus den Schlitzen der Sturmhaube an. Ihre rechte Hand mit der Pistole hing schlaff an ihrer Seite herab.

Sie ist zu früh, dachte ich dumpf. Dann trat ein Ausdruck von Entschlossenheit in Noras Augen. Sie trat einen Schritt auf uns zu und zielte mit der Pistole auf Carola. Mit vor Angst geweiteten Augen wich Carola zurück. Noras Blick ging in meine Richtung. Sie schwenkte die Pistole.

»Du Arschloch!« Es war das erste Mal, dass sie mich anschrie. Gleichzeitig waren es die letzten und ehrlichsten Worte, die ich je in meinem Leben gehört hatte.

Trennungswehen

Björn Sünder

Jane

Jane und ihr Freund betraten ihr Lieblingsrestaurant »Die lieblliche Rose«. Wie immer verhielt sich Collin sehr zuvorkommend und hielt ihr die Tür auf. Unschlüssig blieb sie im Eingangsbereich stehen und sah sich um. Es war sehr laut. Das Restaurant war gut gefüllt an diesem kalten Novemberabend. Trotzdem waren vereinzelt noch einige Tische frei. Jane suchte einen kleinen Ecktisch aus, der direkt am Fenster stand. Dieser Platz schien für ihr Vorhaben am besten geeignet.

»Dort«, sagte Jane, »der Ecktisch. Richtig gemütlich und am Fenster.«

Collin sah zu dem Platz und dann wieder zu ihr. Sie hoffte inständig, dass sie sich nichts anmerken ließ. Jetzt durfte er es noch nicht erfahren. Jane wusste genau, sie musste den richtigen Moment abwarten.

»Ich weiß nicht so recht«, antwortete Collin und sah sie wieder mit einem seltsamen Blick an. »Dort drüben wäre auch noch ein Platz frei.«

Jane gefiel es überhaupt nicht, so unschlüssig im Gang herumzustehen. Immer wieder kamen Leute herein. Dadurch wurde sie noch nervöser. Sie bemerkte, wie sie auf ihrer Unterlippe kaute.

»Wir wären dort ungestört. Komm schon, ich will am Fenster sitzen.« Sie zog ihren Freund am Arm zum Ecktisch hinüber. Collin seufzte, wie er es immer tat, wenn er sich Jane fügte. Noch etwas an ihm, was ihr nicht mehr gefiel. Früher, da hatte sie es genossen, dass er ihr total verfallen war. Sie blickte ihn an. Er war groß, hatte blondes Haar und wunderschöne blaue Augen. Jetzt wusste Jane wieder, warum sie sich in ihn verliebt hatte. Collin wollte Jane aus dem Mantel helfen. Doch sie winkte ab und hängte ihn selbst über die Stuhllehne. Wieder dieses Seufzen von ihm. Die beiden ließen sich am Tisch nieder. Jane schob die Vase mit der Rose, die in der Mitte des Tisches stand, zwischen sich und ihren Freund. Dann schlug sie die Karte auf und verbarg ihr Gesicht dahinter. Wie sollte sie es ihm nur sagen?

»Ich nehme das Schweinerückensteak und den Salat. Dazu ein Glas Rotwein«, sagte Collin und sah zu Jane. »Und du?«

Sie hörte ihm gar nicht zu, so weit weg war sie.

»Jane!« Er legte eine Hand auf ihren Unterarm. »Träumst du?«

Unwillkürlich zog sie ihren Arm weg. Sie mochte seine Berührungen nicht mehr spüren. Auch nicht vorhin, als sie miteinander geschlafen hatten. Es musste hier im Restaurant geschehen, dass war ihr klar. In der Sicherheit der Öffentlichkeit. Sie sah Collin an und zwang sich zu einem Lächeln.

»Ich nehme die Pasta«, erwiderte Jane, »und dazu ein Glas Wasser.«

Sie bemerkte langsam, wie ihr heiß wurde. Der Zeitpunkt war gekommen.

»Collin, es gibt etwas, was ich dir ...«

»Was darf ich den Herrschaften bringen?« Der Kellner schaute von oben auf sie herab. Der Moment war vorüber. Der erste. Die beiden bestellten. Jane sah aus dem Fenster und sah zwei

Tauben dabei zu, wie sie Krumen vom Asphalt pickten. Sie beugte sich nach vorn und stützte ihren Kopf auf ihre Hände. Wie sollte es nur weitergehen?

»Jane«, sagte Collin und beugte sich ebenfalls vor. »Was ist denn nur heute mit dir los? Stimmt etwas nicht?«

Sie schreckte zusammen und spürte, wie sie auf dem Stuhl immer kleiner wurde.

»Collin«, antwortete sie und konnte ihm kaum in die Augen schauen. »Ich möchte dir sagen, dass ...«

»Bitte sehr!« Der Ober servierte das Essen und die Getränke. Wieder war sie rüde unterbrochen worden. Schweigend machte sie sich über die Pasta her. Über den Tellerrand hinweg beobachtete sie Collin. Er schien nur Augen für sein Steak zu haben. Wie er es in sich hineinschaufelte, erinnerte er sie an einen Höhlenmenschen. Er war damals schon so gewesen, nur damals hatte sie es nicht bemerkt. Nach dem Essen saßen die beiden vor den leeren Tellern. Collin nippte an seinem Glas und sah Jane an.

»Du wolltest mir etwas sagen.«

Sie bemerkte, wie Collins rechte Hand in die Jacke seine Jacketts glitt. Jane war noch unschlüssig und sah sich um. Es waren viele Menschen im Restaurant, dazu kam noch das Personal. Hier konnte sie es wagen, es ihm zu sagen. Hier würde nichts geschehen. Sie legte eine Hand auf seinen Arm und sah ihm tief in die Augen.

»Collin«, sagte sie, »ich will dir sagen, dass ich ...«

Weiter kam sie nicht. Ein leiser Knall unterbrach sie. In die Tasche des weißen Jacketts von Collin war plötzlich ein kleines, kreisrundes Loch gestanzt. Daraus kräuselte sich Rauch nach oben. In ihrem Bauch spürte sie einen furchtbaren Schmerz. Als sie an sich hinunter blickte, sah sie in ihrem blauen Abendkleid auch ein kleines Loch. Sie schaute Collin an und hielt sich ihren Bauch.

»Ist dir nicht gut, Schatz?«, fragte er und grinste sie an.

»Ober! Wir brauchen hier sofort einen Arzt!«

Jane spürte, wie sie vom Stuhl auf den roten Teppich sank.

Collin

Collin hielt Jane die Tür zum Restaurant auf. Die ganze Zeit über kam sie ihm so abweisend vor, so seltsam. Selbst vorhin, als er mit ihr geschlafen hatte. Jane war wie immer heiß und ausdauernd gewesen und doch irgendwie abweisend und distanziert. Ihr Körper hatte sich lustvoll unter ihm gekrümmt und wie sie an seinem Ohr gesaugt hatte ... Trotzdem war ihre ganze Art so seltsam. Von ihr kam auch der Vorschlag, in dieses Restaurant zu gehen. Collin mochte es nicht, wie Jane immer diesen jungen Kellner anstarrte. Als sie im Eingangsbereich des Restaurant standen, zeigte Jane auf einen kleinen Ecktisch am Fenster. Collin hatte keine Lust dort zu sitzen. Passanten starrten dann auf seinen Teller und sahen ihm beim Essen zu.

»Ich weiß nicht so recht, Liebling«, sagte Collin. »Sieh mal da drüben, da wäre auch noch ein Platz frei.«

»Ich will da drüben aber nicht sitzen. An dem kleinen Tisch wären wir ungestört.« Sie zog ihn an seinem Arm hinüber. Collin seufzte - aufgrund ihrer nervigen Art. Dagegen kam man nie an. Am besten ließ er ihr ihren Willen. Außerdem drückten sich an ihnen immer wieder Leute vorbei. Also gab er es auf und ließ sich von ihr hinüberziehen. Als die beiden zum Tisch gingen, spürte er ihre Blicke auf sich. Aus den Augenwinkeln beobachtete er Jane ebenso. Noch immer war sie verführerisch und sehr attraktiv. Ihre schwarzes Haar schimmerte wie ein Ölteppich auf der See. Das blaue Abendkleid schmiegte sich eng an ihren Körper. Er sah ihrem Hintern beim Schwingen zu. Collin wollte Jane aus ihrem kurzen Mantel helfen, doch sie winkte ab. Was hatte das denn jetzt wieder zu bedeuten? Wieder diese komische Art. Er beschloss es zu ignorieren, vorerst, und setzte sich Jane gegenüber. Sie schob die Vase, die auf dem Tisch stand, zwischen sich und ihn. Danach verbarg sie ihr Gesicht hinter der Speisekarte. Collin ließ seine Hand in die Tasche seines Jacketts wandern und fühlte den Griff der kleinen Pistole.

»Ich nehme das Schweinerückensteak und den Salat. Dazu ein Glas Rotwein«, sagte Collin und klappte die Karte zu. »Und du?«

Er wartete drei Minuten auf eine Antwort. Doch sie reagierte gar nicht.

»Jane!« Er legte eine Hand auf ihren Unterarm. »Träumst du?«

Sie zog ihre Hand weg.

»Ich nehme die Pasta und dazu ein Glas Wasser«, sagte sie.

Collin bemerkte, wie sie langsam rot wurde. Irgendetwas hatte sie auf dem Herzen, irgendetwas verbarg sie. Jane sah ihn an und zwang sich zu einem Lächeln.

»Collin, es gibt etwas, was ich dir sagen ...«

Der Kellner kam und unterbrach sie. Wieder dieser junge Kellner. Collin bemerkte den kurzen Blick, den Jane ihm zuwarf. Er richtete den Lauf der Pistole im Jackett auf Jane. Die beiden bestellten. Collin beobachtete sie die ganze Zeit über. Jane blickte aus dem Fenster und sah zwei Tauben zu.

»Jane«, sagte Collin und beugte sich vor, »was ist denn heute mit dir los? Was stimmt denn nicht?«

Collin bemerkte, wie Jane auf ihrem Stuhl zusammensank. Seine Finger krümmten sich um den Abzug der Pistole. Jetzt verstand er, warum sie ständig in dieses Restaurant wollte.

»Collin«, antwortete sie und konnte ihm kaum in die Augen schauen, »da ist etwas, was ich dir sagen möchte, ich bin ...«

»Bitte sehr!« Der Kellner servierte das Essen. Collin blickte ärgerlich zu ihm hoch und nahm seine Hand aus der Tasche. Er nahm sich vor, sich auch noch um diesen jungen Burschen zu kümmern. Schweigend aßen sie. Collin spürte immer wieder die Blicke von Jane auf sich ruhen. Sie sah ihn an wie irgendein Tier, wie einen Wilden. Nach dem Essen bemerkte er, wie Jane sich umsah, als würde sie jemanden suchen. Vielleicht den jungen Kellner?

»Du wolltest mir etwas sagen?«, fragte Collin und nippte an seinem Wein. Sie strich ihre Haare zurück und sah ihm tief in die Augen. Jane legte eine Hand auf seinen Arm. Seine andere Hand glitt wieder zur Pistole.

»Collin«, sagte sie, »ich wollte es dir schon die ganze Zeit sagen. Ich will dir sagen, dass ...«

Bevor sie aussprechen konnte, zog Collin am Abzug der Waffe. Ein leiser Knall war zu hören. Collin konnte sehen, wie ein kleines, kreisrundes Loch in Janes blaues Abendkleid gestanzt war. Rauch kräuselte sich aus seiner Jacke nach oben.

»Geht es dir nicht gut, mein Schatz?«, fragte er und grinste dabei teuflisch. »Ober! Wir brauchen sofort einen Arzt!«

Jane rutschte kraftlos vom Stuhl herunter. Schnell stand Collin auf und wischte den Griff der Pistole an einer Serviette sauber. Die Gäste und auch das Personal waren bereits in heillosem Durcheinander. Als der Kellner kam und wieder ging, konnte er ihm so die Waffe in die Tasche schmuggeln. Danach beugte er sich wieder zu Jane hinunter und hielt sie im Arm.

»Mich verlässt keine«, flüsterte er ihr ins Ohr. »Keine!«

Jane sah zu ihm auf. Ihre Augen begannen sich bereits zu trüben. So etwas hatte Collin schon oft gesehen. Denn viele Menschen waren vor seinen Augen gestorben.

»Ich bin schwanger«, sagte sie und ihre Stimme wurde bei diesen Worten immer leiser und schwächer.

Das Teehaus

Bianca Heidelberg & Björn Sünder

Ich bin ein Jäger. Ich jage das gefährlichste Raubtier, das dieser Planet hervorgebracht hat: den Menschen. Das einzige Säugetier, das Gift benutzt. Seine Giftdrüse sitzt im Gehirn. Das Schlimmste daran ist: Ich bin ein Mensch.

Journal des Inspector Robert Heat
Dienstag, der 16. September 1890

Während ich auf meinen alten Freund und Kollegen Kilian Finigan warte, beobachte ich die wenigen Menschen, die sich auf dem Bahnsteig herumtreiben. Vom Gleisbett steigt leichter Nebel nach oben. Mein Blick bleibt an einer jungen Frau hängen. Sie trägt ihren Bauch wie ein kugelrundes Gepäckstück vor sich her. Ihr Mann springt aufgeregt um sie herum. Insgeheim frage ich mich, wie es ist, mit einer Frau zusammen zu sein. Ich schüttle den Kopf. Das werde ich wohl niemals erfahren.

Ein Schaffner in einer schlecht sitzenden Uniform lehnt sich gegen einen Laternenmast. Wangen und Kinn sind unrasiert und er hat die Augen geschlossen. Ich schätze den Mann auf vielleicht 25 Jahre. Damit ist er zehn Jahre jünger als ich.

»Wartest du schon lange?« Ich blicke auf. Vor mir steht Kilian. Mein alter Freund und Kollege vom Yard. Seine Haare und sein Bart sind so rot wie ein Strom aus geschmolzener Lava und wie immer trägt er seine Knickerbocker. Ich stehe auf und wir reichen uns die Hände. Kilian ist einige Zentimeter kleiner als ich, dafür stämmiger.

»Wie ich sehe, versorgt dich deine Frau sehr gut«, sage ich und klopfe ihm auf den Bauch. Er blickt mich aus seinen dunkelgrünen Augen an und lacht.

»Ja, Carry ist eine verdammt gute Köchin«, erwidert er. »Wie stehen die Dinge in London?« Ich zucke mit meinen Schultern und breite meine Hände aus.

»Komm, Robert, es ist kalt auf diesem Bahnsteig und wir haben noch einiges zu besprechen.« Er nickt in Richtung Ausgang. »Meine Droschke steht draußen. Ich habe dir ja telegrafiert, dass wir bei mir zu Hause keinen Platz haben. Es gibt hier aber ein wunderbares Teehaus, das zugleich Pension ist. Die Wirtin ist vor kurzem Witwe geworden. Sie ist in deinem Alter.« Er nimmt meinen Koffer. Wir gehen die Stufen hinunter und ich spüre einen kalten Wind.

»Ihr Mann war der örtliche Pfarrer«, fährt Kilian fort und hält auf den Einspanner zu. Der Fuchs, der davor eingespannt ist, scharrt unruhig mit den Hufen, als Kilian sich auf den Bock schwingt. »Ich würde sagen, dass ich dich gleich bei der Pension abliefere. Carry fühlt sich heute nicht gut. Aber sie freut sich, dich bald wiederzusehen.« Ich schwinge mich ebenfalls auf den Bock. Kilian gibt dem Pferd die Peitsche und ich ziehe meinen Mantel enger um mich. Das Pferd läuft sofort los. Ein kalter, schneidender Wind schlägt mir wie ein Preisboxer ins Gesicht. Wir fahren schweigsam durch die Straßen von Cardigan, die leer und einsam daliegen.

»Jane Wintersmith betreibt das Teehaus. Sie stellt ihre eigenen Tees her. Sie hat nicht nur die typischen Tees aus Indien, Ceylon oder China, sondern sehr köstliche Eigenkreationen. Sie ist eine wahre Meisterin der Botanik.« Kilian steckt sich eine Zigarre in den Mundwinkel.

»Hast du noch immer nicht mit den stinkenden Stumpen aufgehört!«

Er lächelt und schüttelt den Kopf.

»Du hast mich gerufen, weil du zwei Todesfälle hast, mit denen du nicht klarkommst?«

Er sieht mich aus den Augenwinkeln an. Kilian ist der Constable des Ortes.

»Es ist schon recht spät«, antwortet Kilian, »ich setz dich erstmal bei der Pension ab. Dort kannst du dich ausruhen.« Er hält vor dem Teehaus. Es ist ein gut erhaltenes, kleines Cottage. An der ziegelroten Fassade rankt dichter Efeu. Das Haus ist von einem wild wuchernden Garten umgeben, der für mich auf den ersten Blick wie ein Dschungel wirkt. Doch wenn ich genauer hinsehe, dann erkenne ich die liebevolle Hand eines Gärtners. Kilian stupst mich in die Seite.

»Hier wird es dir gefallen, Robert«, sagt er. Wir gehen über einen Schotterweg zum Haus. »Wir werden dich als ganz normalen Gast einschreiben. Niemand darf erfahren, dass du extra aus der großen Stadt angereist bist, um zu ermitteln.« Kilian streicht sich durch sein kupferrotes Haar. Ich nicke und frage:

»Was ist denn deine Vermutung?« Kilian sieht mich eine Weile an, bevor er antwortet.

»Zuerst ging ich von einem Fall von Herzversagen aus. Doch dann hatte ich einen zweiten Todesfall, und da kamen bei mir erhebliche Zweifel auf.« Schweigend höre ich zu und betrachte die verschiedenen Pflanzen, die hier wachsen. Ich erkenne Thymian, Melisse und Blauen Eisenhut. Außerdem sehe ich einen prächtigen Kirschbaum, dessen Krone sich kugelrund ausbreitet.

Ohne anzuklopfen gehen wir in das Innere. Ein angenehmer Duft schlägt mir entgegen. Der Empfang ist verwaist. Fragend schaue ich Kilian an, der nur mit den Schultern zuckt.

»Seit dem Tod ihres Mannes lebt sie hier ganz allein«, sagt er. »Bestimmt ist sie hinten im Garten. Ich rufe sie mal. Jane? Jane!« Es dauert eine Weile, dann höre ich Schritte. Aus dem Garten kommt eine Frau, die ein hellblaues Kleid trägt. Ihr honigblondes Haar hat sie hochgesteckt und wie immer, wenn Frauen in meiner Nähe sind, werde ich still und ziehe mich zurück.

»Jane, meine Liebe«, sagt Kilian und hilft mir wie früher aus der Klemme. »Ich habe hier einen Gast für dich. Das ist Robert Heat, ein alter Freund aus London. Er ist hier, um ein paar Tage Urlaub zu machen. Und du weißt ja, bei mir zu Hause ist es sehr eng.« Ich trete nach vorne.

»Ein einfaches Zimmer wird mir reichen«, sage ich. »Ich brauche nichts Besonderes. Wie ich hörte, haben Sie ihren Mann verloren. Mein Beileid.«

Tagebuch der Jane Wintersmith
Dienstag, der 16. September 1890

Ich beherberge seit heute einen neuen Gast in meiner Pension. Er heißt Robert Heat und ist so blond, wie ich es nur von kleinen Jungen kenne. Im übrigen ist er auch so unbeholfen wie ein kleiner Junge. Ein krasser Gegensatz zu seinem hochnäsigen Oxford-Englisch. Vielleicht bildet er sich etwas darauf ein, dass er aus dem stinkenden London kommt. Ich erinnere mich daran, dass ich als Kind einmal in London war. Ich fand es furchtbar. Viel zu schmutzig und zu laut. Und die Menschen dort sind viel zu hektisch. Ich glaube, in dieser furchtbaren Stadt gibt es keinen einzigen Menschen, der die Ruhe eines einfachen Gartens zu schätzen weiß. Mister Heat schien jedenfalls sehr irritiert, dass sich niemand am Empfang befand. Und dann noch seine Beileidsbekundung! Von einem Wildfremden klingen diese Worte seltsam leer. Er kannte meinen Gatten nicht. Wie kann es ihm leid tun? Wenn er meinen Gatten gekannt hätte, ich meine, wirklich gekannt, würde es ihm vielleicht weniger leid tun. Ich sollte besser versuchen, diesem seltsamen Menschen aus dem Weg zu gehen.

Journal des Inspector Robert Heat

Mittwoch, der 17. September 1890

Das Zimmer, in dem mich Mrs. Wintersmith untergebracht hat, ist einfach und schlicht. Es gibt ein Bett und einen Tisch mit einem Stuhl davor. Neben einem Fenster mit Blick auf den Garten stehen ein glänzender Spiegel und ein Waschbecken.

Wie immer, wenn ich in der Fremde bin, wache ich früh auf. Nach einer kurzen Morgentoilette gehe ich nach unten. Beim Frühstück trinke ich einen ausgezeichnet schmeckenden Morgentee. Mrs. Wintersmith ist sehr schweigsam und wirkt wie ein Eisblock, auf dem ein toter Fisch frischgehalten wird.

»Ein wirklich ausgezeichneter Tee«, sage ich und beobachte die Frau. Sie wirkt sehr attraktiv auf mich. Vor allem ihre blauen Augen ziehen mich an.

Nach dem Frühstück gehe ich hinaus in den Garten. Die Sonne scheint, doch ist es empfindlich kalt.

Im Garten sitzt eine junge Frau auf einem Stein und streckt ihr Gesicht der Sonne entgegen. Sie ist zierlich und kleiner als meine Wirtin. Ihre langen roten Haare glänzen in der Sonne. Ihre Augen hat sie geschlossen.

»Guten Morgen«, sage ich zur Begrüßung. »Ich bin Robert Heat, ein Gast dieses Hauses. Ich bin Maler. Dürfte ich Sie vielleicht porträtieren?« Sie öffnet die Augen und sieht mich aus zwei wunderschönen grünen Augen an.

»Ja, warum nicht. Ich heiße Elin«, sagt sie mit zarter Stimme und lächelt schüchtern.

Ich erinnere mich an diesen Namen. Kilian hat von ihr in seinem Telegramm berichtet. Ihr Mann war Richard Stanley. Der zweite Tote.

Aus meiner Tasche hole ich Zeichenblock und Bleistift und beginne zu malen. Das Malen ist mein größtes Hobby und ich ertappe mich oft dabei, wie ich die Tatorte male, an denen ich ermittle. Während ich beginne, Elins schmales Gesicht auf das Papier zu zeichnen, wäge ich meine Vorgehensweise ab. Plötzlich fällt mir etwas auf.

»Sie sind schwanger, nicht wahr?«, frage ich sie. Elin sieht mich an.

»Woher wissen Sie das denn?« Ich lächle leicht.

»Es ist Ihre Ausstrahlung. Ihre rosige Haut, und Sie lächeln so, als ob Sie ein süßes Geheimnis hätten. Ihr Mann ist bestimmt sehr stolz.« Sie blickt zu Boden.

»Mein Mann ist vor kurzem verstorben.« Sie knetet ihre Hände. Ungerührt male ich weiter.

»Dürfte ich Sie etwas über Mrs. Wintersmith fragen?«

»Ich weiß nicht recht«, sagt sie und rutscht auf dem Stein hin und her.

»Nicht bewegen«, sage ich und mein Bleistift kratzt weiter auf dem Papier herum, arbeitet deutlich ihr Profil mit dem spitzen Kinn und der Stupsnase heraus.

»Wie war Mr. Wintersmith so?« Ich sehe, wie Elin rot wird. Habe ich etwa einen wunden Punkt getroffen?

Plötzlich höre ich schnelle Schritte und Mrs. Wintersmith kommt auf uns zu gestürzt, als ob sie Nemesis persönlich wäre. Ich versteinere und bereite mich auf die Flucht vor. Und das tue ich dann auch. Es ist mir peinlich zu gestehen, dass ich, Inspec-

tor Heat, vor einer Frau die Waffen strecken und flüchten musste.

Tagebuch der Jane Wintersmith
Mittwoch, der 17. September 1890

Schon ist es passiert. Ich war kurz davor, meinen neuen Gast vor
die Tür zu setzen. Das habe ich noch nie getan. Aber dieser Heat
legt eine Art an den Tag, die mich in Rage bringt. Mit diesem
Gast hat mir Kilian nichts Gutes getan. Ich hoffe, Heat verweilt
nicht allzu lange in Cardigan. Nun will ich mich aber beruhigen
und niederschreiben, was vorgefallen ist.

Elin besuchte mich heute. Da ich Kundschaft hatte, ging sie in
den Garten, um sich ein wenig auszuruhen. Immerhin erwartet
sie ein Kind, auch wenn man es ihr noch nicht ansieht. Als ich
endlich wieder in den Garten gehen konnte, sah ich, wie Elin
sich von Heat malen ließ. Allerdings nutzte er die Malerei, um
ihr Einzelheiten zum Tod ihres Mannes zu entlocken. Und, als
ob das nicht schlimm genug wäre, hat er sie auch noch über
mich und meinen verstorbenen Mann ausgefragt. Die arme Elin
hat sich nicht getraut, einfach aufzustehen und zu gehen. Ich
kam gerade noch rechtzeitig, um sie aus seinen Klauen zu befrei-
en. Er scheint nicht viel Kampfgeist zu besitzen, wenn ihm eine
Frau ihre Meinung sagt. Ich gebe zu, ich war dabei lauter als es
für eine Dame angemessen ist. Kaum war er aus dem Garten
verschwunden, ist Elin zusammengebrochen und hat geweint
wie ein kleines Kind. Ich werde zu verhindern wissen, dass er
auf meinem Grund und Boden noch einmal mit ihr spricht. Ich
werde nicht zulassen, dass ihre falschen Schuldgefühle sie zer-
fressen.

Journal des Inspector Robert Heat

Mittwoch, der 17. September 1890, am späten Nachmittag

Jetzt stehe ich weiter entfernt vom Teehaus und blicke zu dem hohen Kirchturm hinauf. Dorthin bringen mich meine nächsten Schritte. Mr. Wintersmith war der Pfarrer des Ortes. Vielleicht bringe ich dort etwas mehr in Erfahrung. Wie überall ist die Kirche in der Mitte des Ortes gelegen. Es ist eine kleine Kirche mit einem weißen Anstrich. Ich bin kein Mann des Glaubens und versuche, Kirchen zu meiden. Doch jetzt gehe ich durch die kleine Pforte und werde von Stille umfangen. Am Altar brennen einige Kerzen und ich sehe eine ältere, dicke Frau, die den Boden der Kirche fegt.

»Entschuldigen Sie bitte«, rufe ich und meine Stimme hallt von den Wänden wider. »Mein Name ist Robert Heat, ich bin Maler und suche nach guten Motiven. Würden Sie mir Porträt sitzen?« Sie sieht mich an und wischt ihre Hände an der fleckigen Schürze sauber. Dann streicht sie ihr fettiges braunes Haar zurück und kommt auf mich zu.

»Weiß zwar nicht, was Sie da alles gesagt haben, Mister, aber von mir aus«, sagt sie mit deutlichem walisischem Akzent. »Aber nicht zu lange, hab schließlich genug Arbeit zu tun, nicht so wie ihr Künstler. Wo soll ich mich hinstellen?«

»Setzen Sie sich doch bitte auf die Bank. Dürfte ich Ihren Namen erfahren?« Ich hole Zeichenstift und Block heraus und beginne zu zeichnen.

»Berta Brennigan, ich war, bin und bleibe die Dienerin des Pfarrers hier. Werde auch für den nächsten Pfaffen arbeiten.« Mein Bleistift kratzt über das Papier, fängt die füllige Gestalt der einfachen Frau ein.

»Wie war denn das Eheverhältnis zwischen Jane Wintersmith und Ihrem Gatten?« Sie zieht eine Augenbraue nach oben.

»Sie fragen wie ein verdammter Inspector aus ner großen Stadt. Sind Sie denn einer?«

»Haben Sie schonmal einen Inspector gesehen, der malt?« Sie lacht und entblößt dabei ein Gebiss, das wie eine alte Ausgrabungsstätte aussieht.

»Da haben Sie recht«, antwortet sie. »Aber ich weiß nichts von irgendwelchen Verhältnissen. Schaue schließlich nicht durch fremde Schlafzimmerfenster. Und jetzt muss ich weiterfegen. Guten Tag!« Ich gebe mich geschlagen und verlasse die Kirche.

Ich muss über alles nachdenken und so lasse ich mich durch die verwinkelten Straßen und Gassen treiben. Plötzlich stehe ich vor einer Kneipe. Auf einem Schild steht: *Zum Scharfen Riff.* Vielleicht bekomme ich hier ein gutes Ale. Ich öffne die Tür und aus dem Inneren schlägt mir ein Geruch nach verfaultem Stroh entgegen. An den Tischen sitzen nur vereinzelt Seemänner und Fischer, die in ihre Krüge starren, als könnten sie darin lesen, was die Zukunft bringt. Beim Barmann bestelle ich einen Krug Bier und trinke schweigsam, wie alle anderen. Nachdem ich das getan habe, gehe ich wieder.

Vor der Pension steht Mrs. Wintersmith und scheint auf mich zu warten.

»Sie stellen eine Menge Fragen über mein Privatleben, Mister Heat«, sagt sie und stemmt die Fäuste in die Hüften. »Für Sie als Geschäftsmann und Hobbymaler dürfte das doch nicht interessant sein. Sie führen sich auf wie ein Inspector, wie einer vom Yard!« Ich spüre, wie mir Blut in die Wangen schießt. Ich kann die Hitze spüren. Ich seufze.

»Ja, es stimmt«, gestehe ich. »Kilian hat mich gebeten, ihm bei der Untersuchung der beiden, nennen wir es Todesfälle, zu helfen.« Ich schaue sie eindringlich an. »Falls es Mord war, dann werde ich den Täter an den Galgen bringen.« Täusche ich mich, oder ist sie so weiß geworden wie das Segel eines Schiffes? Sie stürmt an mir vorbei und lässt mich stehen.

Tagebuch der Jane Wintersmith
Mittwoch, der 17. September 1890, am Abend

Ich kann Elin nicht vor Heat beschützen. Und mich auch nicht. Inspector Heat, wie er mir inzwischen gebeichtet hat. Er ist hier, um in den Todesfällen von Edward und Richard zu ermitteln. Mein Gott! Er ist sich sicher, dass die beiden keines natürlichen Todes gestorben sind. Als er mir gestanden hat, warum er wirklich hier ist, war ich zugleich wütend und entsetzt. Natürlich muss ich ihm nun Auskunft erteilen. Aber ich muss aufpassen, was ich ihm sage. Oh mein Gott, er will den Täter an den Galgen bringen! Ich hoffe, er hat die Angst nicht bemerkt, die mich bei seinen Worten durchflutet hat. In meinem Schreck ließ ich ihn einfach stehen. Was er jetzt wohl von mir denkt! Ich gehe sofort zu Elin und warne sie vor Heat.

Journal des Inspector Robert Heat
Donnerstag, der 18. September 1890

Nach meinem ungemütlichen Zusammentreffen mit Jane Wintersmith ziehe ich bis spät in die Nacht durch die Straßen Cardigans. Danach schleiche ich mich wie ein Dieb zurück in die Pension und gehe zu Bett. Beim Einschlafen frage ich mich, was sie mit der ganzen Sache zu tun hat.

Nach dem Aufwachen gehe ich nach unten. Der Frühstücksraum ist verlassen, kein Anzeichen meiner Wirtin weit und breit. Ich massiere meinen schmerzenden Nacken. Der Tisch ist gedeckt mit einer Kanne Tee und vielen Leckereien. Ich setze mich an den Tisch und beginne zu essen. Dabei mache ich Pläne für den Tag. Ein Besuch bei Kilian steht auf meiner Liste an erster Stelle. Mit einer Serviette tupfe ich mir Eigelb vom Kinn und stehe auf. Gerade als ich das Haus verlassen will, kommt Mrs. Wintersmith herein und spricht mich an. Irre ich mich oder sieht sie bleicher aus, seit sie weiß, dass ich Inspector bin? Mein Nacken schmerzt und ich reibe mit der Hand darüber.

Nach dem Gespräch mit Mrs. Wintersmith, in dem sie mir offenbart hat, aus welchen Gründen sie sich so merkwürdig verhalten hat, begebe ich mich auf den Weg zu Kilian. Als ich durch die Straßen und Gassen der Stadt streife wie ein Raubtier auf der Jagd, ertappe ich mich immer wieder dabei, dass sich meine Gedanken zu Jane Wintersmith verirren. Doch es sind nicht die üblichen Gedanken, die mich sonst befallen, sondern zärtliche. Jetzt habe ich das Haus von Kilian erreicht und hoffe, ihn dort anzutreffen. Von weitem schon höre ich das Lachen von Kindern und ausgelassenes Geschrei. Ich klopfe laut an. Carry, die Frau von Kilian, öffnet mir. Sie strahlt mich an.

»Guten Morgen, Robert«, sagt sie und umarmt mich. Wie immer fühle mich dabei gut und unwohl zugleich. »Kilian ist auf der Terrasse. Willst du etwas trinken?«

»Nein, danke«, erwidere ich und gehe durch das Haus. Dabei steige ich über zahlreiche Spielzeugsoldaten, die auf dem Boden in Reih und Glied aufgestellt sind. Kilian sitzt draußen in einem Korbsessel. Er sieht kurz zu mir auf und deutete wortlos auf den Korbsessel neben sich. Ich setze mich und reibe mir den Nacken, der sich inzwischen steif anfühlt.

»Was hast du herausbekommen?«, fragt Kilian. Ich weiß nicht so recht, was ich darauf antworten soll. Eigentlich habe ich nichts herausgefunden. Trotzdem mache ich den Versuch und beginne zu erzählen.

»Man hüllt sich in einen Mantel des Schweigens. Die Dorfbewohner bauen geradezu eine Mauer auf, wenn ich nach Jane und ihrem Mann frage. Ich habe den Eindruck, dass das Eheverhältnis nicht so war, wie es hätte sein sollen. Was sagt denn der allgemeine Dorfklatsch?«

Kilian sieht mich an und streicht sich durch den dichten Bart.

»Ich glaube, dass du unsere Dorfkneipe bereits kennst. Dort erzählt man sich dies und das. Elins Mann hat öfter ein Glas zuviel getrunken und dann immer laut geschrien, dass er es seiner Frau richtig gegeben hätte. Und der Pfarrer kam mir immer seltsam vor. Ruhig und still, irgendwie umgab ihn eine Aura des Unheimlichen. Verstehst du, was ich meine?«

Ich verstehe vieles nicht. Auch nicht, warum sich meine Gedanken immer wieder zu Jane verirren.

Tagebuch der Jane Wintersmith
Donnerstag, der 18. September 1890

Heute Morgen hatte ich Gelegenheit, Inspector Heat zu erklären, warum ich ihn gestern einfach so stehenließ. Ich sagte ihm, dass ich nichts davon wusste, dass wegen Mordes ermittelt wird, und deswegen schockiert war. Und wütend, da es um meinen verstorbenen Mann geht. Da es die Wahrheit ist, hoffe ich, dass ich ihn überzeugen konnte. Er muss nicht wissen, dass es nur die halbe Wahrheit ist. Könnte ich noch an einen Gott glauben, würde ich jetzt für Elin und mich beten, aber so wie es steht, wäre das wohl Verschwendung.

Nach dem Gespräch mit Heat habe ich Elin einen Besuch abgestattet. Sie ist ein so liebes und sanftes Mädchen. Wieso mussten ihre Eltern sie an einen so strengen und gewalttätigen Mann verschachern? Ihr Zustand verbesserte sich in den letzten Monaten von Tag zu Tag. Ohne Richard Stanley an ihrer Seite wird es wahrscheinlich, dass ihr Kind ohne Schaden zur Welt kommt. Dass es überhaupt zur Welt kommt. Elin ist mir eine liebe

Freundin geworden und ich genieße unsere häufigen Treffen sehr. Durch meine Kräuterkenntnisse habe ich bereits dies und jenes Schwangerschaftsleiden bei ihr gelindert. Fast kommt es mir so vor, als würde durch sie auch ich zur Mutter. Unser Besuch wurde überschattet von dem Wissen, dass Inspector Heat genau in diesem Moment Ermittlungen anstellt.

Den Nachmittag habe ich damit verbracht, Teemischungen herzustellen. Endlich war ich mit meinen Gedanken allein. Mir geht es besser, seit mein Mann nicht mehr unter uns weilt. Ich kann guten Gewissens behaupten, dass der Eisenhut in seinem Tee Notwehr war. Ich denke, nein, ich weiß, dass ich seinen nächsten Wutausbruch nicht überlebt hätte. Ich hatte tagelang Zeit, darüber nachzudenken. Tage, in denen ich das Bett nicht verlassen konnte. Ich weiß, dass darüber geredet wurde. Aber alle haben weggeschaut. Mag sein, dass ich ein wenig verbittert bin deswegen. Aber letztendlich unterstützen mich die Bewohner Cardigans dadurch, dass sie meinen Tee kaufen. Schließlich hatte mein Mann außer dem Haus nichts, was er mir hinterlassen konnte. Wie hätte ich nach dem, was mir widerfahren war, einfach zusehen können, wie Elin von ihrem Mann zugrunde gerichtet wird? Und noch dazu in dem Wissen, dass sie ein Kind erwartet? Ich weiß, dass ich Schuld auf mich geladen habe. Aber ich bin sicher, dass ich wieder so handeln würde. Heat darf nie erfahren, dass Elin darin verwickelt war. Sollte er etwas herausfinden, so werde ich darauf beharren, dass ich allein Richard Stanley den Tee gegeben habe. Elin und dem Kind darf nichts geschehen!

Journal des Inspector Robert Heat
Freitag, der 19. September 1890

Nach dem Aufwachen fühlt sich mein Hals steifer an und ich leide furchtbare Schmerzen. Dass mein Sitznachbar im Zug aber auch unbedingt das Fenster hatte öffnen müssen.

Ich gehe hinunter, freue mich auf einen warmen Tee und hoffe, mein Frühstück auch dieses Mal ohne Gesellschaft einzunehmen. Doch Jane Wintersmith ist unten.

»Guten Morgen«, sage ich und kann kaum meinen Kopf drehen. Es scheint mir, dass es immer schlimmer wird. Sie spricht mich auf meinen Hals an und sagt, sie habe eine Salbe.

»Nein, danke«, antworte ich. »Es geht schon. Ich habe schon Schlimmeres gehabt.«

»Keine Widerrede!«, sagt sie und führt mich in die Küche. »Ziehen Sie die Jacke aus und lockern Sie Ihren Hemdkragen.«

Hier scheint sie ihre Kräutermischungen und Salben herzustellen. Auf der Arbeitsfläche liegen Pflanzen, Mörser und Stößel. Ich lockere den Kragen und entblöße meinen Nacken. Jane entnimmt eine Salbe aus einem Tiegel und beginnt, mich damit zu massieren. Ich kann spüren, wie sich meine verkrampften Muskeln entspannen und sich der Schmerz verflüchtigt. Mir fällt auf, dass sich zwischen den Pflanzen auf der Arbeitsfläche einzelne Blüten von Blauem Eisenhut befinden. Plötzlich kommt es mir vor, als würde ich schwer Luft bekommen.

»Interessant«, sage ich und deute auf die Anrichte. »Wissen Sie eigentlich, dass Blauer Eisenhut einen Menschen töten kann? Ich hoffe nicht, dass Sie den für meinen Tee verwendet haben.« Jane Wintersmith hält kurz in ihren Massagebewegungen inne, bevor sie so stark weitermassiert, dass der wohltuende Effekt sich verflüchtigt.

»Ich habe Eisenhut in Ihre Salbe gemischt«, sagt sie süffisant. »Wenn ich die Menge falsch berechnet habe, sind Sie in einer halben Stunde tot.«

Offensichtlich hat sie die Menge richtig berechnet, denn ich sitze hier und schreibe meinen Bericht.

Tagebuch der Jane Wintersmith
Freitag, der 19. September 1890

Früh am Morgen habe ich eine frische Eisenhut-Salbe herge-stellt. Wie sich herausstellen sollte, war das eine gute Vorherse-hung, denn Inspector Heat hatte sich einen steifen Hals zugezo-gen. Ich bemerkte beim Frühstück, dass er ihn sehr vorsichtig bewegte, und sprach ihn darauf an. Erst wiegelte er ab, es sei nicht so schlimm, aber eine unbedachte Bewegung ließ ihn zu-sammenzucken, und so befahl ich ihn in einer Weise in meine Küche, dass er sich nicht verweigern konnte. Es ist seltsam zu sehen, wie ein hartgesottener Inspector sich von einer Frau be-fehligen lässt. Ich begann, ihn mit der Eisenhut-Salbe zu massie-ren, was ihm sichtlich guttat. Wäre er ein Kater, hätte er sicher geschnurrt. Dummerweise ließ ich den Eisenhut auf dem Kü-chentisch liegen und der Inspector sprach mich prompt darauf an. Ich glaube nicht, dass ich sein Vertrauen in mich gestärkt habe, indem ich ihm sagte, dass eine falsche Dosierung in der Salbe ihn innerhalb einer halben Stunde töten könnte. Ich weiß nicht, welcher Teufel mich ritt, das zu sagen. Dieser Mann bringt es fertig, meine schlechteste Seite ans Licht zu bringen.

Journal des Inspector Robert Heat
Samstag, der 20. September 1890

Ich suche nach Jane Wintersmith. Im Haus ist sie nicht zu fin-den. Vielleicht ist sie bereits geflüchtet. Doch durch ein Fenster kann ich sie sehen. Sie steht auf einer Leiter und sägt die Äste des alten Kirschbaum. Eine Frau, die Gartenarbeit verrichtet! Das kann ich nicht zulassen! Schnell gehe ich hinaus.

»Mrs. Wintersmith!«, rufe ich. Erschrocken dreht sie sich her-um und verliert das Gleichgewicht auf der Leiter. Einen Moment lang rudert sie mit den Armen, während die Säge zu Boden fällt. Schnell renne ich auf sie zu und halte sie mit beiden Händen an den Hüften fest. Ich spüre ihre festen, weiblichen Rundungen unter meinem Griff. Einen Moment hebe ich sie hoch und fühle in meinem Inneren eine tiefe, bis dahin nie gekannte Freude. Dann setze ich sie ab. Ich ziehe meine Jacke aus, kremple meine Hemdsärmel nach oben und stelle die Leiter wieder auf.

»Sie ruhen sich jetzt aus und ich mache weiter! Ich komme vom Land und habe mit meinem Großvater viele Bäume geschnitten und gefällt. Als ich 17 war, mussten mein Großvater und ich eine zweihundert Jahre alte Eiche fällen, die vom Blitz getroffen war. Aus dem Holz habe ich mir einen Gehstock machen lassen.« Ich steige auf die Leiter und fange an zu sägen. Es ist ein freundlicher und warmer Tag und ich beginne bald zu schwitzen.

Nach der Arbeit reibe ich meinen Nacken trocken, der sich inzwischen viel besser anfühlt. Jane schlägt mir einen Spaziergang zum Strand vor, um dort ein Picknick abzuhalten.

»Das wäre schön«, antworte ich. »Dann werde ich mich noch frisch machen.« Während ich das tue, richtet Jane einen Korb mit Essen. Als ich wieder nach unten komme, steht schon alles bereit und Jane erwartet mich mit einem Lächeln. Sie drückt mir den Korb in die Hand und wir gehen los. In der Stadt drehen sich einige Passanten nach uns um, und bestimmt werden wir das Stadtgespräch sein. Doch das macht mir nichts aus. Heute ist seit langem der beste Tag meines Lebens. Wir gehen in vertrautem Schweigen zu den Klippen. Eine kleine Landzunge, die in das Meer hinausragt und mit einem zarten Hauch von Grün überzogen ist. Dort breitet sie die Decke aus und holt Tee, belegte Brote und Gebäck heraus. Dann lassen wir uns nieder. Das Licht der Sonne beleuchtet ihre zarte Gestalt und lässt sie wie eine griechische Göttin aussehen.

Tagebuch der Jane Wintersmith

Samstag, der 20. September 1890

Den heutigen Tag wollte ich mit Gartenarbeit verbringen. Das klappte auch so lange, bis Robert mit seinem Erscheinen dafür sorgte, dass ich samt Säge fast von der Leiter fiel. Hätte er mich nicht gehalten, wäre ich gefallen und hätte mir womöglich etwas gebrochen. Er bestand darauf zu helfen und stutzte den gesamten Kirschbaum fachmännisch. Das hätte ich ihm als Städter gar nicht zugetraut. Aber er verriet mir, dass er nicht sein ganzes Leben in der Stadt verbracht hat. Dank seiner Hilfe war die Arbeit schnell erledigt.

Ich habe mich erkenntlich gezeigt, indem ich ihn an meine Lieblingsstelle am Meer geführt habe. Robert hat viel Sinn für schöne Landschaften und die Ruhe, die man darin finden kann. Ich hatte einen Picknick-Korb gepackt, den er tapfer bis zum Meer getragen hat, obwohl er reichlich gefüllt war. Am Rand der Klippen machten wir es uns auf einer Decke gemütlich und aßen und tranken. Es war eine sehr angenehme Atmosphäre. Jetzt im Nachhinein wundere ich mich, dass kein Wort über seine Ermittlungen gefallen ist. Im Gegenteil, Robert war eher etwas schüchtern mir gegenüber, aber gleichzeitig höflich und zuvorkommend. Ich kann mir nicht vorstellen, dass ein Mann wie er zur Gewalttätigkeit neigt. Ich sagte ihm, dass seine Frau sich glücklich schätzen könne, einen Mann wie ihn zu haben. Das schien ihn in Verlegenheit zu bringen und er gestand mir, dass er nicht verheiratet sei. Er habe die richtige Frau noch nicht gefunden. Ich fragte ihn, woran er die Richtige erkennen wolle, da vieles auf den ersten Blick anders erscheint als es in Wirklichkeit ist. Seine Antwort war, dass sein Herz die richtige Frau zweifellos erkennen wird. Darauf fiel mir keine Erwiderung ein. Der Mann ist ein wahrer Romantiker. Wir saßen noch eine ganze

Weile schweigend beisammen, aber mein Blick wanderte immer wieder zu ihm. Robert ist ein stattlicher Mann und als Inspector keine schlechte Wahl und ich wundere mich, warum noch keine Frau sein Herz erobern konnte.

Journal des Inspector Heat
Samstag, der 20. September 1890, am Abend

Nach meinem Picknick mit Jane zieht es mich noch einmal ins *Scharfe Riff*. Ein kühles, dunkles Bier und die Suche nach Informationen treiben mich dorthin. Ich setze mich an die Theke neben einen angetrunkenen Seemann. Aus dem Augenwinkel kann ich sehen, dass sein Gesicht von Wind, Sonne und Regen gegerbt ist wie ein Stück altes Leder, das man zum Schärfen einer Rasierklinge braucht.

»Ahoi«, sagt er zur Begrüßung und eine Welle seines Bieratems schlägt mir entgegen. »Spendierst mir einen, wird es nicht dein Nachteil sein.«

Der Barmann kommt und ich denke mir, dass es nicht schaden kann, einem Einheimischen ein oder zwei Gläser auszugeben. So zeige ich mit meinen Fingern zwei an.

»Robert Heat.« Ich reiche ihm die Hand und spüre seine vernarbte Haut.

»Tschuldige, da ist mir mal ein Tau entglitten, habs versucht zu halten. Die Haut war halb runtergebrannt, tat höllisch weh.« Er zuckt mit den Schultern. »Kommst bestimmt aus London, kann es an deinem Akzent hören. War ich schon im Hafen, war auch schon in China und Japan. Die kleinen Asiaten sind schon eine rätselhafte Bande.«

»Das ist ja nett, aber ich ...«

»Habe gehört, dass du hier rumschnüffelst und dich als Maler ausgibst, was Dümmeres ist dir wohl nicht eingefallen, was?«

Der Barmann stellt zwei Krüge vor uns ab. »Erzähl dir mal eine lustige kleine Geschichte, du Maler. Der Pfarrer war ein Dreckschwein, der unter dem Mantel Gottes gar grausam war. Seine Frau, die gütige Mrs. Wintersmith, gab mir dann und wann ein paar Pennys, konnte drei Jahre nicht mehr auf See gehen, verstehste. Es war abends, die Dämmerung hatte gerade eingesetzt und mir war kalt, so ging ich zum Haus der lieben Mrs. Wintersmith, um mir Geld für billigen Fusel zu erbetteln. Als ich dann vor ihrem Haus war, hörte ich ein Krachen, das begleitet wurde durch einen dumpfen Aufprall. Ein Seemann wie ich ist immer neugierig, so schlich ich mich an eines der Fenster und spähte hinein. Ich meinte den Leibhaftigen zu sehen! Das Gaslicht flackerte und ich sah den Pfarrer Wintersmith, der mit einem alten Lederriemen auf seine Frau einschlug. Ich schäme mich, Sir, dass ich nicht eingeschritten bin. Doch bin ich nicht mehr der Jüngste, und so wandte ich mich ab. In meinem Rücken hörte ich noch den Lederriemen, der durch die Luft sauste. Nach zwei Wochen war ich wieder pleite und so beschloss ich, mal wieder nach meinem Lieblingsengel zu sehen. Ich schlich spät nachts zu dem Haus. Es war eine regnerische und stürmische Nacht und Kobolde und Geister gingen umher, das kann ich Ihnen schwören! Als ich dann am Haus war, hörte ich einen markerschütternden Schrei. Der Pfarrer schrie so laut, als ob der Teufel persönlich ihn abholen würde. Mir lief es eiskalt den Rücken hinunter, und während er schrie, kam seine Frau aus dem Haus, dick eingepackt gegen die Kälte. Sie lief, als wäre der Klabautermann hinter ihr her. Am Tag darauf war der Pfaffe tot. Man erzählt, seine Gliedmaßen waren schrecklich verrenkt und sein Gesicht war grotesk verzerrt, als ob er mit dem Teufel persönlich gerungen hätte! Bei Gott!« Er nimmt einen Schluck von seinem Bier und kracht dann mit der Stirn auf die Theke. Nachdenklich trinke ich mein Glas leer.

»Barmann, geben Sie meinem Freund hier ein Zimmer für die Nacht. Morgen ist Sonntag, der Tag des Herrn.« Ich bezahle den Wirt und gehe zurück in die Pension.

Journal des Inspector Robert Heat
Sonntag, der 21. September 1890

Am frühen Morgen wache ich schlagartig auf. Bilder aus meinen Träumen blitzen vor meinem inneren Auge auf. Ein dunkler Schatten, der über Jane aufragt und zuschlägt. Jane gekrümmt am Boden. Jane, wie sie Eisenhut stampft. Eine dampfende Tasse Tee.

Ich sehe auf die Uhr. Es ist kurz nach sechs in der Früh. Auf dem Gang höre ich Schritte. Als die Schritte an meiner Tür vorbeigehen, öffne ich meine Tür einen Spalt weit und spähe hinaus. Ich sehe Jane davonhuschen. Das ist die Chance, auf die ich gewartet habe. Schnell ziehe ich mich an und gehe nach draußen. Janes Zimmer liegt am hinteren Ende des Flurs. Ich rüttle an der Tür. Abgeschlossen! Ich gehe in die Knie und besehe mir das Schloss genauer. Es ist ein einfaches Buntbartschloss. Aus meiner Tasche hole ich mein Federtaschenmesser und stochere im Schloss umher, bis ich den richtigen Ansatzpunkt finde und den Riegel beiseite schieben kann. Jetzt ist der Weg frei und ich gehe in das Innere. Ein angenehmer Duft erfüllt den Raum. Am Fenster steht ein Frisiertisch. Meine Hand streicht über das frisch gemachte Bett. Als erstes durchsuche ich den Nachttisch. Doch dort ist nichts zu finden. Dann gehe ich an den Sekretär und dort, neben einem Tintenfass und einer Feder, liegt ein in rotes Leder geschlagenes Buch. Auf dem Umschlag steht *Tagebuch*. Meine Finger streichen über die goldenen Lettern und ich kann die Buchstaben spüren. Ich nehme es in die Hand, bereit, es zu öffnen und zu lesen.

Doch dann kommt mir wieder dieser wunderschöne Nachmittag mit Jane ins Gedächtnis. Vor meinem inneren Auge sitzt Jane an der Klippe. Der Wind löst eine Strähne aus ihrem Dutt und sie streicht sie mit den Fingern hinter ihr Ohr. Ihr perlendes Lachen klingt in meinen Ohren. Im nächsten Moment sehe ich sie am Galgen stehen. Ich sehe ihre Tränen und ihren angsterfüllten Blick.

Mit dem Tagebuch in der Hand stehe ich am Fenster und streiche über die Buchstaben auf dem Umschlag. Sanft lege ich das Buch wieder dahin zurück, woher ich es genommen habe.

Ich werde Kilian darüber informieren, dass es keine Anhaltspunkte für einen Mord gibt. Jane werde ich sagen, dass die Akte geschlossen wird, und dann werde ich hier ein paar Tage Urlaub machen. Ich könnte mir sogar vorstellen, mich hier dauerhaft niederzulassen.

Langsam drehe ich mich um und verlasse das Zimmer.

Über die Autoren

Bianca Heidelberg schreibt seit 2013 Kurzgeschichten, die meist tödlich enden. Sie hat mehrere Kurzgeschichten in verschiedenen Anthologien veröffentlicht. 2015 gewann ihre Geschichte »Brücke in die Freiheit« den 2. Preis beim Mannheimer Literaturpreis der Räuber '77. Ihre Geschichte »Gefährlicher Mutterinstinkt« wurde für den Agatha-Christie-Krimipreis 2014 nominiert. Bianca Heidelberg wurde 1980 geboren und lebt mit Mann und Kind im Kraichgau.
Weitere Informationen unter: www.biancaheidelberg.de

Björn Sünder schreibt seit seiner Schulzeit Kurzgeschichten, die in unterschiedlichen Genres zu Hause sind. Seit 2004 verfeinert er durch den Besuch von Schreibwerkstätten das Handwerk des Schreibens immer weiter. Er hat zahlreiche Kurzgeschichten in verschiedenen Anthologien veröffentlicht. Björn Sünder wurde 1979 in Baden-Württemberg geboren und ist seitdem mit dieser Region fest verwurzelt.

Zeitfracht Medien GmbH
Ferdinand-Jühlke-Straße 7
99095 Erfurt, Deutschland
produktsicherheit@kolibri360.de